UMA SOCIEDADE DE DOCES & MAGIA

UMA SOCIEDADE DE DOCES & MAGIA

J. PENNER

Tradução de **Giovanna Chinellato**

ALTA BOOKS
GRUPO EDITORIAL
Rio de Janeiro, 2025

Uma Sociedade de Doces & Magia

ALTA NOVEL é um selo da EDITORA ALTA BOOKS do Grupo Editorial Alta Books (Starlin Alta Editora e Consultoria Ltda

ISBN: 978-85-508-2707-0

Translated from original A Fellowship of Bakers & Magic. Copyright © 2023 by J. Penner. ISBN 9781464248597. The moral rights of the auth have been asserted. PORTUGUESE language edition published by Starlin Alta Editora e Consultoria Ltda., Copyright © 2025 by Starlin Al Editora e Consultoria Ltda.

Impresso no Brasil — 1ª Edição, 2025 — Edição revisada conforme o Acordo Ortográfico da Língua Portuguesa de 2009.

Dados Internacionais de Catalogação na Publicação (CIP)

P416s

1. ed. Penner, J.

Uma sociedade de doces & magia / J. Penner ; Tradução Giovanna Chinellato. - 1.ed. - Rio de Janeiro : Alta Books, 2025.
272 p.; 13,5 x 21 cm.

Título original: A fellowship of bakers & magic.
ISBN 978-85-508-2707-0

1. Cozy fantasy. 2. Receitas e magia. 3. Competição culinária. 4. Elfos e anões. 5. Fantasia romântica. I. Título.

CDD 813.6

Índice para catálogo sistemático:

1. Fantasia: Culinária mágica: Romance fantástico - 813.6

Produção Editorial: Grupo Editorial Alta Books
Diretor Editorial: Anderson Vieira
Vendas Governamentais: Cristiane Mutüs
Coordenadora Editorial: Illysabelle Trajano

Produtora Editorial: Beatriz de Assis
Tradução: Giovanna Chinellato
Copidesque: Ellen Andrade
Diagramação: Rita Motta
Mapa: Travis Hasenour

ALTA BOOKS
GRUPO EDITORIAL

Rua Viúva Cláudio, 291 — Bairro Industrial do Jacaré
CEP: 20.970-031 — Rio de Janeiro (RJ)
Tels.: (21) 3278-8069 / 3278-8419
www.altabooks.com.br — altabooks@altabooks.com.br
Ouvidoria: ouvidoria@altabooks.com.br

Editora **afiliada à:**

Para todas as pessoas gentis.

CORDILHEIRA DUNDES
ADENASHIRE
MAR DE SOMERDOWS
Monte Dombréu
Floresta Stalina
MONTANHAS COLMORE
LANGHEIM

AS
TERRAS DO
NORTE
CRESTOLÂNDIA
GOLFO DE
PRESMAR
COSTA
SUDESTE
SECÁUREA
DESERTO
DO SUL
N
OCEANO
BAIXO

UMA SOCIEDADE DE DOCES & MAGIA

um

Uma tortinha de framboesa com tomilho voou do carrinho velho e capenga de Arleta Starstone como se houvesse criado asas e decolado por livre e espontânea vontade. O doce se espatifou no chão; a fruta vermelha e adocicada explodiu para fora da massa fina e espirrou seu sumo melado pela terra com um terrível *ploft* úmido.

Arruinado.

— Ah, pelas estrelas do céu — murmurou a jovem mulher, com o cabelo grudando na nuca suada, o que só piorava a situação.

Arleta puxou o carrinho de mão para a lateral da estrada de cascalho de Adenashire, torcendo o nariz para o aroma frutado da tortinha arruinada que se misturava ao cheiro de terra molhada. Ela ajeitou depressa o restante dos doces para que mais nenhum escapasse.

Enquanto suspirava, levantou os olhos para os carvalhos que se esticavam lá em cima, onde um grupo de corvos com penas cor de ébano crocitava empoleirado e pipocando de galho em galho. Famintos, olharam o café da manhã à sua espera, que seria curta, já que ela não tinha tempo para limpar a bagunça que fizera perto da rua principal.

Estava atrasada. *De novo*. O dispositivo de tempo em seu bolso lhe informara isso antes mesmo de sair de sua cabana.

Arleta olhou apressada ao redor para conferir se alguém havia notado seu deslize.

Além dos corvos, parecia que ninguém percebera.

Arrependida de não ter amarrado melhor os longos cabelos castanhos antes de sair, Arleta puxou a saia de linho bege para cima e afastou as mechas soltas do rosto. Então, determinada, pegou a barra de metal do carrinho superlotado e marchou adiante. Com o coração acelerado graças ao esforço, analisou o terreno pedregoso à frente, calculando mentalmente o melhor trajeto pela confusão de rochas que se espalhava pelo caminho. Não perderia mais nenhuma mercadoria naquela manhã.

O tempo todo, o cheiro de pão fresco e doces recém-saídos do forno emanava do carrinho; o estômago dela roncou em protesto, lembrando-a de que havia se esquecido de comer antes de deixar a cabana.

De novo.

Verdreth e Ervash, o casal de orcs muito gentis que morava na casa ao lado, com certeza falariam um monte na orelha dela se descobrissem que não estava comendo direito. Sempre tentavam agir como se fossem seus pais, mas ela não era mais uma criança. Fazia muito tempo que não era.

Tempo. Só precisava de mais tempo no dia.

Mas *nunca* tinha tempo suficiente.

Todas as barracas já estariam reservadas se ela não chegasse ao mercado em menos de meia hora, então precisava pegar todos os atalhos possíveis. Tonix Figlet, o dono do mercado, nunca guardava um espaço para ela. Com aquele rosto redondo e peludo e a expressão fofinha, poderia passar a impressão de que os quokkans eram um povo gentil, mas tinham um passado sombrio nas Terras do Norte, embora ninguém soubesse bem o que era verdade ou não. Ao menos, ele aparentava viver à altura dos boatos infames. Tonix, sempre carrancudo, preferia muito mais alugar as barracas para mercadores de maior *prestígio*: elfos, anões, até um raro ogro com bens a negociar.

Humanos amágicos como Arleta estavam no final de sua lista, junto com todos os outros que não tinham poderes mágicos.

Sem magia, sem respeito.

Mesmo que ela chegasse no mercado a tempo, Tonix certamente a empurraria para o fundo, onde teria de vender seus pães e doces por um preço ínfimo em comparação aos vendedores que arrebatavam os melhores lugares.

— Apesar de todo mundo ficar elogiando as minhas barrinhas de limão com cardamomo — resmungou em voz baixa.

Ao virar a esquina e entrar de fato no vilarejo, as rodas do carrinho de Arleta sacolejaram contra os paralelepípedos irregulares de Adenashire e o som ecoou pelo beco estreito. O cheiro pesado e acre de sobras e vegetais podres fez o nariz dela se contorcer. O fedor era tão forte que suprimiu totalmente os aromas tentadores de seu carrinho.

Ela se aproximou depressa da saída do beco e os sons do mercado começando o dia atingiram suas orelhas. Tonix Figlet estava no meio do caos em toda sua glória, com as patas cobertas de pelos marrom-acinzentados plantadas na cintura. Sua roupa, calças de veludo feitas sob medida e um casaco por cima da camisa de algodão passada recentemente, era simples, mas bem-feita e de qualidade, o que significa que ele levava uma boa vida como dono do mercado. Os olhos castanho-claros do marsupial desviaram para ela e, por um instante, o reconhecimento faiscou.

Então ele abriu um sorriso forçado, deu meia-volta e foi embora para o outro lado, na direção dos mercadores de linho.

Arleta xingou mais do que as estrelas.

Ela cerrou os dentes e puxou a carroça para a frente, determinada a encontrar um espaço para vender seus pães e doces não importa o que o quokkan pensasse dela. Arleta sabia que precisaria desembolsar uma parcela decente de súplicas nos minutos seguintes, mas voltar para a cabana com aquela quantidade de produtos em estoque não era uma opção. Não naquela manhã. Não depois de ter gastado a maior parte de seu orçamento semanal para comprar e fazer o que estava no carrinho. Ela precisava vender no mesmo dia, ou tudo estragaria.

— Sr. Figlet! — chamou atrás dele.

A barra do carrinho estava escorregadia de suor, e seus braços tremiam com o esforço de puxar todo aquele peso. Sua voz soou alta, acima do barulho do mercado, e mais de um mercador olhou em sua direção.

– Sr. Figlet! – gritou de novo.

O couro gasto das botas do quokkan rasparam contra o paralelepípedo áspero ao parar de repente. Arleta simplesmente continuaria sendo uma pedra no sapato dele se não lhe desse atenção, sua teimosia não era segredo algum. Ele se virou.

– Sim, Srta. Starstone? – Assim que as palavras deixaram sua boca, ele apertou os lábios de marsupial e bufou. Do bolso, tirou um relógio dourado, espiou os ponteiros e mostrou para ela. – Sabe que horas são?

O desdém estava escrito em cada um de seus aspectos dissimuladoramente adoráveis, mas Arleta não se permitiu afetar. Em vez disso, estufou o peito, pronta para fazer o que fosse preciso para conseguir um lugar.

Implorar. Suplicar. Oferecer a Tonix Figlet doces de graça para o resto da vida.

Ela parou, e o carrinho atrás de si deu uma guinada, quase derrubando mais tortinhas de framboesa. Enquanto o quokkan esperava sua resposta, batendo o pé no chão, Arleta pigarreou. Ela espiou por cima do ombro e correu os olhos pelas barracas. Como esperado, o pior lugar ao fundo continuava disponível, e os clientes estavam só começando a chegar.

Ainda dava tempo de preparar tudo.

– Sim, Sr. Figlet. Estou *um pouquinho* atrasada. – Com um leve dar de ombros, Arleta fez um gesto de pinça com os dedos.

– Menina, você está *sempre* atrasada. A fila de mercadores encerra às oito em ponto. Já fechou faz dez minutos. Sinto muito, Srta. Starstone. – A voz dele estava tomada de falsa empatia, acompanhada por uma expressão exagerada que ela tinha a sensação de ser só um teatro para quem estivesse vendo.

Arleta estremeceu.

– Sim, eu sei.

O quokkan tinha razão, é claro. Ela estava sempre atrasada, sempre correndo atrás das demandas da vida, e já havia lhe dado todas as suas desculpas antes.

Ela fazia todo o trabalho sozinha.

Não tinha mágica para ajudar.

O tempo lhe escapava quando estava tentando aperfeiçoar uma nova receita.

Os pães e doces precisavam ser vendidos em algum lugar, mas Arleta não tinha como pagar por um carrinho de comida decente, nem pela licença que teria de vir junto, ou, pelo amor das estrelas, poupar ouro o suficiente para de fato comprar uma *padaria* na cidade. O mercado era a única opção que tinha para vender seus produtos.

Mas Tonix Figlet não parecia se importar muito com nenhuma dessas questões, e muito menos com Arleta. Agora, se um *elfo* da região estivesse passando por dificuldades, era possível que ele lhe oferecesse certa gentileza, embora o que *realmente* importasse para Tonix fosse só a reputação de seu mercado. Todo mundo sabia disso.

E pessoas sem magia maculavam essa reputação.

— Sinto muito, não há mais vagas para hoje — disse o quokkan, e começou a se virar. — Talvez seja melhor você tentar de novo semana que vem.

Arleta estava incrivelmente ciente dessa dança entre ela e Tonix, a dança que a mantinha em seu lugar.

— Tenho pratas — disse, e logo enfiou a mão no bolso para puxar as moedas.

Ao tilintar do metal, Tonix girou de volta para ela, e sua expressão pareceu mais favorável, embora apenas por um instante.

Arleta aproveitou a deixa.

— Você ainda tem uma barraca vazia, e eu posso te oferecer... *seis* moedas por ela. — A barraca em questão era nos fundos *e* parcialmente escondida atrás de um poste, então na verdade mal valia as quatro moedas usuais, mas oferecer-lhe uma quantia maior sempre parecia amenizar o golpe de alugar para ela.

Arleta sentiu um peso no estômago ao estender as moedas. Elas pesavam em sua palma, um lembrete físico e familiar do sacrifício que estava fazendo. A não ser que vendesse tudo naquele dia *e* que clientes generosos enchessem seu jarro de gorjetas, pagar as moedas extras significaria ficar sem jantar por alguns dias e abrir mão de ingredientes especiais para uma receita nova que ela estava planejando testar.

Mas ali, naquele momento, não importava.

Arleta *precisava* daquela barraca.

Tinha que parar de viver semana a semana.

Ao seu redor, o mercado continuava zunindo com a atividade crescente. Mercadores preparavam seus estandes entre conversas amigáveis e uma ocasional explosão de risadas de um grupo passageiro de crianças. Churrasqueiras foram alimentadas, cobrindo o ar com cheiros de todo tipo de carne suculenta.

– Seis moedas – proclamou ela, como se fosse uma fortuna. Então acrescentou, com um tom que transbordava doçura: – Você não quer que o lugar pareça *vazio*, quer?

Arleta estava totalmente ciente de como esse último comentário seria uma pequena alfinetada. Tonix tinha uma reputação a manter, afinal, e até preencher o espaço com os produtos de uma mercadora amágica era melhor do que a cena sofrida de uma barraca vaga.

Enquanto esperava a resposta dele, a tensão cresceu entre os dois. Cada palavra que ela dizia era uma aposta, uma dança delicada, e ela precisava acertar todos os passos se quisesse garantir as vendas do dia.

– Feito. – O quokkan pegou as moedas da mão dela. – Agora some da minha frente.

– Obrigada, Sr. Figlet – agradeceu ela, com medo de ele mudar de ideia. Com um grunhido, Arleta pegou a barra do carrinho, correu para a barraca vazia, e por pouco não acertou o poste com a quina da carroça.

À sua esquerda estava uma minotaura vendendo joias personalizadas, usando um vestido floral que reluzia à luz do sol. Suas joias também brilhavam, refletindo um arco-íris de padrões cintilantes nas barracas próximas. Arleta não teve como não admirar os desenhos intricados, era uma peça mais linda do que a outra, embora nada que ela jamais fosse conseguir comprar.

À sua direita, o rico aroma de mel dourado flutuava da barraca de um halfling barbudo e forte. O estande dele estava adornado com jarros cheios de líquidos grossos de diferentes tons, do dourado pálido ao âmbar vivo. Cada um deles brilhava à luz do sol, lançando uma cortina dourada sobre tudo ao redor.

Nenhum dos dois mercadores disse oi, mas só de pensar em mel, a parte confeiteira – que na verdade ocupava mais do que a parcela usual – do cérebro de Arleta se iluminou com mil ideias.

Bolos fofinhos de mel com chantili aveludado.

Folhado macio com cobertura de mel e nozes.

Água de rosas e pão de mel.

O estômago dela roncou, e Arleta soube que teria de pegar um jarro ou dois antes do final do dia.

Se ganhasse o suficiente para pagar.

– Foco – murmurou para si enquanto pegava uma elegante toalha de renda que havia sido da mãe e forrava a mesa. Toda vez que usava essa toalha em particular, era transportada de volta para uma época em que a cozinha da família ficava tomada pelo cheiro das delícias que sua mãe fazia no forno.

De volta para quando as coisas pareciam certas no mundo.

Arleta engoliu em seco o súbito nó de emoções que se formou em sua garganta e estendeu a toalha, tomando o cuidado de alisar todas as dobras e amassados, pois queria que ficasse perfeita.

Sua mãe havia sido uma ávida confeiteira amadora. Foi de onde Arleta herdou a "paixão por doces", assim como o formato bem definido do queixo.

Seu pai tinha um boticário. Quando era mais nova, ela achava a loja um mistério. No começo, lhe pareciam só um monte de jarros e garrafas estranhas nas prateleiras, mas com o passar do tempo aprendeu a apreciar as ervas e as plantas, e por fim esse conhecimento a ajudou a criar doces únicos e saborosos. Além disso, os ingredientes também tinham propriedades medicinais.

Ela acreditava que, quando os clientes comiam suas criações, elas os curavam de dentro para fora. Se não o corpo, então a alma.

Era a "pitadinha de magia" de Arleta: a forma como os ingredientes se combinavam e criavam algo novo e delicioso. Era um tipo de alquimia, e ela amava isso.

Mesmo que, como qualquer humano, não tivesse magia *de verdade* – eram os únicos seres das Terras do Norte que as estrelas e a terra se certificaram de que não tivessem.

Mais da metade dos humanos podia ser *afetada* por magia, mas nenhum era presenteado com o poder de usá-la, seja fluindo por seu sangue ou por meio da habilidade de canalizá-la externamente.

Arleta organizou seus produtos. As tortinhas de framboesa com tomilho eram sua mais nova criação. O toque terroso de ervas frescas com a doçura das framboesas era quase intoxicante, e ela sabia que a casquinha fina e delicada da massa derretia na boca. Ao lado das tortinhas estavam os biscoitos de mirtilo, macios e crocantes. Verdreth e Ervash os haviam provado na noite anterior – embora como fossem orcs, seu "provar" normalmente envolvia uma quantidade maior do que Arleta esperava.

Havia também vários pães de fermentação natural com alecrim, enroladinhos de canela e minúsculos bolinhos de limão com lavanda, e cada um era uma pequena obra de arte. Por fim, colocou as plaquinhas de preço que Ervash entalhara em madeira para ela. Havia dito que não precisava, mas ele as fizera mesmo assim. O orc era um grande artista, com olhar afiado para detalhes.

Quando finalmente terminou de arrumar tudo, ela forçou um sorriso necessário. Tonix a espiou do outro lado do mercado, e Arleta abriu os braços para lhe mostrar a barraca pronta e bem abastecida.

Ela podia ser só humana, mas pelo menos seus pães e doces tinham um sabor mágico.

dois

Quando o sol escaldante do meio-dia bateu na cobertura da barraca, todo o mercado havia diminuído o ritmo. As crianças sorridentes haviam ido embora, o cheiro de carne assada e a fumaça haviam dissipado. Duas vezes ao longo da manhã ela tentara conversar com o halfling que vendia mel, mas exceto por um grunhido resmungado, ele estivera sempre ocupado com outra coisa. O dia *fora* corrido, e Arleta sequer teve tempo de ver o que mais estava à venda.

Estava quase na hora de fechar, e Arleta se virou para conferir o que restava no carrinho. Vazio, o que era ótimo, mas...

Se fosse para julgar pelas *vendas*, ela teria pratas para o resto da semana, mas sempre havia muitos pechinchadores que a convenciam a abaixar o preço.

— São só produtos humanos — reclamavam, ou algo do tipo. — Não vou pagar tudo isso se posso conseguir doces feitos por fadas logo ali.

Então o cliente apontava para uma das barracas chiques, cheias de opções que, sim, pertencia a alguma fada, mas Arleta sabia que suas criações eram mais saborosas.

Só que isso não importava. Ela sempre acabava dando o desconto senão perdia a venda.

Ou vinte vendas.

Era o suficiente para fazê-la desistir do sonho de ter uma padaria na cidade. Como conseguiria lucrar *e* pagar aluguel se ninguém a respeitava por algo que não tinha nem como controlar?

— Dois, por favor — disse uma voz áspera atrás de Arleta.

Ela se virou e olhou para cima, então mais para cima, e encontrou o rosto de Ervash, seu vizinho orc gentil e verde. Ele tinha o cabelo escuro preso num coque caótico no topo da cabeça e estava sorrindo para ela, com várias moedas na mão imensa. Só um filete de sua pele densamente tatuada espiava por baixo da manga arregaçada de sua amassada camisa de algodão.

— Dois o quê? — indagou Arleta, jogando-se de volta no banquinho bambo de madeira, exausta.

Não restava muito o que comprar nas bandejas. Alguns biscoitos, algumas tortinhas quebradas e não quebradas de framboesa e dois pães, assim como as migalhas que ela ainda não havia limpado.

Ervash endireitou as costas, e sua silhueta pareceu ainda mais massiva.

— O que você me recomenda? — Havia uma pontada de diversão em seu tom rouco.

Arleta cruzou os braços e olhou o que sobrou, como se fosse uma decisão incrivelmente difícil.

— Bom, dois vizinhos meus *amaram* os biscoitos de mirt...

Ela mal terminou de falar antes que Ervash pegasse todos os biscoitos na mão, então ele jogou mais moedas do que precisava na caixinha de pagamentos de Arleta.

— Vendido.

— Você não precisa fazer isso — disse ela.

O orc a espiou com um brilho divertido nos olhos âmbar.

— Ah, mas eu estou comprando tudo.

Então ele varreu o que restava na mesa para dentro de um saco de lona que trazia pendurado no ombro, e que já parecia abarrotado de compras.

Migalhas inclusive.

Atrás dele, o mercado já estava fechando, outros vendedores guardavam suas coisas. Tonix vagava de um lado para o outro. Ele encontrou o olhar dela e revirou os olhos, mas Arleta o ignorou.

— Para você *e* Verdreth? — perguntou ela ao orc.

— Hum. — A expressão dele se tornou tímida. — Ele vai trabalhar até tarde na livraria, e um orc precisa de um lanchinho.

— Ou cinco. — Arleta deu uma risadinha.

Ervash se aprumou de novo e estufou o peito musculoso.

— Sim, *isso mesmo*, precisamos. — Seus lábios se esticaram, expondo o sorriso cheio de dentes, complementado por duas pequenas presas afiadas.

Apesar da aparência potencialmente apavorante da cena, a expressão era muito querida a Arleta.

— Precisa de ajuda para arrumar aqui? — ofereceu ele.

Ela fez um biquinho e correu os olhos pela mesa.

— Acho que você já ajudou.

— Imagina. — Ele balançou a mão imensa no ar em um gesto de dispensa e em segundos já estava atrás da barraca, pegando o carrinho. — Estamos indo para o mesmo lugar, e você não vai querer deixar um orc *bravo*, vai?

Ervash fingiu franzir a testa. Mal matava moscas em casa.

Mas era forte, já que a terra presenteara os orcs com magia ligada à força, o que era ótimo quando Arleta precisava de músculos extras para carregar algo pesado. Ervash e Verdreth estavam sempre prontos para ajudar.

Arleta apertou o ossinho do nariz entre os olhos. Não adiantava argumentar com ele. Havia perdido a conta de quantas vezes dissera tanto a Ervash quanto a Verdreth que queria provar seu valor, sozinha. Eles não escutavam, e havia uma parte dela que não ligava, já que magoá-los jamais seria uma opção. Eram gentis demais.

E talvez, só talvez, fosse sentir falta deles se não estivessem por perto.

— Está bem — disse ao pegar as plaquinhas de preço e bandejas. Ela dobrou com cuidado a toalha de renda enquanto olhava desejosa para o mercador de mel na barraca ao lado. O halfling ainda tinha alguns jarros sobrando.

– Claro que está. – Ervash se virou para a mesa ao se abaixar sob a lona que cobria a barraca. Depois que o orc carregou o carrinho, ela lhe entregou a toalha e ele enfiou a caixa de dinheiro debaixo dela. – Vendeu bem hoje?

Ela deu de ombros.

– O suficiente, principalmente com a sua gorjeta. – Mas ela sabia sem precisar olhar que o lucro não bastava para comprar o mel. Precisaria se virar com o que já tinha em estoque para os itens do dia seguinte.

Ervash pegou a barra do carrinho e o puxou de trás da barraca.

– Vou te acompanhar até em casa.

Não era uma pergunta, nem um pedido.

Os dois caminharam devagar por Adenashire. O calor do dia havia desacelerado quaisquer atividades ainda remanescentes quase à estagnação. Alguns clientes estavam sentados do lado de fora da Estalagem Bode Traiçoeiro, saboreando preguiçosamente suas bebidas e comidas.

O estômago de Arleta roncou ao ver a tigela de cozido de carne quase transbordando pedaços de bife e batata em uma das mesas. Com toda a correria das vendas, ela ainda não havia comido nada o dia todo.

Vindo na direção deles do outro lado da rua, havia um homem com cinco ovelhas, provavelmente a caminho de outra pastagem ou de vender o rebanho. Quando ele passou, uma placa pregada em um poste que ela estivera evitando pelas últimas semanas captou seus olhos castanhos. Arleta ficou encarando por um momento a mais do que deveria.

– Você já se inscreveu? – perguntou Ervash, despertando-a de seus devaneios.

– Me inscrevi onde?

No entanto, ela sabia exatamente do que ele estava falando. A Batalha dos Aventais de Langheim. Aquele ano seria o aniversário de cem anos da competição, organizada pelos elfos da floresta que moravam no reino de Langheim das Terras do Norte.

Ela desceu os olhos até a base da placa onde nomeavam a vencedora do ano anterior: Taenya Carralei, bicampeã. Pelo sobrenome, Arleta sabia que se tratava de uma elfa. Os vencedores quase sempre eram elfos, mas ela não fazia ideia de qual era a aparência de Taenya, já que nunca havia viajado para Langheim, ou mesmo muito além de Adenashire.

Todos os outros detalhes estavam registrados na grande placa de madeira maciça, convidando em elegante caligrafia élfica os melhores confeiteiros das Terras a se inscreverem.

— Ervash, eu não vou me inscrever. — Arleta acelerou um pouco o passo, mas não levou muito tempo para o orc e suas pernas longas e musculosas a alcançarem. — De que adianta?

Ele pegou seu braço com gentileza, e ela parou e se virou para encará-lo.

— Não tem nenhuma regra contra amágicos.

— Mas eles *sempre* dão um jeito de desclassificar todos que entram — retrucou ela em voz baixa, percebendo que estavam em frente à loja vazia que ela vinha acompanhando há séculos. Era perfeita para uma padaria.

O orc a encarou, projetando as presas inferiores para a frente.

— E se *não* se inscrever, você está encontrando um jeito mais fácil ainda de ser desclassificada todo ano. Mas se *ganhar*? Você vai ter ouro suficiente para comprar este prédio e reformar para abrir seu negócio.

Eles ficaram parados na rua, em silêncio por um momento até uma revoada de corvos, provavelmente o mesmo grupo da manhã na expectativa de ganhar mais um lanchinho, crocitar várias vezes da beirada do telhado à sua esquerda.

Arleta bufou e cruzou os braços.

— Viu? Mau presságio.

O orc revirou os olhos e fez um gesto de dispensa com a mão.

— O único mau presságio é você nem tentar.

Ervash era teimoso. No mínimo tão teimoso quanto Arleta.

Ela desviou os olhos de volta para a placa.

— O prazo é amanhã. Já é tarde demais. Além disso, mesmo que eu recebesse um convite, como ia fazer para *chegar* em

Langheim? É pelo menos um dia de viagem de carroça, e para custear esse aluguel? Não consigo nem pagar meus ingredientes, sem contar comida para encher a barriga.

— Verdreth e eu podemos ajudar. — As sobrancelhas dele arquearam em um gesto definitivamente parental. — A livraria está indo muito bem, e meus bicos estão engrenando.

Bicos. Ervash era modesto demais acerca de sua arte. Seus quadros haviam se tornado uma sensação entre a classe nobre de Adenashire, e sua fama estava se espalhando depressa pelas Terras do Norte. Todas as pessoas importantes queriam contratá-lo. Mas nada disso jamais venceria sua humildade.

— Meus pais me criaram para ser autossuficiente. — Arleta jogou o quadril de lado em um pequeno gesto de rebeldia. Mas imediatamente se arrependeu de tê-los mencionado. — Não sou mais uma criança. Estou com 25, então faz *anos* que não sou uma.

Ervash a olhou nos olhos.

— Verdreth e eu somos vizinhos da sua família desde antes de você nascer. Eu tenho certeza de que seus pais criaram uma menina feliz.

Ela abriu a boa para protestar, mas ele não deixou.

— E não são só crianças que precisam de ajuda. Eu sei que você é uma mulher, uma empreendedora. — Enquanto falava, a voz dele foi ficando cada vez mais alta. — Tirando a parte de se menosprezar, você é *boa* no que faz. É a melhor confeiteira de Adenashire, talvez de todas as Terras do Norte. E eu não estou falando isso só porque me importo com você. Estou falando porque é *verdade*.

Arleta olhou ao redor para ver se alguém havia notado a explosão de energia do orc. E sim... haviam. Os corvos voaram, e um anão parou do outro lado da rua só para escutar Ervash e sua súbita declaração empolgada. No pub da estalagem, os mesmos clientes que apreciavam seus comes e bebes estavam encarando, entretidos com o espetáculo.

Ela soltou o ar devagar e descruzou os braços.

— Talvez ano que vem.

A expressão de Ervash suavizou imediatamente.

— Ano que vem *com certeza*. — Ele desviou os olhos para a modesta lojinha de esquina. — Tenho uma sensação boa a respeito desse lugar.

Em um ano, o espaço certamente já estaria alugado para outra pessoa, mas Arleta assentiu, então gesticulou para que continuassem em direção às suas casas. A caminhada não era longa depois de virarem à direita na esquina seguinte, e as duas cabanas apareceram logo adiante.

As casas idênticas ficavam em uma vizinhança tranquila de Adenashire, ambas cinzentas com telhados de palha, altos e pontudos, e janelas de madeira com padrão cruzado. Ervash havia pintado as duas portas de verde-floresta, e sempre cuidava das roseiras à frente de ambas as fachadas, já que Arleta não tinha tempo para isso.

Logo, estavam no caminho de entrada da cabana dela. Antes que ela pudesse descarregar o carrinho, Ervash, com seus braços gigantes, já havia pegado tudo, inclusive seu saco de lanchinhos, pronto para levar para dentro.

Arleta abriu a porta para os dois. Eram casas pequenas, mas a dela era melhor do que qualquer coisa que ela poderia pagar se os pais não tivessem comprado a cabana anos antes. O teto era alto, um dos motivos pelos quais Ervash e Verdreth haviam adquirido a deles trinta anos atrás. Tetos altos o suficiente para orcs não eram muito fáceis de se encontrar em Adenashire.

Cada cabana tinha dois quartos. Os orcs usavam seu segundo como escritório e ateliê de pintura, enquanto Arleta usava o seu como despensa. Ambas tinham uma cozinha grande, que também era algo raro, mas já que a mãe dela amava cozinhar e o pai sempre fazia experimentos com as coisas do boticário, precisavam de um espaço considerável. Na parede havia prateleiras com as ervas de Arleta e os livros de seu pai, que ela amava estudar quando tinha tempo livre — o que era quase nunca ultimamente. Os balcões de madeira tinham grandes potes de farinha, frutas secas, açúcar e outros ingredientes perfeitamente organizados ao lado de suas travessas e utensílios, todos herdados da mãe.

– Eu me lembro de quando ajudei Declan a instalar esse fogão. – Ervash olhou para o aparelho antes de colocar as coisas no balcão. A toalha de mesa manteve a caixa de dinheiro e outros suprimentos escondidos. – Nina amou. – Ele deu uma risadinha. – Mas aí reclamou que tinha sido caro demais.

Era um item excepcional, no entanto. Quando Arleta tinha 10 anos, seu pai presentou sua mãe com o imenso fogão de ferro fundido, exatamente como os que eram usados na competição da placa da cidade. Aquele havia sido um bom ano para os negócios dele, e ele mandou entregar o presente direto em casa.

– Foi *mesmo* caro demais – comentou Arleta com um sussurro de nostalgia, secando depressa a ameaça de umidade nos olhos. – Mas valeu tanto a pena.

Sua mãe ficara incrivelmente feliz.

Ela se virou para o orc.

– Obrigada por me acompanhar até aqui. Agora preciso cozinhar. – Espiou o saco no braço dele. – E você precisa comer seus biscoitos.

Os olhos dele brilharam com o lembrete.

– Preciso mesmo! Quase esqueci. – Ervash lhe abriu um sorriso cheio de dentes, deixando claro que não havia quase esquecido nada. – E você será mais do que bem-vinda se quiser jantar lá em casa hoje. Vou fazer frango assado com batata e cenoura.

Arleta assentiu, mas os dois sabiam que ela raramente aceitava convites para jantar. Ficava ocupada demais fazendo seus pães e doces para vender no mercado no dia seguinte. As horas passariam, e ela teria que pegar alguma coisa simples da caixa de gelo no chão da cozinha. Então arrastaria o corpo exausto até a cama e tudo recomeçaria no dia seguinte.

Ervash levantou o saco e inclinou a cabeça em sua direção.

– Eu vou me deliciar com isso. Amanhã te vejo de novo.

Arleta abriu a boca para dizer que ele não precisava, mas pensou melhor.

– Até amanhã depois do mercado então.

Ele se inclinou em um leve cumprimento e foi embora.

Depois que o orc saiu, o peso do dia caiu sobre os ombros de Arleta, mas a perspectiva de colocar a mão na farinha, manteiga e açúcar enviou uma nova carga de energia para seus membros. Ela foi até o balcão e pegou a toalha de mesa para guardá-la.

Sob ela não estavam apenas as plaquinhas de preço, bandejas e sua caixinha de dinheiro, mas também um grande jarro de mel cor de âmbar com o favo flutuando dentro, e uma torta de carne que Ervash havia obviamente comprado no mercado.

Só para ela.

três

Duas semanas depois, Arleta estava muito orgulhosa de sua pontualidade naquela manhã em especial. Puxou o relógio de seu pai da lateral da saia, conferiu o horário e o devolveu ao bolso para mantê-lo protegido.

O carrinho já estava abastecido e esperando à frente da cabana, e naquela manhã ela até podia se demorar mais alguns minutos e ainda chegar no mercado com tempo suficiente para arrumar tudo. Nem precisaria dar a volta pela estrada pedregosa ao redor da cidade.

Aparentemente, as estrelas estavam finalmente se alinhando.

Com o tempo extra, correu depressa até os fundos da casa para colher alecrim, manjericão e tomilho a fim de decorar a mesa. Tinha alguns itens especiais dessa vez, como uma geleia de amoras-silvestres com manjericão que poderia se tornar popular caso conseguisse fazer uma boa propaganda. A conserva combinava maravilhosamente bem com as opções de pão amanteigado que ela assara tarde da noite.

Arleta chegou à horta e pegou vários ramos das ervas. As violetas comestíveis também desabrochavam à luz do sol da manhã, e ela não conseguia resistir aos seus rostinhos floridos. Vários punhados deles também foram parar no bolso do avental.

Satisfeita, e ainda não atrasada, ela foi até a frente da casa onde um gigante cavalo tordilho estava bloqueando seu carrinho.

– Oh, olá – disse, surpresa, parando imediatamente.

O cavalo resfolegou e balançou a cabeça, mas não disse nada, é claro.

Cavalos não falam. Todo mundo sabe disso.

No entanto, o corcel voltou a atenção para um elfo da floresta de pele num tom claro de bege, mais claro do que o bege acastanhado de Arleta. Ele vestia calça de algodão e uma túnica leve, com cinto e detalhes em bordado dourado na gola e nas mangas. O elfo estava prestes a bater na porta da cabana dela, e segurava uma carta com caligrafia elegante na frente e lacre de cera.

– Posso ajudar? – perguntou Arleta, mas na verdade não queria ajudar ninguém à sua porta, já que estava sendo subitamente forçada a lidar com o enorme cavalo no meio do seu caminho. Os segundos estavam passando, e ela estava perdendo depressa a vantagem de estar no horário.

O elfo se virou em sua direção, pronto para falar. Mas quando viu Arleta, seus lábios fecharam de repente e os olhos azuis ficaram tão arregalados quanto os pires pintados à mão que ela guardava com o bule e as xícaras do mesmo conjunto na segunda porta do armário à direita do fogão.

O elfo era alto, o que não era nada extraordinário, já que todos os elfos pareciam ter grandes alturas, pelo menos os que Arleta vira ocasionalmente em Adenashire. Ele estava paralisado, ainda agarrado ao envelope como se sua vida dependesse disso, olhando fixo para Arleta. Um cacho de seu cabelo dourado, dedilhado pelo vento, era a única coisa que se mexia.

Algo acerca dele parecia familiar, mas Arleta não fazia ideia de onde. Tinha certeza de que nunca haviam se encontrado antes.

– *Oiii?* Posso ajudar? – repetiu Arleta, espiando mais uma vez o cavalo que bloqueava sua passagem.

– Uhm... – balbuciou enfim o elfo, com a respiração pesada. – Ahn...

Elfos, em especial os da floresta, tendiam a ser confiantes, e tinham muitos motivos para isso. Um deles era o fato de serem, na maioria das vezes, muito bonitos.

Sem dúvidas, com o maxilar marcado e bochechas altas, este fazia jus à fama.

Muito inteligentes também.

O que, àquele ponto, era algo questionável para Arleta devido à falta de habilidades de conversação dele, e a boca escancarada.

E muito conectados com a natureza.

Eles tinham magia da flora e da fauna, especificamente, e como sua magia costumava ser visível, acabavam sendo mais respeitados.

Este estava quase suando pequenas centelhas de magia verde e dourada das mãos.

Arleta puxou o relógio do bolso mais uma vez.

Pelas estrelas!

Aquele elfo ridículo havia feito ela *se atrasar!* Apressada, deu a volta no cavalo que batia os cascos e segurou a barra do carrinho.

– Com licença – murmurou, e o cavalo recuou como se tivesse entendido, dando espaço para ela puxar sua carga e seguir pela estrada.

O que quer que o elfo quisesse, poderia fechar sua boca sem palavras e deixar um bilhete. Arleta tinha uma barraca a montar e um quokkan gordinho com quem lidar.

– Espera! – chamou o elfo, assim que ela pisou na rua de terra.

– Tenho que ir. – A jovem mulher acenou no ar, mas não se virou para ele e seguiu seu caminho.

– Você é Arleta Starstone? – gritou o elfo atrás dela. – Trago uma mensagem. *É importante!*

– Ah, pelas estrelas – resmungou Arleta, então parou.

Ela se virou a tempo de ver Ervash e Verdreth saírem da porta da casa deles. Verdreth segurava um livro, com um par de óculos minúsculos na ponta do nariz. Ervash, como de costume, estava sem camisa. Sua pele verde, os músculos definidos e o peito com tatuagens que se espalhavam até o braço estavam expostos em toda sua glória. Ervash representava a força do casal, Verdreth a inteligência – pelo menos em aparência. Na prática, os dois se igualavam em ambos os departamentos.

— Temos um problema aqui? — perguntou Verdreth com um rosnado sutil, espiando por cima dos óculos o elfo de pé à porta de Arleta.

O desconhecido pigarreou e mostrou o envelope.

— Tenho um convite para Arleta Starstone.

— E eu preciso *mesmo* ir para o mercado — gritou Arleta para Verdreth. — Você se importa de resolver isso para mim?

Ela inclinou a cabeça para o carrinho abarrotado e começou a andar de novo.

— Preciso entregar o comunicado em mãos direto para a destinatária — anunciou o elfo, com as botas ecoando na terra atrás dela, determinado a completar sua missão. — É o regulamento.

Ela girou de súbito, e toda sua paciência evaporou.

— Você realmente quer que eu me atrase, não é?

O elfo continuou se aproximando, com o envelope no ar. Logo atrás dele vinham os dois orcs. Ervash estava sussurrando alguma coisa na orelha de Verdreth, cujas sobrancelhas se arqueavam com o que quer que estivesse ouvindo do companheiro.

Quando o elfo alcançou Arleta, estendeu-lhe o envelope. Ervash e Verdreth simplesmente ficaram alguns passos para trás, sem fazer nada exceto abrir sorrisos tolos em seus rostos verdes de orc.

Arleta estava começando a sentir um aperto cada vez mais forte no peito, mas pegou o envelope elegante da mão do elfo e rompeu o lacre.

— Eu sou Theodmon Brylar, e a senhorita, Arleta Starstone, está convidada a participar da Batalha dos Aventais de Langheim — desembuchou ele, como se fosse um menininho ansioso antes de Arleta sequer ter tempo de ler o convite. Mais algumas faíscas de magia verde e dourada flutuaram de suas mãos.

Dessa vez, foram os olhos de Arleta que ficaram tão grandes quanto aqueles pires em seu armário, os que têm ramos de lavanda delicadamente pintados nas bordas. Mas sua expressão fechou depressa quando franziu as sobrancelhas.

— Isso é uma brincadeira, não é? — Ela desviou a atenção de Theodmon para os orcs, então de volta ao elfo. — Porque eu não me inscrevi.

Nenhum dos homens disse nada enquanto Arleta os encarava, séria. A tensão engrossou tanto quanto o recheio de calda de limão nos bombons de morango que estavam em seu carrinho, ainda esperando para serem vendidos no mercado.

— *Eu* te inscrevi — admitiu Ervash enfim, mordendo o lábio.

— Você fez o quê? — Arleta estava pasma, sem saber exatamente o que fazer com essa nova informação. Sim, participar da Batalha dos Aventais seria um grande passo para ela.

Mas as chances de eles a deixarem entrar iam de ínfimas a nenhuma.

E seria humilhada, não podia arriscar isso. Já havia sido difícil o suficiente chegar tão longe quanto chegara.

Arleta já havia perdido muito. Tinha que proteger seu coração.

— Você não deveria ter feito isso, Ervash. — Manteve o tom suave já que, apesar da sensação de fogo de dragão queimando seu estômago, definitivamente não queria ficar *brava* com ele.

Não podia perder os orcs também.

— Não entendo — disse Theodmon, sem desviar os olhos dos dela. — É uma *honra* ser convidada para a Batalha dos Aventais...

— Sim, claro. Mas eu não vou participar — interrompeu Arleta, enfiando o convite junto com o relógio no bolso. — Sou huma...

— Uma moça com clientes à espera — cortou Verdreth, aproximando-se e colocando a mão no ombro dela. Arleta inclinou a cabeça num gesto questionador, essa interrupção não era típica dele. — Ela precisa levar suas criações para o mercado. Que tal a gente te ajudar a chegar lá a tempo, e depois você pensa nisso?

Ele abriu um largo sorriso para ela. Mas Arleta balançou a cabeça e pegou a barra do carrinho.

— Eu me viro.

Theodmon correu a atenção pelo grupo, então focou ela de novo.

— Eu... eu ajudo — disse apressado. — Nós... temos que conversar sobre sua negativa em participar da Batalha.

Antes que ela pudesse dizer não, Theodmon já havia pegado o carrinho e o estava puxando pela rua. Arleta inflou as bochechas, soprou o ar e fulminou os orcs com o olhar.

— Nunca mais dou biscoitos para vocês.

— Eu não fiz nada — alegou Verdreth, erguendo as mãos de maneira inocente no ar.

Ervash balançou a cabeça com um olhar horrorizado.

— Não! Você *não faria* isso!

— Ah, faria sim. — Arleta, é claro, não estava falando sério, mas deu meia-volta e correu atrás de Theodmon. — E seu cavalo? — perguntou quando alcançou o elfo, que puxava o carrinho com facilidade.

— Ah, o Nimbus? Ele espera — disse Theodmon. Sua expressão parecia ter se acalmado um pouco depois do que quer que estivesse acontecendo na frente da cabana. — Já avisei que vamos voltar e que ele pode ficar aqui.

Arleta cruzou os braços, esforçando-se para acompanhar o ritmo acelerado de Theodmon.

— Não avisou, não.

O elfo apontou para a própria cabeça.

— Comunicação mental.

No caos da manhã, Arleta havia se esquecido de que alguns elfos tinham o dom mágico de falar com animais.

— Uhm.

Eles chegaram ao final da rua e Theodmon parou, olhou para um lado, depois para outro, correndo os olhos pela movimentação matinal de pedestres.

— Você sabe para onde está indo? — perguntou Arleta.

— Não — admitiu Theodmon. — Nunca tinha vindo a Adenashire antes. Até onde eu sei, você é a primeira daqui a receber um convite para competir.

Arleta ficou de boca fechada e não falou nada sobre isso ter a ver com o fato de que a maioria da população da cidade era de amágicos, ou seja, gente que simplesmente *não era* convidada para a Batalha dos Aventais. Nem ousariam. Mas um debate sobre a política das Terras do Norte não era bem a conversa que ela queria ter com esse elfo que acabara de conhecer, e que também calhava de estar levando-a a tempo para o mercado. Verdreth provavelmente fez bem de tê-la cortado aquela hora.

— É por aqui, Theodmon. — Ela apontou para a direita, e ele voltou a andar. Dessa vez Arleta estava preparada e acompanhou.

— Por favor, me chame de Theo — pediu o elfo enquanto ela seguia seus passos ágeis.

Ela não respondeu ao pedido, no entanto. *Assim que ele me deixar no mercado, vai embora para entregar o próximo convite.*

Não é como se fôssemos amigos.

Durante a jornada pelas ruas familiares, Arleta estava consciente demais dos olhares alheios em sua direção. Não era algo totalmente incomum, já que ou ela era a jovem pobre e sozinha numa cabana ou a mulher desastrada derrubando doces na rua, mas naquele dia estava acompanhada de um elfo bem-vestido. E um elfo *bonito*, ainda por cima. Esse fato sozinho já era suficiente para alimentar por dias as fofocas do vilarejo.

O mercado logo ficou à vista, e os dois entraram na praça.

— Qual é a sua barraca? — perguntou Theo, com o peito subindo e descendo depressa por causa do esforço.

Uma polvilhada de vergonha caiu sobre Arleta.

— Não tenho um espaço permanente. Precisamos encontrar o dono e ver o que ele tem sobrando.

Uma expressão intrigada enrugou o rosto atraente de Theo.

— Por que não tem?

— Porque não. — Arleta viu Tonix do outro lado e gesticulou para que o elfo a seguisse. — Sr. Figlet! — chamou, como havia feito tantas vezes antes.

Os olhos do quokkan se fixaram nela, então depressa correram para Theo. Ele abriu os braços de maneira ampla e caminhou direto até o elfo, que ainda puxava o carrinho.

— Seu rosto é novo por aqui. — Tonix vestiu sua melhor postura e abaixou o tom de voz. — O que posso fazer por você, meu caro senhor?

Theo encolheu o queixo numa expressão confusa e olhou para Arleta.

— *Ela* precisa alugar uma barraca para hoje.

Arleta revirou os olhos com a familiaridade da situação.

Tonix voltou a atenção para a jovem, então de volta ao elfo, exibindo os dentes.

— E o senhor também precisa de uma barraca?

— Sim — respondeu Arleta antes que Theo pudesse. — Este *elfo* precisa de um espaço, Sr. Figlet.

Ela sabia muito bem que ele trataria Theo muito melhor do que a tratava, mas provavelmente se arrependeria do que aconteceria quando Tonix descobrisse que Theo só estava de passagem e a barraca era na verdade para ela. No momento, não se importava.

Tonix pigarreou e estendeu a mão para uma grande barraca ainda vaga perto da entrada principal.

— Tivemos um cancelamento hoje. Posso te oferecer este lugar premium pelo preço promocional de apenas três pratas.

Arleta quase engasgou com a própria língua ao escutar o mísero valor. Ela costumava pagar cinco ou seis pratas, dependendo do humor de Tonix no dia, pelos *piores* lugares.

— Feito — foi tudo o que conseguiu dizer.

O quokkan lançou um olhar mortal em sua direção. Entretanto, provavelmente ainda estava encantado demais com a possibilidade de um *elfo da floresta* vender pães e doces em seu mercado, e tão perto assim do início da Batalha dos Aventais, para perceber que Arleta e Theo estavam juntos.

Antes que qualquer outra coisa pudesse ser dita, Theo estendeu três moedas de prata para Tonix, e as patas gananciosas do quokkan se apressaram a pegá-las. Ele olhou para Arleta, mas não teve a chance de falar nada ou sequer lhe dar as costas, pois ela já estava saltitando atrás de Theo a caminho de sua preciosa barraca.

— Espera! — gritou Tonix, mas pelo menos naquele dia Arleta sabia que ele não a impediria por medo de irritar um elfo da floresta, não importa quem ele fosse.

Arleta deu uma risadinha animada como uma menina.

— Isso foi incrível — disse quando alcançou Theo na barraca.

Ele só balançou a cabeça.

— Qual o problema daquele quokkan? Por que ele estava te olhando daquele jeito?

Instantaneamente, a pergunta estourou o humor inflado de alegria de Arleta. Não porque ela não houvesse se feito a mesma pergunta algumas vezes, mas porque a puxou de volta para a realidade.

— Achei que era para os elfos serem espertos. — Ela começou a descarregar o carrinho na mesa à espera, estendendo sua toalha preferida.

E como se fosse algo tão natural quanto respirar, Theo pegou a outra ponta e a ajudou. O ato de ele tocar algo que lhe era tão querido fez o estômago de Arleta dar uma guinada. Não tanto porque ele *estava* ajudando... e sim porque ela não estava nem tentando impedir.

— Não faço ideia do que você esteja falando, Arleta Starstone — lá estava aquela sensação no estômago de novo, só de ouvi-lo dizer seu nome —, só sei que *aquele* quokkan é muito rude. Conheci tantos deles que eram animados e gentis — completou.

— Com *você*. E talvez esteja julgando pelo narizinho redondo e pela tendência que eles têm de serem lisonjeiros.

Ela alisou quaisquer amassados na renda e foi buscar as bandejas e plaquinhas de preço no carrinho. Atrás deles, os sons do mercado começaram a ficar mais altos, o aroma de carne chamuscada e fumaça de lenha queimada dominou os sentidos dela mais uma vez. Alguns clientes já estavam chegando.

— Mas com você não? — perguntou ele, com os olhos fixos em Arleta. — Porque isso é inaceitável.

Arleta estava com vários vidros de geleia na mão e os colocou delicadamente na frente da mesa. Uma parte dela estava começando a gostar de Theo, mas sabia que nunca mais o veria depois daquele dia. Além disso, não era como se o desprezo geral por humanos fosse um segredo. Eles não tinham poderes mágicos, era simples assim. Não adiantava nada continuar escondendo isso dele.

— Não para quem não tem magia... como eu. Sou humana.

Theo parou de tirar os bombons de morango com recheio de limão do carrinho e olhou para ela.

— Starstone é sobrenome de mago.

Arleta deu uma risadinha. Todo mundo em Adenashire sabia que os Starstone não tinham um pingo de sangue de mago, o que era um grande infortúnio para ela, já que os magos estavam entre os povos mais poderosos das Terras do Norte. Nem um pingo. Ela havia sido lembrada disso mais vezes do que conseguia contar.

— Um ancestral distante por parte de pai era adotado. O nome acabou pegando, só isso. Não veio com nenhuma habilidade mágica de brinde.

— Ah — disse ele, mas não demonstrou nenhuma emoção.

Arleta tinha quase certeza de que Theo iria embora então, depois de pedir que ela devolvesse o convite guardado em segurança no seu bolso, mas ele não foi. Em vez disso, continuou organizando os pães e outros itens que Arleta havia preparado na noite anterior.

— Então agora você entende por que eu não posso aceitar essa vaga na competição. — Ela mordeu o lábio inferior, mas não parou de tirar as ervas frescas e as violetas do bolso do avental e espalhá-las entre os diferentes produtos. — E sabendo disso, você provavelmente deveria ir embora. — Arleta lhe estendeu três moedas. — Pela barraca.

Theo tirou o giz do carrinho, deu a volta na mesa e começou a anotar os preços nas plaquinhas de madeira.

— Por quê? — perguntou sem nem olhar para ela.

Arleta sabia que provavelmente ia ter de abaixar os preços depois de ver o que ele estava escrevendo.

— Porque não posso deixar você pagar pela minha barraca. — Ela estendeu a mão para ele de novo.

Theo endireitou as costas.

— Não, não as pratas. Eu aceito que você me pague de volta. — Ele pegou as moedas dela e enfiou no bolso como se estivesse provando o que dissera. — Por que não pode competir?

Ela riu, desconfortável da cabeça às botas.

— Você não escutou o que eu disse? Sou *humana*. Não tenho magia.

O elfo a espiou por um segundo, então pegou um bombom de morango com limão do cesto.

– Vou pagar por isso. – Antes que Arleta pudesse falar qualquer coisa, ele enfiou o doce na boca, e seus olhos azuis brilharam. Os dois ficaram parados enquanto ele mastigava muito devagar, como se nunca quisesse engolir a iguaria. Quando finalmente o fez, comentou: – *Isto* é a coisa mais maravilhosa que eu já comi. É mágico.

Arleta engoliu em seco ao ouvi-lo falar desse jeito dela – não, não *dela* – das criações dela.

Com a lateral da mão, ele apagou quaisquer preços que havia escrito nas plaquinhas e reescreveu alguma outra coisa no lugar.

Arleta bufou, foi até a frente da mesa, então congelou ao ver os preços que ele anotara. Eram pelo menos cinco vezes o que ela estava acostumada a pedir por seus produtos.

– Não posso cobrar isso!

– Vale mais ainda. – Dessa vez ele falou *enquanto* mastigava.

– *Ninguém* vai pagar esse valor – protestou Arleta, apontando para a plaquinha mais próxima.

Um sorriso largo curvou os cantos da boca de Theo, e ele estendeu a mão para ela ao mesmo tempo em que uma grande multidão entrava no mercado.

– Vamos apostar. Quando der meio-dia, você vai ter vendido tudo e essa barraca vai estar cheia de senhorinhas brigando para ver quem fica com o último doce.

Devagar, ela pegou a mão estendida dele. Parecia se encaixar na dela, de alguma forma.

– O que estamos apostando?

– Se eu estiver errado, você pode voltar para a sua vida com um lucro decente pelas vendas do dia. Tudo seu.

Arleta arqueou uma sobrancelha.

– E se você estiver certo?

O olhar firme de Theo encontrou o dela, totalmente confiante.

– Aí você vai me deixar te acompanhar até a Batalha dos Aventais e garantir que você tenha uma chance de competir.

— Por quê? — perguntou Arleta. — Que diferença faz para você se eu competir ou não? Tem vários outros confeiteiros excelentes por aí. Eles definitivamente não precisam de *mim*.

Theo ficou olhando fixo para ela por um momento, como se estivesse escolhendo as palavras com cuidado, certificando-se de que fossem certas e verdadeiras. Quando enfim se decidiu, falou:

— Eu levo meu trabalho muito a sério. Perder competidores não é uma opção se eu puder evitar.

Algo no tom do elfo dizia a Arleta que ele estava omitindo alguma coisa, mas essa explicação até que fazia um pouco de sentido.

Theo simplesmente tinha um trabalho a cumprir e estava tentando fazê-lo direito.

Apesar de suas entranhas estarem se contorcendo, Arleta apertou a mão dele.

Theo comprimiu os lábios para o lado como se estivesse recapitulando algum pensamento muito antigo.

— Não é verdade que eles jogam os parentes na cara do inimigo para poder fugir, *é?*

— Quem? — perguntou Arleta, confusa com a súbita mudança de assunto.

— Os quokkans — sussurrou Theo, e olhou ao redor do mercado como se estivesse procurando pelo Sr. Figlet.

Por mais que desgostasse de Tonix, ela disse:

— Acho que esse é um boato injusto.

Quando ela terminou falar, uma mulher com o cabelo enrolado de maneira elegante e complicada no topo da cabeça, usando um vestido de veludo, piscou sedutora para o elfo e se aproximou da beirada da mesa.

Theo voltou a atenção para os produtos, ligou seu charme élfico, inclinou a cabeça de leve e passou a mão estendida sobre as criações de Arleta como se fossem um tesouro.

— Como podemos servi-la, minha senhora?

quatro

O que aconteceu? – Arleta olhou incrédula para a mesa vazia e pegou sua caixinha de dinheiro, pesada de tão cheia. Tudo que havia levado fora vendido. A geleia, os pães, os bombons de morango com limão. As pessoas levaram até as ervas e flores decorativas.

E ainda nem era meio-dia.

– *Você* aconteceu. Seu talento, digo. – Theo deu de ombros ao dispensar dois halflings da barraca com um gesto de mão. – Acabou tudo, voltem daqui a duas semanas.

Suas expressões minúsculas foram tomadas por desapontamento, mas eles assentiram e foram embora.

Quando desapareceram na multidão, Arleta bufou enquanto preparava o carrinho.

– Foi tudo *você*. Todos viram suas orelhas pontudas e simplesmente *tinham* que levar alguma coisa. Seu charme élfico fez as vendas. Não faz diferença se os produtos estavam deliciosos.

– Mas eu tinha razão. – Theo se sentou no banquinho gasto dela e colocou os dedos entrelaçados no topo da cabeça. Um lado de sua boca arqueou para cima em um sorriso satisfeito que fez seus olhos azuis brilharem.

E ele não falou mais nada.

Arleta apertou os lábios. Mais uma vez, queria deixar a raiva dele queimar seu estômago, mas em vez disso minúsculas fadas voaram ali dentro como se ela fosse uma adolescente apaixonada.

Não que fosse dar qualquer indício de que isso estivesse acontecendo. O mais provável é que havia donzelas se jogando aos pés dele o tempo todo. Ela não seria tão tola. E já estava velha demais para paixões de menininha.

Quem se importa com cabelos loiros como o sol ondulando e caindo sobre um rosto surrealmente bonito, o maxilar bem definido com o mais leve sinal de uma barba rala... penetrantes olhos oceânicos...

E elfos que ganhavam apostas dela?

Não Arleta. Nenhum charme élfico iria dominá-la.

Ele estava só fazendo seu trabalho.

Ela pigarreou e puxou a toalha de renda da mesa.

Theo ficou de pé num pulo.

— Se partirmos ao amanhecer, chegaremos a Langheim com tempo de sobra. Um dia antes, na verdade. O castelo não fecha os portões até o pôr do sol.

— Não vou para Langheim. — Arleta não olhou para ele, continuou colocando a toalha em cima da caixinha de dinheiro no carrinho. Seus dedos não soltaram a barra do tecido enquanto ela se recusava a encará-lo, exceto por uma espiada com o canto dos olhos, com a qual teve certeza de que a expressão dele havia se transformado de convencimento a espanto com a teimosia dela.

— Como assim? — Theo cruzou os braços musculosos à frente do peito. — Não tem necessidade de admitir que eu estava certo porque, mais importante do que isso, *você* vendeu tudo. Também não precisa se preocupar com o dinheiro que precisaria ganhar enquanto estiver na competição. Mas *eu* ganhei a aposta. — A voz dele foi ficando mais baixa e rouca a cada palavra. — Apertamos mãos e tudo.

Arleta pegou a barra do carrinho gasto pelo tempo e deu a volta para a frente da mesa vazia. Seu coração batucava mais forte do que um cavalo a pleno galope. Sem responder, ela seguiu pelo mercado ainda movimentado. Mesmo transtornada, tomou cuidado enquanto costurava pelos moradores do vilarejo que se debruçavam sobre temperos exóticos, chás, cabaças, tecidos de luxo ou utilitários. Nenhum deles sequer notou as lágrimas escorrendo pelo rosto dela, manchando trilhos pelas bochechas quentes.

O que *realmente* notaram foi o elfo da floresta alto e esguio que a perseguia.

– Arleta! – chamou Theo, com uma preocupação evidente, e algumas cabeças se viraram para ver o que se passava.

Então os sussurros começaram, levados pela brisa de Adenashire.

No mesmo instante, Arleta se arrependeu do que havia deixado acontecer naquela manhã. Tonix ficaria furioso com seu pequeno golpe para conseguir a barraca. Ela tinha certeza de que agora as sobras horríveis ao fundo do mercado custariam o dobro do preço, se é que ele ainda alugaria para ela.

Pior do que isso eram os possíveis boatos que com certeza flutuariam ao redor do seu nome. Depois que Theo partisse, as pessoas definitivamente distorceriam o acontecido, diriam que de alguma forma ela havia *enganado* um elfo a ajudá-la a vender seus bens, que toda a história de convite para a Batalha dos Aventais era algo que *ela* havia inventado.

Porque elfos simplesmente não ficavam perto de amágicos por vontade própria.

Mais uma vez, ela seria só a mulher triste e sobrecarregada com os sonhos que nunca se realizariam.

Tomada por uma determinação cega de chegar à segurança de sua cabana, Arleta passou pela saída do mercado com Theo no encalço, mas não olhou para trás. Só queria chegar em casa e mergulhar as mãos na massa de algum pão. Pães nunca falavam nada rude nem a forçavam a fazer algo que não quisesse. É verdade que às vezes não cresciam direito, mas isso não era culpa deles.

– *Arleta!* – chamou Theo de novo, e ela percebeu que ele estava bem ao seu lado. É possível que tivesse falado o nome dela várias vezes durante sua fuga, mas a essa altura já estavam longe do mercado e na metade do caminho para a cabana.

Gentilmente, ele colocou a mão no ombro dela, e seu toque a fez parar.

As emoções de Arleta estavam uma tempestade de confusão e medo, mas havia algo naquele elfo que ela não entendia e a fez se virar para ele. Havia passado anos afastando as pessoas, construindo muralhas para não se machucar. Para que *elas* não se machucassem. Os orcs eram seus únicos amigos de verdade, e só porque eram ambos muito obstinados em relação a ela. Mas Arleta não se abria nem com *eles*.

A distância de um braço era seu limite de segurança.

— Todo mundo vai ficar olhando, Theo — sussurrou. — Você não vai querer isso.

Havia, de fato, olhares curiosos sobre os dois.

— Eu. *Não. Me. Importo.* Com. Eles — disse, martelando cada palavra como um ferreiro a moldar uma espada teimosa. Os olhos dele quase queimavam com um fogo azul. — Isso é sobre *você*.

A declaração pairou no ar entre eles, e Arleta não sabia como as palavras poderiam ser reais.

— Por quê? Você acabou de me conhecer. — Ela engoliu em seco, e um nó de descrença se fechou apertado em sua garganta. — Achei que isso fosse só um trabalho.

— Ahn, bom. Sim, claro. É isso também. — Ele desviou depressa os olhos e passou a mão pelos cabelos, deixando um pequeno rastro de magia para trás.

Mas ela não conseguia afastar o olhar e não conseguia encontrar sentido nas palavras que haviam acabado de deixar a boca de Theo.

— Você... me conhece há umas cinco horas. Não estou entendendo como poderia se importar tanto com o meu bem-estar.

Mas algo dentro dela acreditava no que ele havia dito sobre o foco ser *ela*. Uma pequena sementinha de fé. Enterrada bem lá no fundo, mas inegavelmente presente.

Ele relaxou a postura tensa e, antes de falar, correu os olhos pela rua de paralelepípedos como se estivesse procurando pelas palavras certas no rejunte.

— Vamos continuar andando — disse enfim.

Com um leve assentir da cabeça, Arleta apertou mais a barra do carrinho e puxou. A dupla não falou mais nada até parar à frente da cabana, onde Nimbus, o cavalo de Theo, ainda esperava paciente perto das roseiras.

Um suspiro, longo e frustrado, escapou dos lábios de Arleta, e ela sabia muito bem que Theo simplesmente não iria embora sem ela.

Não tinha certeza se queria que ele fosse.

Mas isso não importava.

Por ora, ele precisava de algum tipo de explicação. Aí poderia deixá-la em paz para pensar em como resolver a situação com Tonix. Isso, e achar uma desculpa que os orcs acreditariam para justificar sua decisão de não participar da Batalha dos Aventais.

Em vez de convidar Theo para entrar na casa, que ainda estava um pouco caótica da sessão culinária da noite anterior, ela puxou o carrinho para o jardim aos fundos da cabana, onde o estacionou em seu lugar usual. Ela se jogou em uma das duas cadeiras castigadas pelo tempo que o pai fizera anos atrás para a família se sentar ali atrás e apreciar as plantas.

Theo não se sentou. Em vez disso, caminhou mais para dentro do jardim, o tempo todo passando as mãos pelas folhagens. Enquanto seus dedos tocavam as folhas e as flores, uma centelha de magia verde e dourada dançava pelo ar, dissipando-se depressa como um percevejo de verão. Ele parecia totalmente em paz, no seu habitat natural.

– Elas gostam de você, sabia? – disse, ainda de costas para ela.

Arleta franziu as sobrancelhas, confusa.

– Quem gosta? As plantas?

Theo assentiu, e uma folha se curvou na direção da palma dele.

Qualquer frustração que Arleta estivesse sentindo momentos antes desapareceu.

– Sério? – Parecia que as palavras dele eram brincadeira, mas ela sabia que não.

Aparentemente, já que Theo conseguia se comunicar com seu cavalo, também tinha o dom mágico de ler plantas.

— Elas estão dizendo que você é muito parecida com os seus pais. — Dessa vez, o elfo se virou para Arleta, com as feições tomadas de preocupação. — Eles... faleceram... não é?

Ela sentiu o estômago pesar com as palavras. Odiava pensar no fato de que, sim, seus pais haviam partido, mesmo que ainda gostasse de fingir que não.

Eles morreram quando ela tinha 16 anos, em um acidente de carruagem. Mesmo nove anos depois, as feridas dessa perda ainda ardiam de vez em quando, como se fossem novas.

Mas pelas estrelas, ela provaria que podia ser bem-sucedida, e faria isso sem a ajuda de ninguém. Nem sequer dos orcs, e certamente não de um elfo.

Com um assentir duro, Arleta desviou a atenção para o chão, onde raspou as botas pela terra. Seu coração batucava com a dor abafada e nervosa que havia se tornado sua companheira ao longo dos anos.

— Sinto muito — murmurou ele, e caminhou de volta para a outra cadeira de madeira, mantendo as mãos sobre as plantas o tempo todo como se estivesse buscando uma conexão para se firmar. O ar rodopiava com o brilho colorido de sua magia. — Se eu despertei memórias tristes.

Arleta deu de ombros.

— Foi há muito tempo.

Depois de se sentar, Theo se curvou para a frente e apoiou os cotovelos no joelho.

— A tristeza nunca vai embora de verdade, não é? Fica pairando igual a uma névoa matinal que jamais se dissipa totalmente.

— Eu sinto falta deles — admitiu Arleta, numa confissão baixinha. Lágrimas arderam nos cantos de seus olhos, mas ela não permitiu que caíssem... que mostrassem sua vulnerabilidade. — O que mais meu jardim te contou?

— Que eles, os seus pais, iam querer que você corresse atrás dos seus sonhos. — Theo esfregou um polegar no outro.

Arleta olhou em sua direção e arqueou uma sobrancelha, mas o elfo não estava prestando atenção nela. Em vez disso, seu olhar se perdeu no jardim, somo se ainda estivesse conversando com ele.

— Como você sabe isso? — perguntou ela, hesitante e curiosa.

— As plantas. — Ele deu uma risadinha nervosa. — Parece uma fábula de faz de conta, eu sei, mas tem tanto amor aqui. As gerações de sementes e a vegetação mais antiga, elas foram testemunhas, passaram adiante ano após ano. O legado dos seus pais, a sua história, até a história dos orcs da casa ao lado está aqui. — Theo girou um pouco para olhar para ela, então inspirou profundamente como se estivesse inalando a aura dela. — Humana ou não, Arleta Starstone, sua vida está enraizada em magia. Você está cercada dela. Só não consegue ver ainda, mas está lá fora, esperando.

Arleta abriu a boca para falar. Provavelmente para protestar. Dizer o quanto ele estava falando merd...

Mas ele foi mais rápido.

— Você *merece* participar da Batalha dos Aventais. — afirmou Theo, com o tom firme. — É *por isso* que eu estou tão determinado a te levar até lá.

Arleta cruzou os braços de maneira defensiva.

— Eles provavelmente só vão me desqualificar.

— Não tem nenhuma regra proibindo a participação de quem não tem magia — retrucou ele. — Nós já sabemos que você sabe cozinhar sem ela.

— E como vou *chegar* lá? — Ela correu os olhos ao redor para enfatizar a falta de um meio de transporte. — Eu não tenho um cavalo. Não tenho pratas o suficiente para pagar pela viagem e nem pela hospedagem, *mesmo* com o sucesso de hoje no mercado.

Theo abriu um sorriso de orelha a orelha, como se estivesse pressentindo um triunfo inevitável.

— Eu já te disse. Entreguei todos os convites. Você era a última, então eu vou te levar para Langheim comigo.

Um resmungo, baixo e ranzinza, escapou da garganta de Arleta.

— Em *um* cavalo? As pessoas vão *comentar.*

Arleta não sabia se de fato comentariam coisas sobre um elfo cavalgando com uma humana, mas parecia uma opção muito plausível, e ela não queria correr esse risco.

Ele deu de ombros, indiferente.

— Eu compro uma carroça então. Já estava precisando de uma, de qualquer forma. Nimbus não vai se incomodar de puxar.

Antes que ela pudesse argumentar que Theo provavelmente estava mentindo sobre precisar de uma carroça, passos pesados soaram pelo canto da casa. Verdreth surgiu, descalço, vestindo um colete azul elegante de abotoar e uma calça de linho, com uma torta de carne parcialmente comida na mão. Ele usou a que estava livre para empurrar os óculos nariz acima.

— Ah, eu não sabia que tinha gente aqui atrás. — Olhou intrigado para Arleta. — Você voltou mais cedo hoje.

— Porque vendemos tudo — explicou ela.

— E ela lucrou pratas o suficiente para durar por pelo menos uma lua — acrescentou Theo.

Um sorriso se abriu nos lábios esverdeados de Verdreth.

— Isso quer dizer que você vai para a Batalha dos Aventais? — Ele enfiou um pedaço massivo da torta de carne na boca, reduzindo o restante a uma solitária casquinha.

Arleta suspirou e passou os dedos pelo topo do cabelo trançado. Depois de alguns longos momentos, murmurou:

— Eu nem sei o que levar.

Com um sorriso arteiro de *eu sabia que você ia falar isso*, Theo enfiou a mão no bolso, puxou um papel dobrado e segurou alto no ar como uma bandeira da vitória.

— Tenho uma lista para todos os participantes do que é permitido e o que não é.

Ela revirou os olhos em um gesto exagerado e brincalhão, e deixou o olhar cair sobre o exuberante jardim.

— Mas *esses* são os meus ingredientes secretos. Como que eu vou saber que ervas eles vão disponibilizar na Batalha para eu usar?

— Ah, mulher das mil desculpas. — Theo desdobrou o papel com certa dose de teatralidade, correu os olhos por um instante e bateu o dedo em um trecho do texto. — Os participantes podem trazer uma pequena bolsinha de ingredientes comestíveis para incorporar nas receitas da competição. — Ele abaixou o papel e deixou o sorriso crescer um tantinho além da conta. – Vão conferir tudo assim que você chegar, é claro, mas não tem motivo algum para não aprovarem suas ervas especiais. – Theo se inclinou na direção de Arleta como se fosse contar um segredo. – A não ser que você tente contrabandear a horta toda.

Verdreth caiu na risada e deu um tapinha nas costas dele.

– Eu gosto desse elfo! – Theo arregalou os olhos com o gesto, mas logo se recompôs e deu uma risadinha. O orc andou até Arleta com passos mais leves do que seria de se esperar de uma criatura do seu tamanho. – Você precisa fazer isso. Se não fizer, vai se arrepender para o resto da vida. As Terras do Norte estão esperando para descobrir a magia culinária que você faz.

– O que acontece se *não* chegarmos a tempo? – perguntou ela.

Theo inclinou a cabeça na sua direção, parecendo um pouco frustrado a essa altura.

– Nós vamos sair cedo e chegar com folga. Eu te dou minha palavra.

Por um breve segundo, ela cerrou os dentes para conter a guinada no estômago. Depois de uma pausa que pareceu doze ciclos inteiros da lua, soltou um suspiro que era metade alívio e metade resignação.

– Está bem. Eu vou.

O orc engoliu em seco.

– *Ufa*. Porque senão eu ia escutar o Ervash reclamar pro resto da vida de perder os ingressos para a final. – Ele lançou um olhar para Theo. – Você consegue me ajudar com isso, não é?

Theo inclinou a cabeça.

– Ao seu dispor.

cinco

Assim que o sol nasceu, nuvens escuras cobriram o céu como um merengue banhado em cinzas. Arleta olhou para cima. Sentia a ansiedade apertar no peito. Não, ansiedade não. Preocupação.

O tempo fechado *só podia* ser mau presságio. Se ao menos os corvos estivessem lá, confirmariam suas suspeitas. Mas a revoada e seu coro não podia ser vista ou ouvida em lugar algum.

Com um calafrio lhe percorrendo a espinha, ela apertou mais a capa ao redor dos ombros para afastar o sereno da manhã.

– Pegou tudo da lista?

O timbre grave da voz de Ervash a atingiu assim que ele surgiu ao seu lado. Ela nem o escutou sair de casa. Logo atrás vinha Verdreth, segurando uma delicada xícara em sua mão imensa. O chá quente do interior soprava rastros de vapor para o ar. As feições sonolentas dos dois orcs revelavam que eles haviam acordado horas antes do normal só para se despedir dela.

Arleta coçou a cabeça, distraída. Só tinha algumas trocas de roupa, mas incluíra todas, além de outras coisinhas, em uma velha bolsa de couro. Assim como uma dúzia de biscoitos de lavanda com baunilha, fruto de uma sessão culinária para desestressar depois que Theo se retirara para o Bode Traiçoeiro para passar a noite. O restante ela deixara em uma caixa na varanda dos orcs para sustentá-los até o segundo café da manhã.

— Acho que sim. Será que ainda tem como eu... dar para trás? — Ela desviou os olhos para as nuvens carregadas mais uma vez, que pareciam ecoar sua hesitação conforme se reviravam no céu. — Olha só o tempo...

— Eu sei que isso é difícil. — Ervash a puxou em um abraço apertado e confortador. — Nós te amamos e te apoiamos.

Arleta o apertou de volta. Seu corpo musculoso era extraquentinho, já que orcs têm uma temperatura mais elevada do que humanos. Ela não queria soltar, por mais de um motivo.

— Obrigada — conseguiu dizer quando finalmente se convenceu a afrouxar o abraço.

Verdreth já havia pegado a bolsa dela e um saco de algodão munido com um arsenal de seus ingredientes secretos. Dentro havia uma pequena latinha de cardamomo, manjericão, alecrim e alguns punhados de tomilho, alguns potes de seus chás preferidos, cujos blends sempre se mostravam um adicional interessante e surpreendente a alguns doces, e uma variedade de outros temperos que ela certamente se arrependeria de deixar para trás mesmo que não precisasse deles.

Alguns segundos depois, e assim que ela repassou seu checklist mental, um batucar de cascos foi seguido por Theo chegando à cabana em sua nova carroça de madeira. Era muito bonita, na verdade, e pelo acabamento detalhado, parecia que ele havia pagado uma montanha de pratas por ela, talvez até ouro. Nimbus, no entanto, atrelado à carroça em toda sua glória mesclada de branco e cinza, não parecia nem um pouco impressionado.

Se cavalos tivessem como fechar a cara, era o que ele estava fazendo.

— Dia — cumprimentou Theo, em um tom que era um tantinho alegre demais para o horário, enquanto parava a carroça.

Ervash assentiu para o elfo.

— Sim, está de dia mesmo.

Theo lhe lançou um sorriso breve e confuso, desceu da carroça, e então voltou sua atenção a Arleta.

— Melhor a gente ir indo — disse com um sorrisinho torto.

Nervosa demais para se importar com o quanto Theo estava bonito naquela manhã, Arleta lhe assentiu de leve e se virou para o orc com sua bagagem.

A risada de Verdreth ecoou pesada pelo ar frio da manhã.

— Pelo amor das estrelas, parece que você está sendo enviada para um calabouço e não para a Batalha dos Aventais de Langheim, Arleta.

Ignorando-o, Arleta inflou as bochechas enquanto ele colocava suas coisas na carroça. Ela finalmente falou quando o orc chegou no saco com os ingredientes secretos.

— Pode deixar esse. — Ela esticou a mão para ele. — Quero levar lá na frente comigo.

Verdreth lhe entregou o pacote. Quando ele estava seguro em sua posse, Arleta pulou sozinha para o assento do passageiro, então colocou as ervas protegidas aos seus pés.

Theo e os orcs se entreolharam, e o elfo subiu de volta para o seu lugar.

— Acho que é isso então.

— Parece que sim — concordou Verdreth, inclinando a cabeça para Arleta, que olhava fixo à frente. — Só mais uma coisinha. — Ele olhou de relance para Ervash, então de volta para Theo. — Olha só, Arleta é uma vizinha *muito* especial para a gente.

Ela se virou mais na direção dele, com as sobrancelhas grossas franzindo como uma saia plissada em antecipação ao que ele diria a seguir.

— Sim — concordou Ervash prontamente. — Então, quando você estiver conduzindo essa carroça... apresse-se para não se atrasarem, mas não vá *muito* rápido.

Theo apenas continuou sentado ali, assentindo, mas as bochechas de Arleta queimaram como o interior de seu forno quando assava um pão.

A expressão no rosto de Verdreth estava mortalmente séria ao empurrar os óculos nariz acima.

— Nós só temos uma Arleta. E ela é insubstituível.

Ervash ergueu um dedo carnudo no ar.

— Trate-a com resp...

— Está bem, está bem — interrompeu ela, com a voz transbordando vergonha. — Acho que ele já entendeu. Somos todos adultos aqui.

Ervash pousou uma mão massiva na lateral da carroça, segurando-a no lugar enquanto esperava pela resposta de Theo. Ele se inclinou para a frente e diminuiu a voz que já era de um timbre baixo.

— Nós sabemos onde Langheim fica. Isso significa que podemos *encontrar* você.

Arleta só queria enfiar a cabeça no próprio colo enquanto o orc arreganhava de leve os dentes para Theo.

Ela disparou um olhar de *Você está falando sério?* para o vizinho.

— Eu entendo, senhores — garantiu-lhes o elfo, oferecendo a ambos um assentir respeitoso.

Com isso, Ervash soltou a carroça e curvou os lábios para cima em total satisfação, então os dois orcs se afastaram.

Theo se inclinou para perto de Arleta e perguntou baixinho:

— Ele estava me ameaçando?

Ela apertou o ossinho do nariz entre os olhos.

— Acho que sim.

Com um chacoalhar da cabeça, o elfo tomou as rédeas e pediu para Nimbus trotar suave.

E assim, eles partiram.

— Não esquece os ingressos pra final! — gritou Ervash lá de trás, com um tom totalmente diferente de momentos antes. — E Arleta, assa e arrasa!

Ela não teve como segurar o suspiro que escapou de seus lábios ao acenar brevemente para os dois orcs. Nunca conseguia ficar brava com eles.

— Vai estar tarde quando chegarmos — disse Theo depois que Adenashire desapareceu atrás deles. — Mas se não tivermos nenhum imprevisto, a estrada daqui a Langheim é bem tranquila.

As palavras mal haviam deixado a boca dele quando um raio cortou o céu. O relâmpago iluminou o Monte Dombréu ao longe, onde viviam os dragões.

– E era para você estar sintonizado com a natureza – comentou Arleta, esticando o braço para pegar a bolsa na traseira da carroça.

Ela a abriu, pegou uma caixa de madeira com biscoitos e levantou a tampa. Então puxou um biscoito açucarado e deu uma mordida reconfortante. Os sabores amargos e florais da erva mesclados com a quantidade certa de baunilha acalmaram sua alma, e sem pensar ela entregou um a Theo. Ele o pegou agradecido e deu uma mordida.

– Isso está incrível, Arleta – disse enquanto mastigava.

O estômago dela deu uma guinada ao ouvir seu nome nos lábios dele.

– Você consegue não fazer isso? – pediu depressa, com as bochechas quentes. Sentada tão perto dele, de súbito percebeu seu aroma intoxicante.

Todos os elfos cheiram assim? Como cedro e sálvia?

Qual era o problema dela?

Com seu odor delicioso, Theo conduziu Nimbus com gentileza para a esquerda de uma bifurcação.

– Fazer o quê? – Ele parecia genuinamente confuso.

Arleta engoliu em seco e se afastou, colocando mais um palmo de distância entre ambos. Não era possível que ele não soubesse o efeito que tinha nas mulheres. Ninguém era *tão* sem noção assim.

– Nada. Esquece – desconversou ela, desviando os olhos para a estrada adiante. Quase desviando.

Mas Theo continuou encarando como se algo não dito se recusasse a deixar seus lábios. Em vez disso, pigarreou e declarou:

– O biscoito é simples, mas engana... tem camadas de sabor. É como se algo novo se dissolvesse na minha boca a cada mordida.

– Esse é o objetivo. – Encabulada, ela abaixou os olhos para a beirada da carroça à frente deles, acompanhado mentalmente os veios da madeira.

– É, suponho que sim. – Theo terminou a última mordida e espiou a caixa.

– Imagino que você queira outro? – provocou Arleta.

– Para o resto da minha vida. – Houve uma pausa desconfortável antes que ele soltasse uma risada sincera. – Digo, sim, por favor.

Arleta lhe entregou um segundo biscoito, e uma hora depois, por mérito dos dois, a caixa estava vazia. Entretanto, as nuvens não. Na verdade, começara a chover. Theo e Arleta puxaram os capuzes de suas capas sobre a cabeça para bloquear a umidade, mas a chuva ficava mais forte a cada minuto.

A escuridão cobrira o sol, fazendo com que fosse difícil se manterem no caminho. O pobre Nimbus, que não tinha uma capa, estava encharcado até os ossos, com a crina e o rabo pingando e empapados.

Arleta sentiu a situação pesar nos ombros. Qualquer vestígio de confiança que achava talvez ter para competir na Batalha dos Aventais desapareceu como magia no ar. O único ponto positivo era que a chuva havia afogado o cheiro encantador de Theo. Ela se sentia muito grata por isso.

O elfo de súbito puxou as rédeas, *com força*.

– Eia, eia, Nimbus.

O cavalo e a carroça saltaram para cima e aterrissaram pesadamente no caminho enlameado, chacoalhando os ocupantes. Um cervo com galhadas enormes atravessou correndo o caminho como se não houvesse quase sido atropelado.

Theo imediatamente se virou para Arleta, com o rosto enrugado de preocupação.

– Você está bem?

O coração dela acelerou a uma velocidade absurda, mas sim, estava bem. Conseguiu assentir e acalmar a respiração apressada, mas não tinha como impedir o desejo urgente de dar meia-volta e retornar a Adenashire.

– O Nimbus está bem? – perguntou em vez disso, focando o animal ofegante.

O cavalo virou o pescoço para olhá-la e resfolegou, formando nuvenzinhas no ar frio e molhado.

— Ele está bem — garantiu-lhe Theo. — E pediu para te agradecer pela preocupação.

Eles ficaram parados na estrada, imóveis.

— Melhor a gente ir — disse Arleta, enfim, para impedir a si mesma de implorar para que voltassem.

— Ah, sim. — Theo pegou as rédeas. — Não podemos nos atrasar.

Mas a chuva não diminuiu. Só piorou conforme eles avançavam, derramando-se em torrentes das nuvens cheias lá no alto, encharcando tanto Arleta quanto Theodmon. Ela o olhou com o canto dos olhos, sentado ao seu lado no banco de madeira da carroça, guiando Nimbus pelo caminho escorregadio, sem reclamar do tempo ou da viagem sacolejante.

— Você não deveria ter comprado essa carroça — disse Arleta, com a voz vacilante. — Ir só com Nimbus teria sido mais rápido. A gente provavelmente já teria chegado a esta altura.

Theo chacoalhou a cabeça.

— Seria totalmente inadequado eu cavalgar com uma dama.

— Você quer dizer que odiaria ser visto com uma amágica — murmurou Arleta.

— O quê? *Não!* — O tom dele era de total incredulidade. — Seria desrespeitoso *com você.*

Arleta cerrou os dentes e suspirou. Não entendia por que ele diria uma coisa dessas, e uma onda inesperada de lágrimas ardeu em seus olhos, mas a chuva escondeu todas que caíram. Ela se sentiu grata por essa pequena misericórdia, já que não queria chorar na frente de pessoas com as quais se importava, muito menos desse elfo que acabara de conhecer.

— Tem uma estalagem no caminho, não fica muito longe daqui — disse Theo, quebrando o silêncio pesado. — Podemos passar a noite lá e partir para Langheim ao amanhecer.

Assim que as palavras deixaram a boca dele, o coração de Arleta deu um pulo no peito, enquanto múltiplos pensamentos se enroscavam em sua mente.

Era para eles chegarem a Langheim no *mesmo* dia, não no dia seguinte.

Além disso, uma humana solteira ficar em uma estalagem com um elfo tinha tudo para virar um escândalo, mesmo que dormissem em quartos separados.

E eles poderiam perder o horário da competição se mais alguma coisa os atrasasse.

Os pensamentos se contorceram e rodopiaram. Ela não sabia exatamente por que se deixara convencer a ir à Batalha dos Aventais. Se Ervash e Verdreth... não... se Theo... não. Não foram eles.

Ela havia decidido ir, sozinha. Tudo por vaidade. Tudo por causa de sonhos que não lhe pertenciam.

Chacoalhou a cabeça na mais fracassada tentativa de se livrar do emaranhado de pensamentos na mesma hora em que a carroça parou à frente de uma pequena estalagem. Uma luz dourada se derramava das janelas, e sobre a porta uma placa dizia TAVERNA E HOSPEDARIA DOIS UNICÓRNIOS. Como esperado, sob as palavras havia dois unicórnios empinando sobre as patas traseiras, um de frente para o outro, congelados em uma batalha eterna.

– O dono sempre tem alguma coisa saborosa para comer e beber – disse Theo, saltando da carroça.

Ele já esteve aqui antes?, pensou ela.

– E dois quartos, certo? – gritou debaixo da chuva torrencial. Pelo menos havia lucrado algumas pratas extras no mercado e tinha como pagar a estadia. Já era alguma coisa.

Theo assentiu.

– Mas é claro.

Com um resmungo de leve, Arleta desceu da carroça. Suas botas fizeram um *splash* molhado ao afundar na lama à frente da estalagem. Tateando na escuridão quase total, ela passou os dedos por onde estiveram seus pés, procurando o saco de preciosas ervas e temperos, mas não encontrou nada.

– Ai, não, não, não!

Freneticamente, correu a mão pelo chão de madeira da carroça, mas ainda sem sucesso. O pacote deveria ter caído quando quase bateram naquele cervo, quase na metade do caminho de Adenashire até a Dois Unicórnios. Nem Arleta nem Theo haviam percebido.

Ela xingou baixinho, com a voz tão ensopada de resignação e frustração quanto a capa estava de água.

— Mas é *claro*.

Nada nunca era simples para ela.

Arleta pinçou o ossinho do nariz e marchou por todo o caminho alagado até a porta, chacoalhando punhados de lama da bota antes de ousar entrar.

Quando o fez e passou pela soleira, foi atingida pelo aroma de biscoitos frescos, uma sopa grossa e saborosa e toras queimando: a promessa de calor e uma barriga cheia pelo preço justo. Ela imediatamente tirou a capa e pendurou em um gancho perto da entrada. Água pingou e empoçou no chão abaixo, misturando-se ao que havia escorrido da capa de Theo.

O salão estava lotado. Clientes barulhentos estavam sentados e conversando em todas as mesas, e o lugar já não era grande para começar. Arleta viu o cabelo loiro de Theo e depressa desviou os olhos das encaradas dos demais presentes, já que todos haviam encarado quando ela entrara. Não tinha como negar que todos a haviam visto e estavam esperando para ver o que faria a seguir.

Talvez *não* estivessem, mas era assim que ela se sentia.

Respirando fundo, Arleta passou os dedos pelo cabelo ensopado e torceu os cachos. Então endireitou as costas e andou determinada até o elfo, que conversava com o dono da estalagem, um anão de barba feroz atrás do balcão.

— Minhas ervas sumiram — ela sussurrou para Theo, e os olhos dele imediatamente dispararam para ela, preocupados, então para o anão.

Uma risada explosiva ecoou das mesas, onde um grupo arruaceiro, abastecido de malte em excesso, uivou de alguma piada. Arleta sabia que não, mas não conseguia deixar de achar que estavam rindo dela.

O pânico lhe subiu até o peito. Era demais.

O estalajadeiro apoiou os cotovelos no balcão de mogno e ergueu a voz para ser ouvido:

– Sinto muito, mas estamos lotados esta noite por causa da tempestade. – A voz dele era arrastada e grave, e seus olhos não comunicavam nada além de fatos.

O estômago de Arleta deu uma guinada, como se estivesse afundando na mesma trajetória previsível que suas esperanças esmiuçadas. O que fariam? Por que ela havia concordado com essa viagem para começar? Deveria ter escutado os corvos.

– Não tem nem *um* quarto? – A voz de Theo tinha uma pontada de desespero enquanto ele passava a mão pelos cabelos molhados. Ele correu os olhos pelo salão, fazendo uma pausa breve na direção dela, então voltou ao dono do lugar. – Nós temos muitas pratas – ofereceu, com uma pitada de esperança, como se a realidade fosse de alguma forma se transformar pela quantia certa de moedas.

O anão fervoroso ergueu as mãos grossas para o ar, com a mesma expressão de antes.

– Pratas não conjuram camas, meu jovem. – O tom dele tinha certa levianidade, apesar das más notícias. – Não tenho o hábito de expulsar hóspedes pagantes. A não ser que me criem problemas, é claro.

Assim que as últimas palavras deixaram seus lábios, uma gigante, cuja cabeça quase encostava no teto, saiu pisando forte de um quarto aos fundos. Atrás de si, estava praticamente arrastando um gnomo com os olhos arregalados no rosto corado. O homem estava visivelmente exausto.

– Eu não vou ficar aqui por mais nem um *segundo* – urrou a mulher, com os dentes afiados reluzindo à luz trêmula da taverna. – Eu sabia que essa história toda era um erro. – Seu olhar fixou no anão, que parecia se manter indiferente. – A gente prefere desbravar a tempestade do que aquele quarto.

Ao mesmo tempo, Arleta e Theo recuaram para dar um espaço generoso para a gigante furiosa e seu parceiro inesperadamente minúsculo, a quem ela continuou puxando até chegar ao balcão.

– Exijo um reembolso! – bradou ela, reverberando a voz mais alto do que um grupo festeiro, mas eles não pareceram se incomodar com ela. – O quarto coletivo é absolutamente deplorável!

O anão subiu em um caixote numa tentativa inútil de ficar à altura dela.

– Sinto muito, senhora, não podemos oferecer um reembolso. Está no regulamento.

O olhar dela era fulminante, as narinas dilataram de raiva.

Entretanto, antes que outra palavra pudesse ser cuspida, Theo pegou um punhado de pratas cintilantes.

– Considere este seu reembolso – disse, mantendo de alguma forma a voz neutra, e colocou as moedas na mão imensa da gigante. Assim que ela não a abaixou, o elfo colocou mais moedas de prata no balcão. – E este é o pagamento pelos leitos deles.

A gigante bufou, mas colocou o dinheiro no bolso.

Antes que o gnomo fosse arrastado para longe, olhou Theo de cima a baixo.

– Boa sorte lá dentro. Vocês vão precisar.

seis

Quando Nimbus estava seguramente acomodado no celeiro da estalagem, e eles com as bolsas empilhadas nos braços, Theo e Arleta seguiram para o fundo da hospedaria, onde ficava o infame alojamento coletivo. Acima deles, o tamborilar contínuo da chuva no telhado densamente coberto de palha batucava um ritmo desconcertante, enviando calafrios pela coluna de Arleta.

– O alojamento coletivo não tem como ser tão ruim quanto aqueles dois disseram, tem? – perguntou ela, tentando distrair a mente do fato de que suas ervas não estavam mesmo em nenhum lugar da carroça. Mas os acontecimentos se acumulavam, e os nervos dela não estavam cooperando. A última coisa que queria era desmoronar completamente.

– Espero que não. Depois que nos acomodarmos, podemos voltar para a taverna e comer alguma coisa – sugeriu Theo, andando atrás dela. – A sopa estava cheirando bem.

– Não tenho intenção nenhuma de voltar lá até a gente sair amanhã cedo – insistiu Arleta, com uma pitada de teimosia na voz. – Estou cansada.

E com fome. E totalmente sobrecarregada de tantas emoções.

Mas não disse isso a Theo.

Ele apertou os lábios.

— Claro, foi um dia longo. O que acha de eu buscar alguma coisa para você antes de a cozinha fechar?

Ela ficou tensa com as palavras gentis dele. *Por que está fazendo isso?* Theo não tinha nada a ganhar levando-a até Langheim. *Que diferença faz se eu participar da Batalha ou não? Com certeza tem dezenas de outros competidores, uma a menos não é culpa dele, mesmo que tenha dito que se sentia responsável...*

Ainda assim, sua gentileza parecia genuína.

— Tá, pode ser — aceitou ela, mas aquelas lágrimas bobas arderam em seus olhos de novo. Ela não era uma criança e se ressentia de todas as emoções que aquela "aventura" causava dentro de si. Era exatamente por isso que evitava se aproximar das pessoas ou se abrir com elas. Tudo o que trazia era dor, e ela não precisava disso. A estabilidade era seu refúgio.

Arleta apoiou o ombro na parede, exasperada, mas cansada demais para discutir. Ou mesmo se mexer.

— O que eu vou fazer sem as minhas ervas?

Suas palavras foram uma mudança brusca, mas com tudo o que havia acontecido naquele dia, ela quase se esquecera delas. A memória do cervo fez uma onda de energia percorrer todo seu corpo. Arleta passou as mãos nervosamente pelos cabelos ensopados enquanto sua respiração acelerava. Exagerada, hiperventilando.

Como se fosse impossível respirar.

— Ei, ei, ei. — A voz de Theo era reconfortante. Ele se aproximou e ficou à frente dela. — Olha para mim.

Suas palavras eram incrivelmente gentis. Como se eles se conhecessem há anos. Como se ele soubesse exatamente o que fazer por ela.

Os olhos de Arleta, arregalados de desespero, encontraram os dele quando o elfo apoiou uma palma na parede ao seu lado. Ele ergueu a mão livre até pairar sobre o antebraço dela, como se estivesse pedindo permissão para tocá-la em seu estado vulnerável.

— Posso? — perguntou, e o calor de sua presença a engolfou.

De alguma forma, ela conseguiu assentir com a cabeça. Até *desejava* isso.

Cauteloso, ele desceu a mão sobre sua manga encharcada e fez uma leve pressão em sua pele.

– Eu vou contar até cinco. Sei que vai ser difícil, mas tenta prender a respiração até eu terminar, aí você solta. Então a gente repete até você querer parar.

A primeira vez foi um fracasso total, mas Theo, paciente, tentou de novo, guiando-a pelo processo mais uma vez. Quando completaram onze ciclos de contar e respirar, ela havia se acalmado.

Olhou para os olhos dele, então sua boca macia e tentadora. Theo estava a só alguns centímetros dela, e o calor de seu corpo próximo intensificava a fragrância de cedro.

Despertando do devaneio, Arleta pigarreou.

Ela ainda não sabia o que fazer a respeito da Batalha dos Aventais.

– Eu já estou em desvantagem, Theo – confessou, e sua voz saiu como uma súplica baixinha. – Ninguém vai me querer lá, e agora nem as minhas ervas eu tenho. Todo mundo vai ter ingredientes secretos menos eu.

Ela massageou as têmporas, sentindo que uma dor de cabeça estava a caminho.

O elfo continuou perto, encarando seus olhos castanhos com uma leve intensidade.

– Eu quero você lá.

Arleta congelou por um segundo, então perguntou:

– E por quê? Por que você está tendo todo esse trabalho? – Ela ergueu as mãos no ar e se afastou um pouco dele. – Fez alguma aposta antes de vir para Adenashire? De que a pessoa com menos chances ganharia?

Ruguinhas surgiram nas laterais dos olhos de Theo quando ele recuou e entrelaçou as mãos à frente do corpo.

– Não. Não fiz nenhuma aposta.

A paciência de Arleta, assim como sua energia, se esvaiu.

– Então por quê? – exigiu saber, e as lamparinas do corredor dançaram alaranjadas, lançando luzes e sombras pelo pequeno espaço. Mas enquanto fitava os olhos de Theo, esperando a resposta dele, ela quase se esqueceu da chuva tamborilando no telhado, e a preocupação de ter perdido seu saco de ingredientes quase se dissipou.

Quase.

Havia algo entre eles dois. Ela não sabia o quê, mas era *alguma coisa*.

Talvez ele fosse gentil assim com todo mundo. Tivesse todas as mulheres se jogando aos seus pés.

Mas ela nunca havia se sentido assim com ninguém antes.

Não que teria deixado algo acontecer. Era arriscado e tolo demais.

– Cada doce, biscoito e pão seu que eu provei era mágico, Arleta. – As palavras sinceras se derramaram como açúcar dos lábios dele. – Você *é* o tipo de pessoa que a Batalha dos Aventais aspira encontrar. Por que eu deixaria alguém tão talentosa assim perder a chance de competir? E...

O ar ficou preso na garganta de Arleta.

– E o quê?

Theo engoliu em seco e pareceu desistir do que pretendia dizer.

– E *pode ganhar*. Você tem uma chance real de vencer, com ou sem as suas ervas. Eu acredito em você. Sei reconhecer talento quando vejo. Agora... – Ele fez uma pausa por um segundo antes de falar de novo, com um sorriso torto nos lábios. – Agora temos que encarar seja lá o que for que nos aguarda nesse quarto.

À frente deles estava a porta com a placa de QUARTO COLETIVO. Juntos, avançaram até ela. Com uma mão trêmula, Arleta enfiou a chave de metal na fechadura e virou. Assim que empurrou para abrir, algo bateu do outro lado, forçando a porta a se fechar de novo, mas não antes do odor de almíscar e pelos molhados atingir o nariz de Arleta.

– Eu vou pegar você! – soou uma voz jovem e abafada através da porta.

– Hum. – Arleta olhou de volta para Theo, que estava mordendo o lábio superior.

Um sorriso breve tomou seu lugar, escondendo a centelha de incerteza que ela havia visto.

— É isso ou o celeiro.

Ela soprou o ar e empurrou a porta da maneira mais gentil que conseguia para não machucar ninguém que pudesse estar do outro lado.

A resistência temporária foi seguida por um gritinho, mas não de dor, e sim de empolgação, quando alguém se afastou da entrada. Então a porta abriu, e a cena lá dentro era memorável, sem mencionar o cheiro ainda mais forte.

Uma mãe castora com aparência exausta, do tamanho de um cachorro grande e tão peluda quanto, estava sentada em uma das camas, com a cabeça castanha nas patas. Seu grande rabo em formato de remo estava estendido sobre os lençóis atrás de si. Ela não levantou os olhos nem falou nada a Theo e Arleta quando eles entraram.

Castores costumavam viver nos pântanos ou terras alagadas, então Arleta ficou um pouco surpresa de encontrar uma família na região.

— Filhotes! — disse outro castor com uma voz barítona à esquerda deles, remexendo as orelhas redondas no topo da cabeça.

Aparentemente, ele estava tentando estabelecer alguma ordem. Bateu várias vezes o rabo chato e largo contra o chão, quase fazendo o quarto todo tremer, enquanto dois jovens castores pulavam para cima e para baixo na cama inferior do beliche atrás dele, deixando escapar risadas explosivas. Do outro lado do quarto, dois jovens um pouco mais velhos ocupavam duas camas de solteiro e encaravam sérios o jogo de desafios em madeira que tinham às patas.

— Pai! — resmungou um deles, com a sobrancelha peluda abaixada em irritação. — Fala pra eles ficarem quietos. Preciso prestar atenção aqui!

O outro nem sequer tirou os olhos do jogo.

— E o que você acha que eu estou fazendo? — perguntou o pai, com a exasperação transbordando das palavras, ainda sem dar qualquer indício de ter percebido que outros hóspedes haviam entrado no quarto coletivo. — Olha o estado da sua mãe!

Ele apontou para a outra castora, que ainda tinha a cabeça afundada nas mãos. Ela resmungou, e o som foi abafado pelas patas.

– Por que fui concordar com essa viagem? – O desabafo dela seguiu sem resposta.

Enquanto isso, debaixo de uma cama, um par de patinhas peludas agarrou o ar.

Assistindo ao desenrolar da cena, Arleta ficou imóvel, compreendendo totalmente por que a gigante e seu parceiro haviam ido embora. Ela já ouvira falar da natureza enérgica dos castores, mas nunca esperaria por algo assim.

Interrompendo sua linha de raciocínio, Theo tossiu às costas dela.

– Olá – anunciou com uma calma e cordialidade surpreendentes. Ele fechou a porta atrás de si, selando-os no caos peludo.

Arleta prendeu a respiração quando os dois castores adultos direcionaram sua atenção para eles.

– Sinto muito pela... – começou a mãe, com a expressão uma mistura de surpresa e preocupação, mas foi cortada quando um dos filhotes menores pulou para o chão e começou a arrastar o terceiro para fora do vão da cama, que chutou e esperneou o caminho todo.

– Não, não se preocupe. Todos já passamos por isso um dia – disse Theo acima do barulho todo, dispensando o pedido de desculpas da mãe com um sorriso verdadeiro.

Arleta não fazia ideia se Theo realmente já havia "passado por isso". Ela, sem dúvida, não, mas de alguma forma apreciava o sentimento paciente dele. E a coisa toda distraíra sua mente dos próprios problemas por um momento.

– Estou com fome – reclamou um dos filhotes.

Sem perder nem um segundo, Theo pegou depressa a bolsa molhada de Arleta e caminhou em direção a duas camas vagas, embora com os lençóis arrancados quase por completo, no canto direito do quarto. Ao lado delas havia um biombo para se trocar.

Arleta se forçou a segui-lo.

Quando as bolsas estavam acomodadas sobre as mesinhas de cabeceira, Theo girou com um brilho nos olhos.

— O que acham de eu ir até o salão buscar um jantar para todo mundo?

A oferta fechou imediatamente a boca dos três castores mais jovens, e eles arregalaram os olhos.

— Ah — exclamou a mãe, hesitante. — Eu tenho alguns lanchinhos na nossa mala.

— Não, por favor, guarde para depois. O jantar é por minha conta, se quiserem. — Theo ergueu as palmas para o ar como se estivesse esperando pela resposta dela.

A castora assentiu, com uma expressão cheia de gratidão, mesmo que exausta.

— E depois — ele olhou para os três menores —, nem lembro quando foi a última vez que construí uma cabana de lençóis para dormir dentro.

O trio sorriu radiante, com os dentes massivos brilhando contra os rostinhos peludos.

Antes que pudessem dizer qualquer coisa, Theo acrescentou depressa:

— Que tal vocês começarem a planejar a cabana, e quando voltar eu ajudo a construir?

Os filhotes assentiram em sintonia e correram até os cobertores e travesseiros.

A mãe castora levantou o rosto cansado e falou um *Obrigada* silencioso só com os lábios.

Theo assentiu e começou a andar, mas Arleta segurou seu braço.

— Você está bem com isso tudo? — sussurrou.

— Claro — respondeu ele confiante. — Agora vá se acomodar.

Ele inclinou a cabeça em um cumprimento aos castores adultos e saiu do quarto.

Sem o elfo por perto, Arleta se apressou a pegar roupas secas do fundo da bolsa e foi até o biombo enquanto todos os castores pareciam ocupados. Quando saiu, os pais estavam deitados em suas camas, os jovens continuavam entretidos com seus desafios e os filhotes estavam sentados no chão com pedaços de giz na mão, rascunhando os planos para a cabana.

— Que tal uma represa igual lá em casa? Para mergulhar e fazer tchibum-bum-bum — sugeriu o primeiro.

— Você falou bumbum! — gritou o terceiro, que havia sido puxado de baixo da cama, com os olhos brilhando de empolgação.

O pai grunhiu, e o som ressoou pelo quarto todo.

— *Filhotes!*

A bronca não teve muito efeito em seu humor infantil, mas os três se voltaram para o desenho.

Arleta recolocou os lençóis na cama e se afundou sob as cobertas quentinhas. De alguma forma, por um momento, sentiu-se segura e com a mente tranquila, apesar do barulho.

Não demorou muito para a porta se abrir com um rangido e Theo aparecer de volta com uma grande bandeja na mão, trazendo com ela o aroma saboroso de uma sopa corpulenta. Ele distribuiu as cumbucas de comida para cada um dos castores e então entregou uma a Arleta.

— Eu esqueci de perguntar se você gostava de cordeiro. Pedi de vegetais para eles — admitiu ao lhe passar sua cumbuca de madeira e uma colher. — Se preferir outra coisa, me fala, por favor.

— Está perfeito — garantiu-lhe Arleta, pegando a sopa. Ela deu várias colheradas na saborosa refeição, cheia de pedaços grandes de batata, cenoura e cordeiro macio enquanto olhava Theo deixar a dele para trás e ir direto até os filhotes, que estavam mais do que prontos para começar a construção da cabana. Ele se sentou no chão com eles, sorrindo animado, e disse:

— Agora, lembrem-se de que cabanas são para dormir. Vocês provavelmente terão um dia longo pela frente amanhã, e vão querer ter muita energia para não acabar cochilando no meio dele.

A voz de Theo foi ficando distante enquanto Arleta terminava sua sopa, se deitava e virava de lado.

Talvez as coisas não estivessem tão ruins, afinal.

Seus pais iriam querer que ela seguisse adiante e não desistisse de seus sonhos de confeitaria. Que mergulhasse de cabeça naquele desafio.

Ervash e Verdreth iriam querer o mesmo. E não só pelos ingressos para a final.

Ela queria isso. Sempre quis.

O pensamento curvou seus lábios em um pequeno sorriso enquanto as pálpebras se fechavam.

sete

Conforme a luz se infiltrava no quarto, Arleta se revirou na cama e se forçou a abrir as pálpebras pesadas. Levou um momento para reconhecer o alojamento, mas lembrou-se depressa quando captou o cheiro de almíscar de castor. Do outro lado do cômodo, os três filhotes estavam dormindo em sua cabana. As paredes de cobertor, sustentadas por cadeiras e as laterais das camas, haviam de alguma forma sobrevivido à noite.

O restante da família também cochilava, tanto a mãe quanto o pai roncando como ogros. Um dos jovens sonhava pesado com o jogo de madeira grudado no rosto. Provavelmente havia adormecido enquanto brincava.

Na noite anterior, Arleta sequer notara a pequena janela ao fundo do quarto, mas agora deixava entrar um pouquinho de luz. Theo havia ido parar na cama em algum momento da noite, mas estava ao contrário, com os pés na cabeceira espiando para fora do cobertor, enquanto a cabeça na outra ponta estava totalmente coberta, só com um tufo de cabelo dourado à vista.

Ela pegou a bolsa e vasculhou o interior. As pontas de seus dedos encontraram a forma familiar e metálica do relógio de bolso. Ela o puxou para fora a fim de conferir o horário, apertando os olhos para os números pequenos enquanto o tique-taque do dispositivo vibrava em sua palma. Apesar do sono em seus olhos, os números ficaram claros. Claros demais.

Era o meio da manhã, horas e horas depois do horário que eles haviam planejado deixar a estalagem.

Ela sentiu um aperto no peito e um frio congelante na barriga ao calcular depressa quanto tempo ainda levaria para chegarem a Langheim. Era impossível fazer a viagem a tempo, eles dariam de cara com os portões fechados e o credenciamento encerrado.

– Theo – chamou, com a voz trêmula de desapontamento. – Nós dormimos demais.

– Uhn? – resmungou a voz grave e cansada dele debaixo dos cobertores.

– Estamos *atrasados!*

– O quê? – Theo arremessou o cobertor e se esticou para ver o relógio na mão dela. – Droga. Eu prometi que levaria você a tempo.

Ele saltou da cama como um cervo assustado e se vestiu correndo, o tempo todo murmurando para si que *não, essa não* e *é tudo culpa minha*.

Vários castores se remexeram, mas não acordaram.

Arleta também jogou uma blusa limpa e uma saia sobre o vestido simples com o qual havia dormido. Pegou depressa qualquer coisa que caíra da bolsa e enfiou dentro de qualquer jeito, mas não sabia para que a pressa. De carroça, jamais chegariam a tempo. Era um fato.

– Imagino que você vá me levar de volta para Adenashire – sussurrou ela, com a voz temperada pela sensação de derrota da qual achava ter se livrado na noite anterior.

Theo congelou na posição em que estava, em silêncio por um instante, então soltou um xingamento.

– Você falou "merda" – murmurou de dentro da cabana um filhote de castor obviamente grogue e provavelmente ainda adormecido, depois tornou a ficar quieto.

Em qualquer outra circunstância, teria sido engraçado.

Arleta se sentou de volta na cama, com a mente rodopiando e tentando encontrar uma solução para todo o caos da viagem.

– Quando os portões fecham mesmo?

— Ao pôr do sol — respondeu Theo, mantendo a voz baixa.

Ela prendeu a respiração por um segundo, então soltou o ar.

— Isso quer dizer que temos menos de sete horas.

Ele assentiu, pesaroso.

— Em velocidade máxima, de carroça não chegamos antes das nove. Não com as estradas cheias de lama. E isso *se* não encontrarmos outros contratempos no caminho.

Arleta coçou o queixo, pensativa. Seu estômago se revirou com o que estava prestes a sugerir. Era ousado, e ela continuava sem suas ervas.

— E se deixarmos a carroça aqui, na estalagem, e irmos só com Nimbus? — A pergunta quase entalou na garganta, mas ela forçou as palavras a saírem.

Por um segundo, a sugestão pairou no ar entre eles, audaciosa e desesperada.

— Mas você é uma dama — protestou Theo. — Não seria adequ...

Arleta bufou e o cortou, correndo uma mão aberta pelo ar como se estivesse mostrando o quarto.

— Eu não me *importo.*

O corar rosado que se espalhou pelas bochechas dele ficou visível mesmo à luz fraca. Não era nada menos do que charmoso, mas Arleta o ignorou.

Ela balançou a cabeça para cima e para baixo, considerando suas opções.

— Tenho certeza de que aquele anão de barba ruiva lá embaixo cuidaria da carroça. Posso pagar pelo espaço com o dinheiro extra que ganhei. — Ela caçou na bolsa o que havia levado consigo das pratas recém-conquistadas. Algumas moedas bastariam para custear pelo menos uma parte da taxa de armazenamento. Então as estendeu para Theo.

— Não precisa... — começou ele.

— Precisa *sim* — interrompeu ela, firme. — Eu não deixaria você fazer tudo isso se não tivesse um plano para te pagar de volta.

O elfo relaxou os ombros, pegou as moedas da mão dela e assentiu de leve.

— Estou ao seu dispor, Arleta.

A oferta genuína a fez sentir um friozinho na barriga, mas sua nuca e seu peito ficaram quentes.

– Obrigada – falou com esforço.

– Então vamos – disse Theo, praticamente voltando ao seu tom usual enquanto guardava as moedas no bolso.

Eles deixaram os castores dormindo e em questão de minutos já estavam do lado de fora com a bagagem e as capas. Theo havia feito um acordo com o estalajadeiro. Dentro de até duas semanas, voltaria com Nimbus para buscar a carroça.

A tempestade havia sido soprada para longe e deixado o céu limpo do mesmo tom azul-cristal que os olhos do elfo. Conforme andavam até o celeiro, Theo entregou a Arleta um biscoito com manteiga fresca e geleia de morango.

– Você precisa comer.

– Obrigada.

Ela devorou a iguaria agridoce em poucas mordidas. Quando terminou, a forma tordilha de Nimbus estava à sua frente, e ele mascava comida de um cocho em sua baia. Os cheiros úmidos e terrosos do celeiro fizeram Arleta torcer um pouco o nariz, mas não estragaram seu deleite com o café da manhã que ganhara de Theo.

O elfo passou a mão pelo flanco do cavalo, que se virou para encará-lo com seus olhos marrons, brilhantes e inteligentes. Depois de lhe oferecer uma cenoura que tirou do bolso, Theo pareceu começar uma conversa silenciosa enquanto o cavalo comia.

Aparentemente satisfeito com o que havia sido dito, Nimbus resfolegou.

– Ele não se importa de você montá-lo. – Theo fez uma breve pausa e ergueu uma sobrancelha loira. – Diz que você estava certa quando falou que deveríamos ter feito isso desde o começo.

Arleta deu uma risadinha.

– Animais não parecem ligar muito para as nossas normas tolas.

De acordo, Nimbus jogou a cabeça para o ar, e sua crina cinzenta captou a luz matinal que se derramava para dentro do celeiro.

Theo agradou o amigo.

– Ele está argumentando que talvez nós devêssemos prestar mais atenção neles.

— Pois é.

Em pouco tempo, Theo amarrou as bolsas com segurança e enfiou alguns biscoitos simples onde poderiam ser alcançados com facilidade. Nimbus estava pronto. O elfo montou no cavalo e estendeu a mão para Arleta. Ela a pegou e subiu na frente dele, que a envolveu com os braços, lançando uma descarga de energia por todo seu corpo, mas ela a dispensou depressa enquanto os três deixavam a Taverna e Hospedaria Dois Unicórnios para trás.

Mas não antes de Arleta ter se certificado de que estava com o convite para a Batalha dos Aventais bem protegido no bolso.

Não ia querer perder isso também.

Conforme os cascos poderosos do cavalo estalaram pela estrada, ela entendeu o motivo de sua expressão amarga no dia anterior quando fora atrelado à carroça. Nimbus parecia ter uma alma livre. Seus pensamentos divagaram à esperança de que Theo havia lhe prometido muitas maçãs e cenouras docinhas quando chegassem a Langheim.

Horas se passaram e, enquanto o sol avançava pelo céu azul, eles só fizeram intervalos mínimos. A jornada parecia mais longa com o ar úmido e o chão encharcado, ambos ainda pesados com a chuva do dia anterior. Era como se as Terras do Norte e Arleta estivessem prendendo a respiração para saber se o grupo chegaria a tempo para a Batalha dos Aventais.

Entretanto, conforme cruzavam o coração denso da Floresta Stalina, uma cena em especial os fez diminuir o ritmo. Adiante, um fauno acenava com as mãos para cima no meio da estrada. Ao lado dele, havia uma carroça de ponta-cabeça, parcialmente caída dentro de uma valeta imensa, e uma vaca malhada com expressão espantada que parecia ilesa, embora atolada. Dois faunos pequenos estavam sentados do outro lado da estrada, jogando alguma coisa em que ganhava quem fazia uma série de gestos curiosos com as mãos.

Theo puxou as rédeas de Nimbus com gentileza.

— Eu sei que não temos tempo — falou ao cavalo, como que em resposta a algo que o animal lhe dissera em pensamento.

– Oh, graças às estrelas! – exclamou o fauno com um suspiro, andando com suas pernas de bode na direção deles. – Estamos presos aqui há horas. Ninguém parou para ajudar. – Sua voz carregava uma pontada de nervosismo.

Arleta mordeu os lábios, plenamente ciente do peso de seu horário-limite, mas ao mesmo tempo sabendo que parar era a coisa certa a se fazer. Nimbus *estava certo*. Eles não tinham tempo.

– Olá, amigo. – Ela queria acalmar o fauno e se virou para Theo enquanto a cena diante deles apertava seu coração. Sussurrou: – Não podemos simplesmente deixar eles aqui.

Afinal, apesar do sol em curso, sempre havia tempo para uma gentileza.

A testa dele franziu de leve, provavelmente não porque não quisesse parar, mas sim porque também estava pensando no tempo que se esgotava. O elfo deixou os lábios se curvarem em um sorriso leve e amigável.

– Vocês têm cordas?

O fauno assentiu várias vezes com a cabeça e trotou até a parte de trás da carroça. Dali, tirou um grande rolo de corda bege e ergueu a Theo assim que ele desceu de Nimbus.

Depois de ajudar Arleta a desmontar em segurança, ele pegou o rolo das mãos do fauno. Então olhou para Nimbus, e o cavalo assentiu como se estivesse concordando em dar uma patinha também.

– Obrigado. *Obrigado*. Eu sou Dreap, e estes são meus filhos gêmeos, Rhegea e Ronorae – disse o fauno, com gratidão sincera brilhando nos olhos. – Muito obrigado por terem parado para ajudar.

– É um prazer – respondeu Arleta, e emoções calorosas se remexeram dentro de seu peito com o desejo de dedicar um tempo para ajudar o fauno. – Eu sou Arleta, e este é Theo. Estamos a caminho da Batalha dos Aventais de Langheim.

Ela não sabia por que tinha desembuchado tantas informações, mas agora não tinha como voltar atrás.

– A Batalha dos Aventais?! – perguntaram os gêmeos, finalmente tirando a atenção do jogo com a menção de bolos e doces.

Arleta abriu um sorriso largo.

– Sim, eu vou participar.

O fauno mais velho soltou uma exclamação de espanto enquanto ele e Theo começavam sua missão de resgatar a vaca.

— Bom, boa sorte para você.

Arleta agradeceu e se sentou perto dos gêmeos. Theo e Dreap amarraram a corda ao redor da vaca, e então em Nimbus. Não demorou muito para que a vaca, chamada Violet, estivesse de pé e livre na estrada. E depois a carroça.

— Você tem alguma amostra? — perguntou Ronorae a Arleta, com os olhos arregalados de expectativa. — Nós não almoçamos.

Ela riu de leve dos rostinhos cheios de esperança dos dois.

— Não, mas temos um biscoito que pegamos na estalagem hoje de manhã.

Ela se levantou e foi buscá-lo na bolsa, então entregou aos gêmeos para que dividissem.

No alto, um bando de pássaros brancos que ela não reconhecia passou voando, e Arleta acompanhou seu arco gracioso pelo céu. Talvez fosse um bom sinal. Eles haviam feito a coisa certa.

Antes que percebessem, Arleta e Theo já estavam acenando suas despedidas aos faunos, de volta à estrada, embora com meia hora de atraso.

— Tudo bem — garantiu-lhe Theo. — Nimbus está dizendo que consegue compensar o tempo perdido.

Horas depois, assim que a floresta se abriu e revelou o castelo do reino de Langheim, Arleta perdeu o ar ao ver as torres quase iridescentes que se estendiam para o céu acima das árvores, banhadas pela última luz do dia. Cada pedra parecia tocada pelo brilho das estrelas.

Infelizmente, mesmo com o ritmo determinado do cavalo por todo o percurso, eles não puderam vencer o sol. O gigante portão de metal estava se fechando, e rangeu o caminho todo até o chão. Eles haviam chegado tarde demais.

oito

Ai, não, não, não! – Theo pulou das costas de Nimbus, deixando Arleta para trás, e aterrissou com um baque na relva verde e macia.

Ele correu para o portão do castelo, balançando os braços como se fosse um moinho de vento, gritando para o portão quase fechado. Arleta continuou sentada nas costas do cavalo, pasma.

– Pare! – urrou Theo para um guarda oculto. – Pare! O sol não terminou de se pôr ainda!

Às suas palavras, o portão grunhiu, então parou com um pesado estalo, deixando só uma brecha para um elfo se esgueirar.

Arleta conseguia ver só a silhueta dele atrás da grade de metal.

– Eu sou Theodmon Brylar e trouxe uma última competidora para a Batalha dos Aventais – anunciou de dentro, audivelmente sem fôlego.

O elfo com quem ele conversava, ainda em gestos exaltados, também era só uma silhueta, mas finalmente o portão reverteu seu curso e levantou o suficiente para deixar Nimbus e Arleta passarem.

Theo saiu de novo com um sorriso triunfante e gesticulou para o cavalo avançar. Nimbus jogou a cabeça para cima várias vezes enquanto andava e o elfo vinha ficar ao lado de Arleta.

— Eu lembrei a guarda de que o regulamento diz que o portão *não* deve fechar até a última luz do dia — disse Theo, olhando-a nos olhos.

Bem naquele momento, o sol se escondeu totalmente atrás das Montanhas Colmore que flanqueavam Langheim, mas Arleta não o viu por mais do que um instante, já que o trio havia se apressado a passar pelo portão.

E estavam seguros do lado de dentro.

A guarda da entrada era uma mulher alta e musculosa com uma adaga na cintura e roupas de linho parecidas com as de Theo. Ela olhou rápido para Arleta antes de retomar seu trabalho e fechar o portão atrás deles.

Theo conduziu Nimbus até um pátio aberto, e a experiência toda foi deslumbrante aos olhos de Arleta. Lamparinas nas colunas queimavam com uma lustrosa chama azul. O que quer que fosse o combustível, era mágico. Trepadeiras floridas se retorciam ao redor das mesmas colunas, e muitas árvores que quase tocavam o céu acima estavam carregadas de frutos vermelhos, brancos e roxos que ela desconhecia. O aroma no ar era doce e inebriante.

Arleta deixou o queixo cair com a vista.

— Como você consegue deixar este lugar? — sussurrou, em maior parte para si mesma.

Theo deu uma risadinha e enfiou as mãos no bolso.

— É lindo, tenho de admitir. Mas de vez em quando preciso de uma pausa de tanta perfeição. Pode se tornar um pouco... exagerado. Além disso, nunca se sabe quem vamos encontrar lá fora.

Processando toda a grandeza, Arleta disse:

— Não vou achar nada ruim passar um tempo no meio desse exagero. Acha que já posso descer?

— Ah, pelas estrelas, mas é claro!

Theo passou a palma de maneira carinhosa no pescoço de Nimbus, e o cavalo parou de andar. Oferecendo uma mão para Arleta, o elfo a ajudou a descer da sela, e ela imediatamente correu para uma árvore com frutas roxas e carnudas.

Com os dedos flutuando sob a base de uma, Arleta se virou:

— Posso?

O elfo assentiu.

Ela pegou a fruta macia e puxou do galho, então ficou encarando a esfera na palma.

— É uma sucote — explicou Theo, apoiando-se em Nimbus enquanto Arleta abria a fruta em duas metades, revelando o caroço todo enrugado do interior. A polpa era um gradiente que ia do roxo ao rosa, encontrando-se no meio.

— Posso comer? — perguntou ela, com o olhar cheio de curiosidade para descobrir o sabor.

Os olhos do elfo brilharam como se fosse um prazer apenas ver Arleta se deleitar com algo tão simples e novo.

— Pode.

Ela levou a sucote aos lábios e deu uma mordidinha. No mesmo instante, seu rosto foi tomado de alegria.

— É tão doce! — Ela inclinou a cabeça de lado, interessada, saboreando. — Azedinha... com uma leva acidez no fundo. Será que vou cozinhar com elas?

— É possível — respondeu Theo, colocando-a de volta nos trilhos da tarefa que tinham em mãos. — Mas agora temos que ir fazer seu credenciamento.

Arleta assentiu, saboreando a última mordida de sua sucote, e enfiou o caroço no bolso para levar de volta a Adenashire enquanto ele buscava a bagagem e mandava Nimbus aos estábulos.

— Depois a gente se encontra lá para eu te levar para casa — prometeu Theo ao cavalo.

Nimbus resfolegou de maneira amigável e sumiu trotando por um corredor.

— Você não mora aqui? — perguntou Arleta, seguindo o elfo.

— O castelo é como se fosse nossa praça central. Grandes eventos e coisas do tipo acontecem aqui. — Ele a conduziu por uma porta intrincadamente entalhada, cheia de símbolos élficos. — Eu moro longe da muvuca... Aliás, falando nisso, se prepara para ela.

Arleta mal teve tempo de pensar no que isso queria dizer quando um elfo elegante andou direto para eles.

— Theodmon — disse, sem fôlego e claramente frustrado —, era para você ter chegado ontem. Todo mundo está te procurando.

Theo levantou uma sobrancelha cética.

— Todo mundo?

O elfo, que parecia estar na meia-idade, seja lá o que isso significava para eles, e tinha um cabelo que chegava até os ombros e era levemente grisalho nas têmporas, murchou a postura. Suas roupas contavam com intrincados padrões bordados em dourado no peito.

— Bom, você sabe quem. Melhor ir atrás dela.

Ele espiou Arleta, sem dar indícios do que pensava de sua presença.

— Devdan, você é o assistente dela, consegue lidar com essas coisas — disse Theo. — Preciso levar uma última competidora para fazer o credenciamento...

— Vai atrás dela *agora*. — Os lábios do outro elfo se apertaram em preocupação, e depois de um instante ele se inclinou para a frente, acrescentando: — Ela está desconcertando todo mundo.

Arleta paralisou onde estava, subitamente sentindo a sucote antes deliciosa se revirar no estômago com a tensão que faiscava entre os dois elfos.

E quem era *ela*?

Theo suspirou e se virou para Arleta, despertando-a de seus pensamentos.

— Se eu mandar Devdan como seu acompanhante, você consegue fazer o credenciamento sem mim?

— Senhor? — exclamou Devdan, surpreso.

Theo o silenciou com um único olhar.

Arleta, reunindo sua coragem, assentiu determinada.

— Acho que sim. — Ela não tinha certeza se achava mesmo que sim, mas Theo já fizera o bastante e ela precisava assumir o comando. — Sim, consigo.

Com a confirmação dela, Theo voltou a atenção para o outro elfo:

— Por favor, acompanhe Arleta *Starstone* ao credenciamento. Ela está com o convite oficial.

Devdan inclinou a cabeça de leve e começou a andar.

Arleta não se mexeu por um momento, espiando Theo brevemente.

– Obrigada por tudo.

Os lábios dele se curvaram em um arco gentil, e ele lhe entregou sua bolsa.

– Eu vou descobrir onde é seu quarto e te encontro depois para garantir que esteja bem acomodada.

Com isso, Arleta correu atrás do elfo que estava prestes a desaparecer. Ela foi conduzida por um labirinto de corredores de pedra, iluminados pelo brilho etéreo de lamparinas mágicas como aquelas que havia no pátio. Conforme avançavam, passaram por mais elfos e pessoas de todas as Terras do Norte. Havia anões, fadas, faunos, e até um ogro, que deviam estar lá pela competição. A empolgação crescia no peito de Arleta a cada minuto, e ela queria poder olhar tudo, mas precisava acompanhar os passos largos e ágeis de Devdan.

Enfim, eles chegaram à área de credenciamento, uma sala ampla e aberta onde uma elfa morena estava guardando as coisas de sua mesa.

– Mais uma, Viessa – anunciou Devdan, cortês, para a elfa, que ergueu a cabeça em surpresa.

Ela pegou a lista de participantes e balançou no ar.

– No último segundo.

– Sim – disse Arleta, corando, mas foi até a mesa e tirou o convite do bolso.

Depois que ela agradeceu Devdan com um inclinar da cabeça, o elfo elegante foi embora para fazer qualquer outra coisa sem nem sequer se despedir. Viessa pegou o convite e comparou o nome com o que estava na lista.

– Você deve estar muito animada com essa oportunidade.

– É minha primeira vez aqui – admitiu Arleta, com as palavras transbordando em um ataque de nervos. Ela engoliu em seco, um pouco na expectativa de que Viessa fosse dizer algo sobre ela ser amágica e lhe mostrar onde ficava a porta.

Neutra, a elfa correu os olhos pela lista antes de parar o dedo fino e longo no nome de Arleta.

– Ah, você inscreveu uma tortinha de framboesa com tomilho nas classificatórias. Que adorável.

Arleta não havia inscrito nada. Fora tudo obra de Verdreth, mas ela assentiu mesmo assim.

– É.

– Acredito. – Viessa sorriu e olhou para ela. – Deve ter sido um sucesso para os jurados te darem uma vaga na competição. – Ela pegou uma caneta e um contrato para Arleta assinar. – Agora, leia com atenção. Um dos pontos mais importantes é que você só pode participar três vezes da Batalha dos Aventais, e precisa ser em anos não consecutivos. Mas tem várias outras coisas para se ter em mente.

O coração de Arleta disparou conforme ela lia apressada o documento, procurando por qualquer menção às palavras "humano" ou "sem magia" e quaisquer regras contra sua participação, mesmo que houvesse sido lembrada várias vezes de que não havia tal coisa.

– Ah – exclamou Viessa, como se tivesse acabado de se lembrar –, você trouxe ingredientes especiais para submeter à aprovação?

Arleta ficou tensa, mas manteve os olhos no documento, ainda tentando absorver cada palavra.

– Infelizmente eles foram perdidos na viagem.

– Ah, que pena. – A elfa remexeu nas pilhas de papéis sobre sua mesa.

Arleta mal havia chegado na metade do texto quando uma voz ecoou pela sala ampla.

– Viessa – chamou alguém impaciente –, temos que encerrar por aqui.

– Sinto muito – disse a elfa, estremecendo e virando-se para Arleta –, mas preciso agilizar. Se você puder assinar, eu termino de fazer seu credenciamento e já te entrego a chave do seu quarto e o cronograma.

Arleta sentiu o estômago se revirar de nervoso. Hesitando por apenas um instante, folheou até a última página e rabiscou seu nome na linha onde havia um X. Quando estava feito, devolveu o documento a Viessa, com o coração batucando como o martelo de um ferreiro.

A elfa rapidamente lhe entregou uma chave e vários papéis dobrados com perfeição, junto com o convite.

– Tudo o que você precisa está aí. A competição começa cedinho amanhã.

Arleta espiou os preciosos papéis em suas mãos, com seu nome à frente: *Arleta Starstone*, escrito na mesma elegante caligrafia élfica do convite. Sob o nome estava marcado *Quarto 206, Ala Elyilon*.

Uma onda de empolgação borbulhou em seu peito. Ela estava *mesmo* na Batalha dos Aventais.

– Onde fica a ala Elyi... – começou a perguntar, erguendo a chave, mas as costas de Viessa já estavam virando a esquina.

Arleta inflou as bochechas como um peixe e bufou uma lufada de ar.

– Minhas estrelas do céu – murmurou, recompondo-se enquanto folheava os documentos que recebera. Talvez houvesse um mapa dentro. Seria incrivelmente útil.

Ela levantou a cabeça e se virou, tentando ter uma noção dos arredores, mas em vez disso trombou com uma elfa, o que fez seus papéis voarem pelos ares e flutuarem com calma até o chão.

– Sinto muito. – Arleta mal havia terminado de falar e a elfa, de cabelo ruivo bem escuro, deu um passo para trás, enojada.

– Sai da minha frente! – explodiu, com a voz afiada ecoando pelo grande espaço.

Arleta ficou parada, em choque, sentindo-se como se houvesse sido pega sem roupas no lugar errado.

– Eu... eu...

– Argh! – A elfa de olhos verdes tinha vários centímetros a mais do que ela, e jogou as mãos para cima enquanto resmungava. – Só preciso passar essa semana sem ninguém entrando no meu caminho – murmurou, então partiu e desapareceu por um corredor.

Trêmula, Arleta se abaixou para pegar os papéis.

– Você parece um pouco perdida – disse uma voz amigável, fazendo-a olhar para cima.

O que viu foi a anã de aparência mais doce e amável que ela já encontrara na vida, o oposto da pessoa com a qual acabara de trombar, um raio de sol em vez de uma noite sem estrelas.

A anã formava uma imagem memorável de vestido amarelo-manteiga com corselete. O tom vivo e quente complementava suas feições de pele escura e os cabelos pretos. Cada cacho parecia dançar com a mesma alegria radiante de seus brilhantes olhos castanhos e o sorriso perolado. Pendurada em seu quadril largo, onde seria de se esperar uma arma, havia uma xícara de chá e um pires, amarrados por tiras de couro.

No segundo em que Arleta viu a anã, todas as suas preocupações foram esquecidas. Então, conforme a realidade a atingia de volta, encontrou sua voz:

– Ahn, sim. Preciso encontrar meu quarto.

– Posso? – A anã entendeu a mão, e Arleta lhe entregou agradecida o punhado de papéis.

– Eu sou Dolgrila Butterbuckle – disse ao mesmo tempo em que lia. – Mas todo mundo me chama de Doli. – Seus olhos brilharam ao encontrar a informação pertinente. – Olha só! Seu quarto é de frente para o meu. Vem, eu te levo lá.

Arleta sequer conseguiu falar e Doli já a estava puxando pelo corredor mais próximo.

– Isso vai ser *tão divertido* – disse a anã franzindo o nariz; sua voz era animada, cheia de empolgação e expectativas alegres.

nove

Meu nome é Arleta Starstone, a propósito. – Arleta conseguiu uma brecha para dizer em meio ao monólogo ininterrupto de Doli conforme subiam as escadas. A experiência toda ainda era agradável graças à forma como a voz da anã dançava enquanto ela falava. Provavelmente conseguia fazer qualquer um se sentir bem. Quase fez Arleta se esquecer da elfa terrível que encontrara e esperava nunca mais ver na vida.

A anã balançou a cabeça para cima e para baixo várias vezes.

– Aham, estava escrito na sua papelada. – Ela estendeu o braço em um floreio amigável. – É um prazer conhecê-la.

Arleta apertou sua mão. O aperto dela era firme e seus dedos e palma, levemente calejados.

Ela já havia descoberto no caminho para o quarto que Doli era das Cordilheiras Dundes, e que a maioria dos anões de lá, como esperado, eram mineradores. Mas Doli nunca gostou dessa área e havia dedicado a vida à missão de cozinhar os melhores cupcakes das Terras do Norte, assim como outros doces. Era seu primeiro ano na Batalha dos Aventais também, mas ela chegara dois dias antes para conhecer a região.

– Meu quarto é bem ali – informou em sua voz alegre, apontando com a cabeça para a porta do outro lado do corredor, devidamente identificada com o número 207, antes de voltar a atenção para a 206.

Arleta inseriu a chave que recebera e virou até um clique satisfatório ecoar pelo corredor e a porta abrir um pequeno vão. Ela prendeu a respiração e empurrou mais.

Com uma risadinha, Doli lhe deu o mais leve empurrão de incentivo, e as duas entraram.

O quarto era o lugar mais acolhedor que Arleta já havia visto na vida, e como prova disso seu queixo caiu. À esquerda, havia uma cama macia com cobertor azul-bebê, e ao lado tinha uma cômoda toda entalhada com um elegante jarro de água em cima. Uma janela imensa ficava ao centro da parede, mas como estava escuro lá fora, não dava para ver a vista.

– Parece o meu – comentou Doli, como se estivesse curiosa em relação a isso.

– Grrr, dá para não fazer barulho? – disse uma voz, quase um rosnado, vinda da direita.

Arleta se virou e deixou os papéis caírem pela segunda vez. As folhas flutuaram e se espalharam por todo o quarto.

– Ah – espantou-se, com a voz presa na garganta.

Sentada de pernas cruzadas na segunda cama do quarto estava uma pessoa com cabelos curtos e claros como a neve escorrendo ao redor de orelhas altas, pontudas e peludas. Um rabo volumoso cor de areia com branco chicoteava ao lado em irritação. Seu tom de pele combinava com o creme da cauda, e uma polvilhada de sardas marrom-cobre se espalhava por seu nariz.

Ela ergueu os olhos do caderno que tinha no colo, e seus dedos longos semelhantes a garras seguravam um lápis carvão.

– Você já pode fechar a boca – rosnou, com a voz baixa e áspera, antes de voltar os olhos para os rabiscos de suas anotações. – Nunca viu uma fennex antes?

– Ah, não – respondeu Arleta em tom de desculpa, como se houvesse de alguma forma ofendido a mulher-raposa. – Não é isso. Digo, não, nunca havia visto, mas é que eu não sabia que teria uma colega de quarto.

— Todos temos. — Doli deu de ombros, indiferente, enquanto caminhava até a fennex com a mão estendida. — Eu sou Doli, das Cordilheiras Dundes.

A fennex levantou brevemente a cabeça, arqueou uma única sobrancelha branca e tornou a escrever, ignorando a mão da anã.

— Não estou aqui para fazer amigos — disse, estreitando os olhos castanho-claros. — Nem com humanas, nem com ninguém.

Doli girou para Arleta e virou a cabeça de lado, intrigada.

— Você é humana?

Arleta sentiu um aperto no peito e deu um passo involuntário para trás, fixando os olhos nos papéis espalhados pelo chão. O peso da bolsa em seu ombro pareceu subitamente se igualar ao de uma pilha de tijolos.

— Mas você tem nome de mago — comentou Doli, e era quase uma pergunta.

A fennex deu uma risadinha e escreveu mais alguma coisa no caderno.

— Não tem nem um pingo de magia nessa daí, te garanto. Eu consegui farejar o cheiro cem por cento humano do sangue dela, misturado com almíscar de castor, assim que vocês entraram. — Ela apontou para a janela e torceu o narizinho fino. — Que tal abrir um pouco isso para deixar o fedor *sair*?

Arleta queria afundar no chão. Dividir o quarto coletivo com os castores parecia ter sido séculos antes. Vacilando entre vergonha e medo, ela queria mentir e dizer que não era humana. Mas a fennex sabia a verdade e não tinha como contorná-la.

— Eu... eu não tentei enganar ninguém — explicou, levantando as mãos trêmulas no ar. — Starstone é o nome da minha família. Algumas gerações atrás, houve uma adoção por parte de um mago e o nome pegou.

Doli colocou as mãos nos quadris e abriu ainda mais o sorriso.

— Bom, estou muito contente de finalmente encontrar uma amágica na Batalha! Todo mundo tem uma história diferente para contar.

Soltando o ar, Arleta colocou a bolsa com cuidado na cama, e o peso da situação aos poucos aliviou seus ombros, mesmo que só um tantinho.

— Vocês não vão contar?

— Sinceramente? Não estou nem aí. — A fennex soltou uma bufada. — Vim aqui para ganhar, e se alguém não tem magia no sangue, só significa que é mais fácil de vencer.

Arleta respirou fundo e forçou a mente a se afastar das repercussões, não importa o quão graves, de ser descoberta pelos juízes. Ela havia ido tão longe, precisava manter o foco. Mas essa linha de pensamento só a fez se lembrar de suas ervas perdidas e uma pontada de desapontamento cruzou seu rosto. Não que fossem *de fato* mágicas, mas eram alguma coisa.

— Hum. — Doli fechou a cara pela primeira vez desde que Arleta a conhecera, maculando suas feições doces de anã. — Isso não é uma coisa muito bacana de se dizer. Como é seu nome mesmo?

A fennex ergueu o queixo devagar e suspirou, obviamente por causa das novas conhecidas.

— Jez.

A preocupação corroeu o estômago de Arleta enquanto a tensão aumentava entre as duas. Para combater a sensação, ela engoliu em seco e vasculhou distraída sua bolsa. Embora quisesse desesperadoramente encontrar algo útil, não conseguia afastar a ideia avassaladora de que talvez logo fosse precisar de uma nova colega de quarto. Só para garantir caso precisasse sair correndo, não tirou nada de dentro da bolsa.

— Jez *o quê*? — questionou Doli, severa, e bateu o pé ao dizer o nome da fennex, com as palmas erguidas para o ar.

— Só Jez.

A anã apertou os lábios.

— Bom, *Só Jez*, isso não foi uma coisa bacana de se dizer. Nós estamos aqui para cozinhar, não para conquistar o reino de alguém.

Jez levantou o rosto redondo para encontrar o de Doli.

— Eu não sou uma pessoa bacana. — Então deu de ombros e retomou seu trabalho.

— Pelo menos é sincera — disse Arleta, conjurando um sorriso frágil, ainda escavando nervosamente a bolsa atrás de nada em especial, só para manter as mãos ocupadas.

A fennex riu, revelando as presas.

— É, eu sou. — A risadinha durou pouco, e logo em seguida ela ficou séria de novo. — Agora parem de fazer barulho e me deixem em paz.

Doli soltou um grunhido exasperado, chacoalhando a mão num gesto de dispensa para Jez antes de voltar a atenção a Arleta.

— Deixa eu te ajudar — ofereceu.

Arleta se afastou e deixou Doli mexer na bolsa. Primeiro, ela puxou a capa e, na ponta dos pés, pendurou em um gancho ao lado da cama. Arleta colocou a pequena pilha de saias e blusas em uma das gavetas da cômoda.

Doli espiou dentro da bolsa vazia e a encarou, com o rosto tomado de decepção.

— Você não tem nada para usar no baile?

— Baile? — Arleta fechou a gaveta. — Que baile?

Doli pegou depressa os papéis caídos do piso de calcário, inclusive engatinhando e passando a mão debaixo da cama. Quando enfim se levantou, seus cachos pularam enérgicos e ela estendeu triunfante uma folha.

— Encontrei!

A anã pulou na cama e deu tapinhas no espaço ao seu lado para que Arleta também se sentasse. Com uma mão, pegou a xícara e o pires do quadril, então entregou o papel para ela. Com a outra mão, balançou os dedos sobre o conjunto de porcelana e magia faiscante borbulhou no ar. Quando terminou, a xícara estava cheia de chá quente, esbranquiçado com leite cremoso.

Era uma magia inesperada para uma anã, já que a maioria deles tinha ligações com a terra, pedras e gemas preciosas, e definitivamente não com chá.

— Preciso acalmar os nervos — disse, e deu um gole antes de devolver a xícara ao pires.

Arleta olhou para o papel, que continha um itinerário de seis dias, começando com *Bem-vinda à Batalha dos Aventais de Langheim.* Então seguia com termos como *quatre épices*, resplandecente, Baile de Máscaras do Macaron e epicurista.

Esses floreios da linguagem élfica sobrecarregaram o cérebro de Arleta, e tudo se tornou um grande emaranhado ininteligível, mas Doli foi direto ao final da página.

– Viu? No quarto dia temos o Baile de Máscaras do Macaron – anunciou, apontando para o evento. – Você definitivamente vai precisar de alguma coisa mais fabulosa do que essas roupas que trouxe. E não se esqueça da máscara.

A incerteza pesou no peito de Arleta. Ela se sentia totalmente deslocada com a grandeza do evento. Estava acostumada a cozinhar de maneira simples em seu pequeno espaço, sozinha e de roupas casuais.

Jez empalideceu.

– Ela está bem desse jeito. Faria bem tomar um banho? Sim. Mas *eu* não tenho nada chique para o baile – anunciou de maneira neutra, descendo os olhos para a própria regata de couro e calça simples de algodão preto. – Eu vou priorizar o conforto... e isso se não decidir ficar dormindo em vez de ir.

– Bom – suspirou Doli, com a insistência inicial dando lugar à compreensão. Ela voltou o foco para Arleta. – Acho que não é o fim do mundo. – Deu outro gole no chá. – Talvez a gente consiga te fazer uma máscara em um dos dias livres.

Arleta relaxou os ombros e se jogou de volta na cama. Assim que se acomodou no colchão macio, seu estômago roncou de maneira a rivalizar com o mais feroz dos ogros.

– Ai, pelas estrelas, me perdoem. Não comi muito desde que eu e Theo começamos a viagem ontem.

– Theo? – perguntou Doli, com curiosidade na voz. – Quem é Theo? Você tem um companheiro de viagem?

Deitada de costas, Arleta disse sem pensar muito no assunto:

– É um elfo. Só viajamos juntos até Langheim.

– Elfos são muito arrogantes – comentou Jez, do nada, fazendo um bico com os lábios minúsculos. Sequer tirou os olhos do caderno. – Eu sinceramente não sei o que tinha na cabeça de vir para um reino cheio deles.

Arleta se apoiou nos cotovelos, prestes a questionar por que a fennex havia escolhido participar de uma competição de confeitaria élfica se era isso o que achava deles. No entanto, as dobradiças rangeram no batente da entrada e uma pessoa apareceu à porta, com os braços cruzados de maneira casual.

– Bom, ela não está totalmente errada – comentou Theo, com a voz tomada de diversão, vestindo roupas novas. – Alguém aqui quer jantar antes da cerimônia de abertura?

Ao vê-lo, Arleta sentiu o coração dar um salto no peito, grata por ver um rosto familiar.

dez

O jantar fora um banquete tanto para os olhos quanto para o estômago. Havia um buffet com seis opções de prato principal, uma variedade assombrosa de acompanhamentos, cinco tipos de pães (inclusive o preferido de Arleta, pão de fermentação natural), quinze opções de sobremesa, e para beber, malte, vinho e água com gás de uma nascente em Langheim. Sem mencionar três estátuas gigantes – um cervo, uma fênix e um dragão – montadas de maneira impecável por chefs élficos usando mais tipos de frutas entalhadas do que Arleta conseguia sequer identificar.

Ela estava cheia, e mais do que totalmente encantada.

Tudo em Langheim era um banquete para os olhos e para a mente quando se estava acostumado a viver no letárgico vilarejo de Adenashire. Nada importante jamais acontecia lá, e era provavelmente isso que tornava rumores e boatos uma moeda tão valorizada para seus moradores.

Se alguém não estiver vivendo uma aventura, então invente uma, pensou Arleta enquanto se deixava enfeitiçar pelos elfos músicos na saída do salão de jantar. A voz de Doli a trouxe de volta para a realidade.

– Arleta – chamou, em seu tom alegre de sempre –, a cerimônia de abertura vai começar.

Depois de piscar duas vezes, Arleta chacoalhou a cabeça e viu Jez apoiada contra a parede, esperando-as. Ela se sentara à mesa deles durante o jantar, mas certificou-se de manter várias cadeiras de distância de Theo, Arleta e Doli, aparentemente para não precisar interagir. Doli havia tentado incluir a fennex na conversa e só recebera resmungos em resposta por seu esforço.

Theo já estava esperando por elas no auditório com fileiras e mais fileiras de bancos de madeira. Com as mãos enfiadas fundo no bolso, ele correu os olhos nervosamente ao redor, como se estivesse procurando por alguém.

– Você está bem? – perguntou Arleta ao chegar perto do elfo.

Ele engoliu em seco, mas conseguiu abrir um sorriso.

– O começo da Batalha sempre me deixa nervoso.

Era visivelmente mentira, mas também era um direito dele não compartilhar o que quer que fosse, então ela deu de ombros, sem pressionar.

– Olha. – Ele se inclinou mais para perto dela, com a voz baixa, e apontou adiante. – Tem lugar ali. Vocês podem ir se sentando, eu preciso cuidar de uma coisinha antes.

Arleta franziu a testa e olhou para Doli, que estava a só alguns passos de distância, admirando o teto pintado com estrelas cintilantes. Jez, no entanto, parecia ter desaparecido.

– Quer que a gente guarde lugar para você? – perguntou, procurando por qualquer sinal da fennex no salão, embora não soubesse bem por quê.

– Ahn, sim. – Theo abriu um sorriso genuíno. – Obrigado. Se eu voltar antes de começar, vou me sentar com vocês.

Com isso, ele foi embora, engolido por um mar de competidores e convidados especiais.

Arleta se virou para os lugares vazios e seguiu Doli até os assentos. Assim que se acomodaram, saída de onde quer que estivesse escondida, Jez passou por elas e se sentou à direita de Arleta. A fennex não perdeu tempo e pegou seu diário e começou a rabiscar alguma coisa. Arleta espiou as páginas e arregalou os olhos. Estavam cobertas pelos mais belos desenhos a lápis de bolos, doces e biscoitos, todos com anotações meticulosas nas margens.

Jez soltou um rosnado e fechou o caderno com força, irritada, mas não mudou de lugar.

– Desculpa – murmurou Arleta, e desviou os olhos.

Doli depressa enganchou o braço em seu cotovelo e a puxou para perto.

– Esse Theo é muito bonito – cochichou. – Para um elfo, é claro.

Arleta se perguntou qual seria exatamente o tipo de Doli, mas era uma pergunta para outro momento.

– Ele foi muito generoso na nossa viagem até aqui – sussurrou Arleta, sentindo as bochechas esquentarem um pouquinho. – E um perfeito cavalheiro, mas somos só amigos. – Ela parou para calcular o tempo mentalmente. – Nós nos conhecemos a menos de três dias, na verdade.

Doli soltou uma risadinha, com os olhos brilhando em deleite.

– Bom, olha só para nós duas. Só nos conhecemos por algumas horas e já somos melhores amigas. Você sabia que alguns elfos são destinados?

– Como assim? – perguntou Arleta, intrigada pela súbita mudança de assunto.

Doli se animou:

– Eu fui à biblioteca daqui, é imensa, a propósito... e li alguns livros sobre a cultura élfica. Para entender as coisas, sabe? Amo bibliotecas e livros. – Ela chegou mais perto. – Alguns deles, nem todos, têm visões noturnas de suas almas-metades. E pode durar anos, às vezes começa quando são bem pequeninhos.

Arleta inclinou a cabeça de lado, muito interessada.

– E eles sempre encontram essas almas-metades?

– Não – respondeu Doli, um pouco sonhadora. – E se não encontram, eles nunca aceitam outra pessoa. Nunca poderiam se entregar totalmente a outra.

– Que triste. – Arleta estremeceu, e o grande ogro que havia visto antes se sentou bem à sua frente, bloqueando totalmente a visão do palco.

— Ou romântico — suspirou Doli.

As duas amigas se entreolharam, então para o ogro, e deram uma risadinha, já que todos os outros assentos estavam tomados e elas não tinham para onde se mudar. Resignadas com o próprio destino, voltaram à conversa.

— E essa alma-metade é necessariamente um elfo, certo? — questionou Arleta.

Ela não conseguia ignorar o fato de ter se sentido incrivelmente atraída por Theo. Mas provavelmente a maioria das pessoas naquele salão sentia o mesmo. Elfos eram atraentes; era inegável. Em nenhuma realidade possível Theo se interessaria por ela como parceira, muito menos serem destinados. Se Theo *tinha* uma Destinada, Arleta simplesmente entraria no caminho se admitisse qualquer coisa relacionada aos seus sentimentos. Provavelmente até ririam dela.

Doli deu de ombros.

— Provavelmente, mas eu não tive tempo de terminar o livro antes do almoço — disse, com um sorriso tímido.

— Bem-vindos e bem-vindas — bradou uma voz do palco, chamando a atenção de todos — à centésima Batalha dos Aventais de Langheim! Meu nome é Naexi Miraven, e serei sua apresentadora este ano.

Doli e Arleta se afastaram para espiar a palestrante ao redor do ogro. Era uma elfa esbelta e alta com cabelo preto e quase o mesmo tom de pele de Doli. Joias douradas adornavam suas orelhas pontudas, cravejadas de rubis cintilantes. Seu vestido vermelho se derramava pelo chão, reluzindo como uma chama viva. Tudo acerca dela fazia parecer que estava flutuando.

Arleta desceu os olhos para as próprias roupas simples e sentiu um aperto no peito, mas forçou depressa a mente a focar o discurso da elfa.

— Imagino que todos tenham tido a oportunidade de saborear a maravilhosa refeição oferecida pelos excelentes chefs élficos de Langheim — continuou Naexi, com uma pitada de orgulho na voz. — As habilidades e magias culinárias deles são as melhores em todas as Terras do Norte. — Ela levantou no ar o mesmo punhado de papéis que Arleta recebera mais cedo no credenciamento. – Certifiquem-se de ler todo o pacote de introdução à Batalha dos Aventais. Nele, encontrarão seu cronograma diário, horários das refeições e até eventos e opções de entretenimento. Não deixem de aproveitar tudo o que temos a oferecer em Langheim. – A elfa estendeu a mão em um gesto demonstrativo. – E agora, apresento-lhes a atual bicampeã da Batalha dos Aventais, Taenya Carralei.

A maior parte da audiência explodiu em aplausos conforme uma elfa com pele de alabastro e cabelo ruivo-escuro subiu ao palco.

Arleta engoliu em seco, e quase infartou quando viu que era a pessoa mal-humorada com quem havia trombado depois do credenciamento. Só havia visto seu nome antes, mas não conhecia sua aparência dos cartazes que haviam colocado em Adenashire.

Os olhos esmeralda de Taenya eram brilhantes e radiantes. A testa franzida havia desaparecido, e ela balançava os braços no alto como que a chamar por mais aplausos, uma atitude completamente diferente do que Arleta havia visto pouco tempo antes.

Doli bateu palmas. Arleta tinha certeza de que ela não havia testemunhado o acidente, então simplesmente se uniu aos aplausos para aquela mestre confeiteira que era visivelmente arrogante em público.

– Obrigada, obrigada – gritou Taenya à multidão, que havia enfim silenciado. – Este é um ano muito especial para a Batalha dos Aventais. Não só é o aniversário de cem anos da competição, mas também minha terceira e última oportunidade de participar. Pelas estrelas, *prometo* que serei coroada como uma das poucas na história da Batalha a vencer três vezes.

Desta vez, as pessoas aplaudiram, mas alguns dos outros competidores ergueu as sobrancelhas.

Doli se inclinou para perto.

– Os elfos são mesmo bem arrogantes.

Arleta olhou para Jez, que estava revirando os olhos. Não que fosse uma expressão inesperada vinda da fennex.

Taenya continuou falando de si por um bom tempo, mas Arleta escutou pouco já que, em vez disso, estava contorcendo as mãos no colo e se sentindo como um peixe que havia pulado no lago errado de novo. As palavras confiantes da elfa rodopiavam em sua mente. Ela sabia sem sombra de dúvida que suas próprias habilidades e criações eram boas – talvez até incríveis –, mas tinha a fé em si mesma de que precisava para encarar elfos como Taenya a fim de provar isso?

O que todos pensariam dela se vencesse alguém desse naipe?

De repente, sentiu-se sufocada.

Os orcs estavam errados.

Ela não tinha como fazer isso.

– Preciso tomar um ar – sussurrou arfante para Doli, já parcialmente de pé.

As sobrancelhas grossas da anã franziram com preocupação.

– Quer que eu vá com você?

Arleta balançou a mão do ar, ainda se esforçando para respirar.

– Não precisa. Eu já volto.

Com isso, ela terminou depressa de se levantar e passou como um borrão por Doli.

– Aonde ela vai? – Escutou a voz de Jez perguntar às suas costas, mas então já estava longe demais para ouvir a resposta de Doli.

Algumas cabeças se viraram em sua direção, mas a maioria das pessoas nem sequer notou que ela havia saído.

Arleta foi parar no espaço vazio logo à saída do auditório. Suas pernas a levaram só até a parede ao lado de uma grande escadaria, que provavelmente levava a algum outro espaço inacreditavelmente belo do castelo. Ela bateu o ombro contra o revestimento frio de pedras e levou as mãos ao rosto, cobrindo totalmente a boca, nariz e olhos.

A dúvida sussurrava em suas orelhas como um ciclo interminável na mente. *Eu não tenho permissão para vencer um elfo nem ninguém por aqui*. Mesmo que não houvesse uma regra oficial, o único motivo pelo qual ela havia passado das preliminares foi por terem assumido que era uma maga. Se os juízes soubessem a verdade, teriam jogado fora aquela tortinha de framboesa com tomilho que Ervash inscrevera, sem jamais considerar seu aceite.

– O que aconteceu? – A voz de Theo soou do lado dela, arrancando-a de seus pensamentos. – Não está se sentindo bem?

Envergonhada, Arleta rapidamente descobriu o rosto, mas algo na presença do elfo ao menos acalmou sua respiração entrecortada.

– É que não era para eu estar aqui – confessou, com a voz tomada de derrota antecipada.

Theo passou a língua pelos lábios, pensando por um momento antes de responder:

– Este lugar pode ser meio sufocante. Até eu acho exagerado às vezes, e olha que cresci aqui.

Arleta só ficou encarando-o, sem fazer a mínima ideia do que dizer. Ela esperava que a reação dele fosse ou falar que ela tinha razão e *não* deveria estar ali, ou tentar algum discurso encorajador. Mas ele não fez nenhuma das duas coisas.

– O que você gostaria de fazer então? – perguntou Theo enfim, com uma preocupação sincera na voz.

Arleta soltou o ar pesadamente.

– Voltar lá para dentro – decidiu depois de um tempo.

Com o mais leve assentir de cabeça, ele lhe ofereceu o braço.

– Vamos ter que ficar no fundo, eu acho.

Arleta apoiou a mão na dobra do cotovelo dele, e o elfo a conduziu de volta para o auditório, onde se apoiaram contra a parede perto da porta.

Naexi estava de volta ao centro do palco.

– E aqui estão nossos estimados jurados – anunciou. No palco, apareceram uma elfa elegante de meia-idade com longos cabelos prateados, um anão gordinho com blusa fúcsia e calça amarela, e um griffino ou griffina, com as asas encaixadas perfeitamente atrás do corpo e vestes todas de couro. Naexi continuou, apontando primeiro para o anão, depois à criatura alada: – Não que eles precisem de apresentações, mas aqui estão

Thiggul Honorton, Gaia Thornage e a nossa jurada-chefe para o centenário da Batalha dos Aventais de Langheim, Shalina Brylar.

A elfa com vestes elegantes deu alguns passos à frente, com uma presença de palco que roubava a atenção de todo o auditório.

– Cozinhem o *diem*, confeiteiros! – Ela ergueu o queixo para o ar como se fosse superior a todos os presentes, o que não era uma crença incomum nas Terras do Norte no que dizia respeito a elfos.

A multidão foi à loucura, mas a atenção de Arleta disparou para Theo.

– Brylar – repetiu em meio aos aplausos. – É o seu sobrenome. Vocês são parentes?

Theo apertou os lábios por um segundo.

– Ah, somos *parentes*, sim – respondeu com certo fatalismo na voz. – Aquela mulher incrivelmente exaustiva e difícil de lidar, se pavoneando toda no palco, é a minha mãe.

onze

Na manhã seguinte, Arleta não havia dormido nada. Não só porque Jez roncava como um dragão com sinusite, mas porque ela mesma não conseguia parar de pensar que Shalina Brylar, a *jurada-chefe* da Batalha dos Aventais, era *mãe* de Theo. A descoberta fizera sua mente rodopiar como um catavento.

Por que ele não me contou antes?, pensou ela, sentada na cama e trançando os cabelos antes de descer para o início da competição.

Faz alguma diferença?

Ela não tinha certeza se fazia, mas lhe parecia que sim. Ela já havia chamado a atenção ao chegar com um elfo, e isso não era bem algo que quisesse fazer, mas chegar com o *filho* da jurada-chefe com certeza não passaria despercebido aos olhos curiosos. Tudo bem se destacar pelo mérito das suas criações, mas não por ser amágica.

O fato de nunca ter tido acesso a todas as informações de que precisava para tomar uma boa decisão corroeu seu estômago.

Toc, toc.

O som suave veio da porta, interrompendo seus pensamentos.

— Você vem? — perguntou Doli, com a voz abafada pela barreira de madeira como se ela houvesse aproximado os lábios do vão no batente.

O estômago de Arleta deu uma guinada, e ela finalizou depressa a trança.

– Ahn, sim – gritou de volta, e seu tom fez um péssimo trabalho em esconder as emoções. Mesmo assim, levantou-se e forçou os pés em direção à saída no mesmo instante em que Doli abriu a porta destrancada.

A anã usava um vestido azul-turquesa com minúsculas flores roxas polvilhadas pelo tecido, e seus cachos estavam puxados em um tufo no alto da cabeça.

– Você já perdeu o café da manhã. Precisamos descer para o começo da competição, senão vamos ser desqualificadas. – Um leve indício de preocupação enrugou sua sobrancelha.

Arleta balançou a cabeça, mas não falou nada conforme as duas deixavam o quarto para trás. Por todo caminho pelos corredores e escada abaixo, enquanto Doli tagarelava sem parar, Arleta sentia um desconfortável frio na barriga. Sua mente insistia de novo e de novo para que desse meia-volta, corresse para o quarto e se escondesse debaixo das cobertas, como se *isso* fosse magicamente resolver tudo em vez de tornar a situação pior.

O salão, cheio de confeiteiros, já estava à vista quando Theo surgiu inesperadamente à direita de Arleta como se estivesse esperando-a. É claro que ela o viu, mas seus olhos imediatamente desviaram para o piso de calcário.

– Arleta? – chamou ele, mantendo a voz baixa.

Tudo dentro dela queria continuar seguindo com Doli, mas seus pés pararam.

– O que foi? – respondeu, na defensiva.

Doli olhou para trás, erguendo uma sobrancelha.

– Guarda um lugar para mim? – pediu-lhe Arleta, apontando para o salão.

A anã assentiu e seguiu adiante.

Theo se aproximou, com as feições tomadas de preocupação.

– Você está brava comigo?

Assim que ele dissera que Shalina Brylar era sua mãe, Arleta pedira licença para voltar ao quarto, alegando dor de cabeça, e o evitara desde então.

A frustração escapou por sua respiração bufada. Não olhou para ele.

— Por que não me falou antes quem você é?

Ele continuou com o tom baixo:

— Você sabe quem eu sou.

Enfim, a irritação venceu, e Arleta ergueu os olhos para ele:

— Você entendeu.

— Está falando da minha mã...

— *Sim*, Theo. Sua mãe. — Instintivamente, Arleta cruzou os braços com força, protegendo a si mesma, como sempre fazia. — Acho que você não entende o quão difícil é para mim estar aqui. — Ela se inclinou para mais perto dele. — Sem magia. Se a maioria dessas pessoas soubesse...

— Peço desculpas por não ter te contado sobre a minha mãe. — A sobrancelha dele franziu em remorso. — Foi errado da minha parte, egoísta até. Achei que se você soubesse antes, teria insistido para que eu te levasse de volta a Adenashire.

— Teria mesmo. — Ela apertou mais os braços ao redor de si, mas, ao mesmo tempo, ficou grata pelo pedido de desculpas dele. — Tudo aqui é perfeito, Theo. Você vive em um mundo de perfeição. Eu não. Todo dia, e não só aqui, eu sou lembrada do fato de que não tem magia correndo em minhas veias. De que eu sou *menos* do que os outros. Você nunca precisa lidar com isso.

Com essas palavras, a confusão ficou visível na expressão dele, e Theo soltou o ar com um sopro longo para se acalmar.

— Antes de você entrar, eu só queria dizer que fiz uma pesquisa na biblioteca.

— Sobre o quê? — perguntou Arleta, levemente frustrada com a mudança de assunto.

— Se um competidor chega sem ingredientes especiais, pode pedir uma substituição por outros — explicou o elfo, com um sorrisinho de leve curvando os cantos da boca.

Os braços de Arleta relaxaram e caíram ao lado do corpo.

— Ah, é? Mas onde eu vou conseguir isso?

— Eu te levo. Nossas florestas têm várias plantas comestíveis que podem ser interessantes. Hoje à noite, vamos fazer um passeio. Não vai ajudar na primeira rodada, mas tem outras três.

As entranhas de Arleta se reviraram em uma mistura de nervosismo e esperança. Para se destacar, ela ia mesmo precisar de sua "pitadinha de magia" especial. Assentiu.

— Está bem. Combinado.

Theo deu uma risadinha e desviou os olhos para o salão.

— Parece que está para começar. A gente se vê depois então?

Arleta revirou os olhos e girou nos calcanhares.

— Isso se eu não for eliminada antes...

— Você não é menos do que ninguém — disse ele em uma voz gentil quando ela não tinha dado nem três passos.

Seu coração deu um salto com essas palavras, mas ela resistiu à tentação de se virar. Doli estava no salão, gesticulando para que ela se apressasse. Então Arleta o fez e se sentou assim que as grandes portas duplas se fecharam. Logo ao seu lado, com o diário firme nas garras, estava Jez, na mesma fileira e sem ninguém entre elas. Ela não teve como não se perguntar se havia sido a fennex quem guardara os lugares, rosnando para qualquer um que ousasse tentar se sentar, exceto Doli.

Arleta engoliu em seco e olhou ao redor. Ao que parecia, havia vinte e cinco competidores, de todos os tipos e tamanhos, do imenso ogro ao minúsculo halfling. Mas a maioria era de elfos. E é claro que Taenya Carralei estava sentada na primeira fileira. Seu cabelo ruivo-escuro estava puxado em um coque apertado, fazendo todas as suas feições, inclusive as orelhas pontudas e muito pálidas, parecerem ainda mais severas. Ela vestia calça e uma blusa simples de algodão. A elfa se sentia pronta para ganhar.

Os jurados não estavam à vista.

— Atrás daquelas portas — Naexi Miraven estendeu a mão e apontou para outra porta dupla que Arleta não havia notado no dia anterior, com intricadas colheres de madeira e diversos ingredientes entalhados — está a famosa cozinha de Langheim. Tenho certeza de que vocês estão ansiosos para entrar lá. Alguns já estiveram aqui antes, outros não, mas de qualquer forma prestem atenção, pois as instruções podem ser diferentes dos outros anos.

Arleta torceu as mãos enquanto a elfa descrevia como cada confeiteiro teria a própria estação equipada com as travessas, utensílios, caixa refrigerada e forno necessários. Todos os ingredientes básicos estariam prontos e à espera em cada estação, assim como os ingredientes aprovados que cada um havia submetido.

Arleta estremeceu, sentindo a pressão aumentar no coração e na mente.

Assim que iniciasse a contagem do tempo, eles teriam dois minutos para escolher quaisquer ingredientes adicionais de uma despensa especial, mas eram obrigados a usar pelo menos uma parte do que selecionassem na receita final.

– Então escolham com sabedoria – alertou Naexi, sorrindo, então fez uma pausa, provavelmente para aumentar o drama, antes de continuar. – Como destacado em seus cronogramas, o primeiro dia será da sua receita especial. É a sua chance de brilhar e mostrar a criação que te fez ser quem é. É o doce que sua família adora, o biscoito que seus amigos te imploram para fazer o tempo todo. Pode até ser o que fez você estar *aqui* hoje.

Esse era outro problema que havia mantido Arleta acordada à noite. Sua receita especial era simples: barrinhas de limão com casquinha de biscoito amanteigado. Mas ela sempre acrescentava algo único para tornar a receita realmente sua, e para elevar os sabores, cardamomo era sua escolha preferida. Se lhe fornecessem um pouco, ela se sairia bem. Porém, e se isso não acontecesse, já que poucos confeiteiros usavam ervas e ingredientes considerados salgados? Nesse caso, seriam só barrinhas de limão, que eram deliciosas, mas será que realmente se destacariam?

O coração dela disparou enquanto perdia quase todo o restante do discurso de Naexi, exceto pela parte sobre o vencedor ter imunidade na segunda rodada e que dos vinte e cinco competidores, dez seriam eliminados naquele dia.

As grandes portas duplas rangeram ao abrir, despertando-a de seus pensamentos. Os competidores estavam todos se levantando e andando até a arena, e não demorou muito para Arleta perceber que Doli a puxava pela manga para que se levantasse também.

— Você vai fazer isso sim — ordenou a anã na voz mais firme que conseguia conjurar.

— Sim, senhora. — Foi tudo o que Arleta conseguiu responder, então a seguiu para o final do grupo que se direcionava à cozinha já fervilhando de atividade.

No segundo em que pisou lá dentro, ela quase infartou. O lugar era imenso e tinha um cheiro *paradisíaco* de especiarias e açúcar. Ao redor das estações individuais, em uma arquibancada elevada, havia fileiras e mais fileiras de assentos, provavelmente para a grande final. Fadas do gelo que não deveriam ser maiores do que um pequeno coelho zumbiam suas asas pelo salão, deixando rastros de magia para trás, aparentemente presentes a fim de oferecer sua magia para ajudar a esfriar quaisquer criações para decorar e servir. Arleta disparou os olhos pelo espaço até encontrar sua estação, identificada com seu nome em uma elegante caligrafia élfica, e lembrou-se de alguma forma que Naexi havia dito que eles teriam cinco minutos para se familiarizar com suas bancadas.

O forno, embora melhor, era muito parecido com o que ela tinha em casa, o que seu pai dera de presente à sua mãe anos antes. Na estação havia, como prometido, uma variedade de travessas de madeira, assadeiras de metal, utensílios e os ingredientes usuais da confeitaria: açúcar, leite, farinha, água, sal e vários outros. O que faltava na dela, embora estivesse em todas as outras, era uma caixa de madeira com "ingredientes secretos". Mas ela engoliu a apreensão e endireitou as costas.

Arleta estava pronta.

Mais ou menos.

Olhou para Doli, logo à sua frente, e sorriu.

A anã assentiu e lhe devolveu o sorriso. A estação de Jez era do outro lado da cozinha, e por coincidência Taenya estava imediatamente à sua esquerda.

A elfa examinou todos os itens de sua estação e até provou cada um. Arleta ficou na ponta dos pés para tentar ver o que havia dentro de sua caixa de ingredientes secretos.

– Cuida do próprio umbigo, maga – rosnou Taenya. – Não faça inimigos.

Arleta sentiu as bochechas queimarem.

– Desculpa.

Mas não teve a chance de dizer mais nada, mesmo se quisesse, antes do sino das fadas soar e autorizar os competidores a buscarem o restante dos ingredientes.

– Uma última coisa. – A voz de Naexi flutuou magicamente pelo ar. – Os ingredientes são limitados, então corra para pegar o que você precisa.

E estava dada a largada. Por uma fração de segundo, Arleta ficou perdida, mas depressa percebeu que tinha que pegar um cesto de uma pilha afastada e correr imediatamente para as áreas da despensa de refrigerados e de secos.

Se pretendia fazer barrinhas de limão, com certeza precisaria de limões. Costurando pelos outros competidores em uma dança caótica, ela disparou para a seção de frutas frescas e pegou limões suficientes, além de alguns extras, para uma única receita. Se houvessem acabado antes, ela estaria de volta à estaca zero.

Ao seu lado, dois adversários já brigavam pela última porção de alguma coisa, e Arleta correu como louca para a seção de secos a fim de ver o que encontrava. Enquanto os confeiteiros ziguezagueavam, pegando jarros de temperos das prateleiras, os olhos dela captaram um último potinho de cardamomo em bagas. Um golpe de sorte. Ela esticou a mão para o pequeno tesouro ao mesmo tempo em que dedos em formato de garra fizeram o mesmo. Só que eles chegaram antes. Arleta se virou e viu Jez, com o potinho firme na sua mão de fennex.

O tempo pareceu ficar mais lento enquanto elas se encaravam, imóveis.

– Pode ficar – aceitou Arleta, e girou para longe sem nem esperar uma resposta.

Depressa, correu os olhos pelo que restava, mas tudo o que já experimentara nessa receita havia sido levado, e ela não queria pegar nada do que poderia se arrepender depois. Outras ervas funcionavam, mas ela não gostava tanto delas com limão, preferia puro. Os jurados poderiam ser da mesma opinião.

Melhor não arriscar.

Barrinhas simples de limão, então.

Antes que o sino das fadas tocasse de novo ao fim dos dois minutos, Arleta já estava de volta em sua estação com o forno pré-aquecendo, medindo a farinha.

— Confeiteiros! — chamou Naexi. — Mão na massa!

Uma confusão caótica de pessoas cozinhando irrompeu, enquanto as fadas continuavam zumbindo sobre suas cabeças. Arleta se esforçou ao máximo para bloquear todos os estímulos externos e entrar no piloto automático. Essa era sua benção e sua salvação toda vez que entrava em uma sessão culinária para desestressar, quase como se os ingredientes se cozinhassem sozinhos, guiados por instinto.

Limões.

Açúcar.

Farinha.

Manteiga.

Baunilha, sal, ovos.

Arleta se perdeu no básico das barrinhas de limão.

E como se nenhum tempo houvesse passado, ela subitamente estava com as barrinhas cortadas com perfeição em uma bandeja à sua frente, cada pedaço decorado com um filete de casca de limão caramelizada e polvilhado com açúcar de confeiteiro.

Ela sabia que estavam boas. Havia provado um pedacinho de teste que fizera à parte da receita principal. A calda de limão estava cremosa e saborosa, bem equilibrada entre a acidez do cítrico e a doçura do açúcar.

Mas eram simples.

E quando ela espiou o bolo de quatro camadas de Taenya, perfeito, em tons de rosa, branco, verde e vermelho, decorado com um reino feérico em miniatura e um grande cogumelo de marzipã meticulosamente detalhado com um sapo verde no topo, ela soube que estava em um nível muito abaixo.

Taenya pairou a mão sobre o bolo e faíscas de magia vibraram das pontas de seus dedos.

Talvez devesse ter brigado mais pelos cardamomos ou ao menos feito uma cobertura de merengue para suas barrinhas.

O sino soou.

Fim da primeira rodada.

doze

A primeira rodada era avaliada às cegas, então os jurados não podiam ver os confeiteiros e vice-versa. Aparentemente, eles nem sequer sabiam de quem eram os pratos depois que haviam sido levados.

Para garantir que continuasse assim, ninguém podia ir embora até que os jurados terminassem sua avaliação e os vencedores fossem anunciados.

O que significava que vinte e cinco competidores, muitos dos quais haviam reclamado de não terem tomado café da manhã por se sentirem nervosos demais, estavam presos no salão.

Por *horas*.

Doli, Arleta e Jez se sentaram com as costas apoiadas na parede de pedras da sala de espera. Outros andavam de um lado a outro ou retorciam as mãos, inclusive muitos elfos. A única que aparentava estar minimamente calma era Taenya, mas isso provavelmente se dava ao fato de ela ter começado a meditar poucos minutos depois do grupo ser levado até ali, o que permitia que ela ignorasse todo mundo.

– Quando eles vão anunciar esse maldito resultado e deixar a gente voltar para os quartos, hein? – resmungou Jez, passando a mão em garra na nuca. Ela parecia ainda mais carrancuda do que o normal.

— Seria bacana se eles trouxessem *almoço* pra gente. — Doli esticou a mão para dar tapinhas de consolo no ombro de Jez, mas a fennex instintivamente se chacoalhou para afastá-la.

Arleta soltou um muxoxo, já aceitando por dentro o fato de que iria embora para casa naquele dia.

Como vou fazer para voltar?

Esse era outro problema. Além disso, quando chegasse a Adenashire, teria de dizer a Ervash e Verdreth que eles não ganhariam ingressos para a final, já que os eliminados na primeira etapa não tinham direito às cortesias.

E ela não faria seu passeio noturno com Theo para procurar ervas.

Ela sentiu o estômago pesar ao se lembrar do convite dele. Nada daquilo aconteceria. Provavelmente nunca mais o veria depois de voltar para casa.

Nem Doli. Nem mesmo Jez.

Arleta olhou para as duas. *Por que fizeram amizade comigo?* Se é que o que Jez estava fazendo podia ser chamado de amizade.

— O que foi? — rosnou Jez.

Arleta balançou a cabeça.

— Nada. Para que você usou o cardamomo?

Ela percebeu que nenhuma das três nem sequer havia contado às outras o que fizera, e as criações foram levadas tão depressa para os jurados que a única que Arleta viu fora o bolo irritantemente massivo de Taenya.

Jez bufou de leve, soando cansada e irritada.

— Um pão doce de laranja sanguínea e cardamomo com cobertura cítrica rosa e fatias de laranja caramelada.

Arleta e Doli apoiaram os braços no cotovelo e se inclinaram para escutá-la falar.

— A combinação do doce com o ácido e o toque da especiaria fica ideal. Foi a primeira receita que eu aperfeiçoei. — Jez abriu a boca para falar mais, mas ao ver as outras encarando e prestando atenção a cada palavra, fechou os lábios e desviou o olhar.

— Continua — encorajou Doli com um brilho nos olhos. — Estamos famintas aqui. Se não podemos comer de verdade, podemos pelo menos conversar sobre comida.

— Não — rosnou Jez, puxando as pernas para o peito. — Nem sei por que eu estava contando para começo de conversa.

Sua voz estava tomada de irritação, mas o fato de não ter se afastado delas falava mais do que palavras.

Doli e Arleta se entreolharam e sorriram.

— Bom, eu fiz uma dúzia de cupcakes de *butterscotch* — comentou Doli, e abriu as mãos à frente do corpo com pelo menos dez centímetros uma da outra. — Os bolinhos mais a cobertura ficaram *desse* tamanho. Estavam. De. Matar. — Seus olhos brilharam ao se virar para Arleta. — E você?

Por algum motivo, ela não havia percebido que também teria de compartilhar a *sua* criação. Engoliu em seco, sentindo o peito esquentar de vergonha.

— Ahn... barrinhas de limão.

Em vez da reação desapontada que ela esperava, Doli uniu as mãos sobre o coração e suspirou, dramática. Talvez até um pouco dramática *demais*, já que o gesto chamou a atenção de várias pessoas.

— São minhas preferidas!

— Não tinham nada de especial — argumentou Arleta. — Não consegui todos os ingredientes de que precisava.

— Eu daria uma montanha de ouro em troca de uma única barrinha de limão agora — resmungou Doli.

Jez bufou de novo e se virou para ela:

— Um pouco exagerada, não acha, anã?

Doli deu uma risadinha e ergueu as sobrancelhas.

— Olha só quem está precisando de uma barrinha de limão também.

A fennex abriu o diário no colo e enfiou o nariz nas suas páginas, com as orelhas vibrando no topo da cabeça.

De repente, Arleta se lembrou da receita de teste. Depois que levaram as bandejas embora, uma pequena porção de barrinhas ficara para trás, então ela as enrolara em papel e enfiara no bolso.

— Na verdade, eu tenho algumas aqui — admitiu, deslizando a mão para dentro do bolso e pegando o pacote.

Jez e Doli ficaram simultaneamente interessadas e olharam para ela.

— Você estava com comida no bolso esse tempo todo e *não contou* pra gente? — brincou Doli, inclinando-se para sussurrar de pertinho.

— Eu esqueci totalmente. — Arleta estendeu o pequeno pacote às outras. — Acho que só peguei no automático. Tento nunca desperdiçar comida.

Jez pegou as barrinhas, faminta, e se virou para a parede a fim de que mais ninguém visse o que elas tinham. Dentro do papel, havia quatro pedaços, um com um canto a menos onde Arleta havia mordido para experimentar. Açúcar de confeiteiro ainda cobria o topo, e pelo sorriso gigante no rosto de Doli, seu humor havia melhorado só de ver o recheio brilhante de limão.

Jez pegou um e passou o restante à anã, que escolheu depressa um para si. As duas deram uma mordida, cravando os dentes na iguaria azeda. Enquanto isso, o estômago de Arleta deu várias piruetas, esperando pelo julgamento delas.

— *Uau* — exclamou Doli, ainda mastigando. — Isto está divino.

Jez assentiu, concordando.

— É, está mesmo — murmurou em aprovação, e esticou o braço para pegar a terceira barrinha ainda nas mãos de Doli. Ela a enfiou na boca antes que alguém pudesse impedi-la.

Antes que ela pegasse a última, Arleta o fez e deu uma mordidinha. O limão explodiu em sabores na sua boca e foi depressa complementado pela massa doce.

— Está bom, mas...

— Nada de "mas", Arleta — resmungou Jez. — Esse negócio está melhor do que eu gostaria que estivesse.

Doli apertou os lábios e revirou os olhos para a fennex.

— Que elogio mais *adorável*.

— É o melhor que vocês vão escutar de mim — murmurou Jez, e voltou para o seu diário.

Arleta correu os olhos depressa ao redor para ver se alguém havia notado que as três tinham comida. Ninguém percebera.

– Vocês só estão sendo gentis.

– Eu nunca sou gentil – acrescentou Jez depressa, aparentemente sentindo necessidade de manter sua reputação.

Doli deu de ombros, com uma risada escondida no canto dos lábios.

– Eu estava sendo gentil *sim*, e essas barrinhas de limão são boas pra caramba *sim*.

Arleta estava prestes a perguntar se ela achava que eram boas o suficiente para mantê-la na competição quando a porta da sala de espera se abriu e revelou Naexi segurando um longo pergaminho no ar.

– Saíram os resultados! – anunciou a elfa.

treze

Você tem *certeza* de que não teve nada a ver com isso? Com o fato de eu ter avançado para a segunda rodada? – Arleta perguntou a Theo conforme caminhavam para fora do castelo. Seu peito ainda estava formigando com a notícia de que ela, Doli e Jez haviam passado. Embora a colega de quarto da anã, uma halfling que Arleta nem havia conhecido, fosse voltar para casa.

Theo fingiu o maior espanto.

– Que tipo de gente você acha que eu sou?

O pôr do sol estava quase no fim, e uma variedade de estrelas cintilantes apareceu no céu que escurecia. Arleta parou de andar e colocou uma mão na cintura.

– Que tipo de gente eu *deveria* achar que você é?

– Um elfo honesto.

– Você não me contou sobre a sua mãe – ela o lembrou, ainda parada no meio do caminho.

Theo inclinou a cabeça de leve.

– Tem razão. Mas não é como se eu tivesse como interferir na decisão dos jurados da Batalha dos Aventais. E mesmo se tivesse, eu jamais o faria, porque quando você ganhar... vai ganhar por conta própria.

O coração dela se aqueceu com essas palavras. Não só porque saíram da boca de Theo, mas porque talvez ela *realmente* tivesse o que precisava para ganhar. Taenya havia ficado em primeiro lugar e teria imunidade na rodada seguinte, mas ninguém vira as notas dos outros competidores que haviam passado. Era possível que Arleta estivesse mais perto do topo do que imaginara, e ela sabia que as barrinhas nem eram o melhor que podia fazer.

— Mas por hoje — disse Theo, e apontou para o caminho adiante —, nós vamos pegar seus ingredientes secretos.

Os lábios dela se curvaram em um sorriso, e ela deixou todas as preocupações para trás... pelo menos por aquela noite.

— Minha pitadinha de magia.

Theo sorriu.

— Isso.

Pelo caminho, ela encontrou um pouco de tomilho-selvagem e um grande arbusto de alecrim, dos quais cortou vários ramos e enfiou num saco que levara consigo.

Mais para dentro das árvores, viu o que parecia ser um pequeno anfiteatro externo. Na entrada ficava um imenso pórtico, coberto por folhas lindas.

— *Louro?* — exclamou Arleta, e antes que Theo pudesse impedi-la, ela correu para o exuberante arco.

Ele foi atrás.

— Você realmente tem um dom, não é? Não faço ideia de como consegue identificar as coisas no escuro, sem magia.

Arleta olhou para o céu.

— Tem luz suficiente com as estrelas. — Ela ergueu a saia e escalou o arco coberto pelas folhagens. — Meu pai me ensinou tudo sobre encontrar ervas e plantas comestíveis.

— Tem galhos mais baixos com as mesmas folhas — comentou Theo, com uma pitada de risada na voz.

— Gosto mais das que ficam no topo. — Arleta esticou a mão para um punhado, colheu várias folhas e as enfiou no saco. — Adenashire não tem louro, mas quando consigo um pouco, dou para o meu vizinho fazer chá quando fica com... o estômago ruim. — Arleta não queria dar todos os detalhes do que acontecia quando Ervash comia muitos dos seus doces, o que era frequente. Ela pulou para o chão com várias folhas presas no cabelo.

Theo deu um passo para trás, olhou-a e soltou um longo suspiro.

– O que foi? – perguntou Arleta, passando a mão para limpar a roupa e chacoalhando o louro dos cabelos.

– Nada – respondeu o elfo, mas havia hesitação em sua voz.

– Ah, por favor. Com certeza é alguma coisa. – Ela sentia o peito formigar de curiosidade. – Estamos ficando sem tempo ou coisa do tipo?

O luar se derramou sobre seu rosto. Theo abriu a boca como se fosse falar, mas não o fez.

– Desembucha, elfo – brincou ela.

Os cantos dos lábios dele se curvaram em um sorrisinho tímido, e ele desviou os olhos para a terra.

– Foi aqui onde eu encontrei pela primeira vez a minha... Destinada. – Ele se inclinou e pegou uma folha de louro do chão. Quando passou o dedo pelas beiradas, a mão toda brilhou com magia.

– Sua Destinada? – Arleta forçou um sorriso, mas seu peito pesou. Sabia muito bem que qualquer coisa que sentia quando estava com Theo era apenas uma paixão irracional, mas escutá-lo falar de sua Destinada machucou um pouco. Para dispersar seu desapontamento sem lógica alguma, colheu mais algumas folhas de louro e enfiou no saco. – A Doli me contou que alguns elfos têm uma alma-metade ou coisa do tipo. Parece fascinante. – Arleta pigarreou. – Onde está essa pessoa?

Theo colocou as mãos no bolso.

– Só a conheço dos meus sonhos.

– Então você não a encontrou ainda? Aqui em Langheim?

Ele levou a mão à nuca.

– Não, ela não mora em Langheim. Acredite em mim, eu procurei. Mas entregar os convites para a Batalha dos Aventais por todas as Terras do Norte me deu a oportunidade de buscar fora daqui nos últimos anos.

Ela sentiu o nervosismo crescer dentro do peito, e de repente não queria mais falar sobre a Destinada de Theo. Mesmo assim, perguntou:

– Você acha que vai encontrá-la?

Arleta viu um arbusto de cossiva a alguns passos dali, que era uma ótima substituta para o manjericão, talvez até melhor. Só que cinco vezes mais cara, então ela nunca comprava no mercado.

— Espero que sim — respondeu Theo. — Se ela me aceitar. Estou esperando debaixo daquele arco de louros há muito tempo.

Arleta deu uma risadinha nervosa e puxou o máximo de ramos de cossiva que conseguiu encontrar, ainda batalhando com o que se parecia muito com ciúmes em seu estômago agitado. Mesmo se o elfo *estivesse* interessado nela, o que obviamente não estava, já que não havia dito que era ela quem conhecera sob o arco, eles jamais poderiam ficar juntos.

Ele era um elfo. Ela, uma humana sem magia. Estar com ela seria perder o respeito com o qual ele estava acostumado. Sem contar que tinha uma Destinada lhe esperando em algum lugar das Terras do Norte.

Eles seriam amigos, e só.

— Eu tenho uma horta atrás da minha cabana, se você quiser ver o que encontra lá — ofereceu Theo.

Ela enfiou os últimos ramos no saco, grata por ele ter mudado de assunto.

— Não é contra as regras?

— Não vejo por que seria. E já estamos perto.

— Você tem chá de bergamota?

Theo assentiu.

— Tenho. Você quer tomar um pouco?

Arleta sorriu.

— Não, mas adoraria um punhado das folhas.

De fato, a casa de Theo não ficava a mais do que alguns minutos de caminhada dali, e a trilha da floresta se abriu e revelou uma cabana simples, porém adorável, não muito diferente da dela. A porta, pintada de um verde-claro, estava iluminada por uma lamparina que reluzia com chamas de magia branca.

Parecia algo saído de uma tapeçaria, adoravelmente bordado com os melhores fios.

O caminho que levava até a entrada era de pedras perfeitamente posicionadas, cravadas no chão. Mesmo ao luar, ela conseguia ver as fileiras de plantas que corriam pela frente da cabana, quase convidando-os ao aconchegante espaço.

— *Essa* é a sua casa? — perguntou Arleta, diminuindo o passo para admirar.

Theo inclinou a cabeça para a porta.

— Você estava esperando um castelo?

— Um pouco, é. — Ela ficou mais calma. — Mas isso é melhor.

Theo uniu as mãos às costas e seguiu o caminho de pedras até a entrada.

— Antes que a gente vá até a horta, tem alguém que você precisa conhecer.

Arleta o alcançou assim que ele abriu a porta e chamou:

— Faylin? Você está aqui?

— Quem é Faylin? — Ela mal tinha terminado de perguntar quando um grande gato marrom e branco se espreguiçou e andou tranquilo até o pequeno hall.

Faylin, apoiado nas quatro patas, tinha orelhas longas com pequenos tufos de pelo na ponta e dois chifres minúsculos curvados na testa. O gato bocejou e olhou para Arleta com a típica combinação felina de curiosidade e indiferença.

— É essa humana que tem feito você se demorar fora, Theodmon?

Theo foi direto até ele, e Faylin levantou a cabeça para a sua coxa, onde passou o queixo várias vezes. Então soltou o mais contente e profundo ronronar.

— Você vai gostar dela — disse Theo, andando a curta distância até a cozinha, onde serviu dois copos de água de uma jarra sobre o balcão e depois encheu uma tigela no chão para Faylin. Então ele pegou uma lata de chá de bergamota e colocou pelo menos metade de seu estoque dentro de um pequeno saquinho de algodão.

— Sou Arleta — disse ela ao gato, ainda de pé no hall.

— Arleta, a humana. — Faylin era direto, como a maioria dos gatos costuma ser.

Ela assentiu, com um brilho de interesse nos olhos.

— E você é um...?

— Um majestoso lince da floresta, é claro. — Ele esticou os ombros para o alto.

Conforme os olhos de Arleta se ajustavam ainda mais, ela conseguia ver que as orelhas dele eram escuras, quase pretas, assim como sua cauda rajada, ao passo que as costas eram uma mistura um pouco mais clara de manchas marrons e listras, com a barriga e patas majoritariamente brancas.

— Claro — concordou Arleta, embora nunca houvesse visto ou ouvido falar de um lince da floresta na vida.

O gato se virou e foi até a cozinha, direto para a água.

Arleta seguiu.

— Então, você tem um gato? — perguntou a Theo.

Faylin parou de beber e virou a cabeça para ela.

— *Eu* tenho um elfo.

— Ele tem mesmo. — Theo deu uma risadinha e lhe estendeu um copo de água. — Faylin é a minha família, e eu queria que você soubesse.

Ele também lhe entregou o chá, que ela enfiou no saco.

Arleta ergueu o copo e deu um gole enquanto o gato passava o rosto carinhosamente na mão de Theo. Então trotou até ela e fez o mesmo, deslizando o chifre direito por seu polegar. Enfim, ele empurrou sua mão livre com o focinho e abriu e fechou as patas no chão. Seu pelo era o mais macio que Arleta já havia tocado.

Quando o felino terminou, sentou-se com o olhar azul e firme passando de Arleta para Theo.

— Você tem razão. Eu gosto dela.

Depois de deixar Faylin esticado sobre uma cadeira, para o que Theo disse que provavelmente era seu décimo cochilo do dia, o elfo e Arleta saíram pela porta dos fundos e já estavam em um jardim onde luz mágica brilhava e dançava como vaga-lumes sobre as plantas.

— É imenso! — exclamou Arleta.

E *era*. Havia fileiras e mais fileiras de frutas, vegetais, abóboras, e então as ervas, quase explodindo com suas folhas aromáticas. Atrás delas, iluminado pela lua e pelas estrelas, ficava um pomar de árvores frutíferas que seguia pela cerca de um pasto e, mais ao longe, a silhueta de um celeiro.

– Tenho trabalhado nele há... um bom tempo – confessou Theo.

Arleta correu até vários pés de tomate e pegou um fruto minúsculo e suculento. Enfiou na boca e a pele explodiu em sabores.

– Um bom tempo? Esta horta e este jardim são obra de uma vida toda!

– Ajuda quando se consegue falar com as plantas – argumentou o elfo, olhando na direção dela, que se deliciava com um segundo tomate, mas ele desviou depressa o olhar e suspirou. Recompôs-se e caminhou até as fileiras de ervas. – Acha que tem alguma coisa útil aqui para você levar para a competição?

Mas no segundo em que as palavras deixaram seus lábios, o que momentos antes era um cintilar de magia explodiu em um espetáculo radiante. O jardim se acendeu como se fosse dia.

– Ah... Uhm... – gaguejou ele.

As sobrancelhas de Arleta se ergueram e seu peito vibrou com o que parecia ser a mesma magia.

– Assim é mais fácil ver as plantas. – Ela rapidamente se abaixou para colher um pouco de lavanda, já que tinha um sabor floral que podia funcionar em algumas receitas doces. Quando terminou, ela apontou para o pasto e o celeiro. – É ali que o Nimbus mora?

– É – respondeu Theo, mantendo as mãos enfiadas fundo nos bolsos, mas a exuberância de magia continuava igual. – Ele já deve ter entrado para dormir.

Arleta assentiu, pensando desesperadoramente em qualquer coisa para dizer.

– E há quanto tempo você conhece Faylin?

– Ah, desde que ele era um filhotinho – contou Theo, e a memória pareceu ancorá-lo por um momento. – Encontrei ele machucado e abandonado na floresta, então trouxe para casa. – Deu uma risadinha. – Não fazia ideia do quanto eu gostava de gatos antes de Faylin. É ótimo ter alguém na nossa vida que sempre fala a verdade. Felinos não medem as palavras.

– Ouvi dizer isso mesmo. – Arleta caminhou até um banco de madeira no canto da horta. Ela colocou o saco de lado e se inclinou para trás, sentada sobre as mãos, para olhar as estrelas. – Eu e meu pai costumávamos fazer isso o tempo todo. Depois da hora de dormir, ele ia me chamar quando a noite estava clara, e me ensinava os nomes das constelações.

Theo andou até ela e se sentou no outro lado do banco. Acompanhou seu olhar e apontou para uma das mais brilhantes no céu.

– Como aquela se chama?

Arleta chacoalhou a cabeça.

– Você não sabe? Mesmo?

– Tenho certeza de que já aprendi em algum momento da vida – respondeu Theo, dando de ombros de maneira um tanto encabulada –, mas esqueci.

Arleta riu com suavidade, perguntando-se se ele estava sendo completamente honesto.

– É Eliana, ou, o nome mais comum, Pequeno Camundongo. – Ela passou o dedo por uma linha invisível para traçar as estrelas que formavam o rabo. – Minha preferida.

– E eu a escolhi primeiro? – Theo manteve os olhos no céu, continuando a observar as constelações enquanto falava.

Arleta mordeu o lábio.

– Parece que sim.

– Seu pai deve ter sido uma pessoa incrível.

Ela parou por um momento, lembrando-se da conversa que tivera com Theo em seu próprio jardim sobre sua família.

– Eles morreram em uma viagem, fora de Adenashire. – Não sabia exatamente por que estava comentando esse assunto com ele, costumava falar o mínimo possível sobre sua mãe e seu pai. De alguma forma, ali, o momento parecia diferente. Parecia que ele se importava.

Theo imediatamente voltou os olhos para ela, como a lhe dar sua total atenção.

– Eu tinha 16 anos, e ele queria levar minha mãe para uma aventura – continuou Arleta. – Poupou o suficiente para pagar por alguns dias fora de casa. Na volta, sofreram uma emboscada. Eles... não sobreviveram.

O elfo estivera sentado a uma distância de duas pessoas dela, mas então se inclinou para perto.

— Que horrível — sussurrou.

— É. — Arleta assentiu. — Depois disso, os orcs que moram na casa do lado sempre me ajudaram quando precisei.

— Sinceramente, aqueles dois pareceram incríveis. Mesmo tendo me ameaçado um pouco antes de a gente sair.

A memória da natureza gentil e às vezes durona dos orcs fez Arleta sorrir.

— Eles são maravilhosos mesmo. Como pais.

Isso era algo que ela sabia há um bom tempo, mas nunca havia falado em voz alta para ninguém.

— Quando recebemos a notícia de que meus pais tinham morrido, eles me levaram para a casa deles. Eu só tinha 16 anos e me sentia completamente perdida, sem saber o que fazer. Fiquei escondida no quarto enquanto Ervash e Verdreth resolviam tudo. Eles se certificaram de que a casa fosse transferida para o meu nome e cuidaram do funeral. — Lágrimas arderam em seus olhos, mas não caíram.

— Então depois disso você nunca saiu de Adenashire? — perguntou ele depois de alguns momentos.

— Esta é a primeira vez. Só a ideia de sair era muito assustadora para mim.

— Com certeza. — O elfo se afastou um pouco dela, como se estivesse lhe dando espaço.

Uma questão se demorou por um instante na língua dela. Hesitou, sem saber se deveria perguntar.

— E quem você perdeu?

Theo virou o pescoço para encará-la, mas não falou nada. Sob o luar, o fantasma da dor enrugou o vão entre suas sobrancelhas.

— Em Adenashire, você me falou uma coisa sobre a dor da perda. — Ela pensou um pouco. — Comparou com uma névoa matinal que jamais se dissipa totalmente.

— Você se lembra disso? — O tom dele era de surpresa.

— Jamais esqueceria. — A respiração dela saiu entrecortada, esperando pelas próximas palavras do elfo.

Ele deslizou as palmas até os joelhos.

— Foi meu irmão mais novo. Quando eu era bem pequeno... criança... ele vivia doente. Assumi a responsabilidade de ser seu protetor, mas quando ele ficou muito mal, eu não tive como salvá-lo construindo cabanas de cobertor para se esconder.

Arleta sentiu o coração apertar no peito, lembrando-se da cabana que Theo construíra com os castores na Hospedaria Dois Unicórnios para ela poder dormir.

Ele chacoalhou a cabeça.

— As coisas nunca mais foram as mesmas depois que ele morreu. Meu pai fez as malas e foi embora para o sul, e minha mãe... — Seus lábios se transformaram em uma linha fina. — Bom, ela se jogou no trabalho. Você viu como ela é.

— Seu pai ainda está vivo?

Theo se remexeu desconfortável e perdeu o olhar na distância, em direção ao celeiro de Nimbus.

— Até onde eu sei, sim. Não o vejo há anos.

Arleta sorriu, mas em meio aos seus pensamentos caóticos queria confortá-lo, ajudar a aliviar sua dor, mesmo que soubesse ser algo totalmente impossível, talvez até egoísta.

O medo rastejou de volta para o coração dela. Havia falado demais. Theo havia falado demais.

Ela ficara confortável demais na presença dele.

Engoliu o nervoso e se forçou a perguntar:

— Por que você me trouxe aqui?

— Ahn, para você pegar as ervas de que precisava — admitiu ele, direto, mas havia algo em seu tom, a tensão era óbvia. Theo desviou depressa os olhos da expressão questionadora dela.

— Não foi por isso. — A respiração de Arleta acelerou enquanto esperava pela verdade. — Por que você queria que eu conhecesse o Faylin?

— Você ficou chateada que eu não contei da minha mãe, que ela era jurada. Você e eu... Nós somos amigos, e eu não quero esconder nada. Faylin é parte da minha vida. Ele sempre vai ser.

Arleta cruzou os braços e manteve o foco transfixado no frustrante elfo à sua frente.

— Mas *por que* isso importa? A gente mal se conhece, e provavelmente nunca mais vamos nos ver depois da Batalha dos Aventais.

Conforme as palavras se derramavam de sua boca, o coração de Arleta apertava mais. Ela nem sequer sabia por que estava perguntando. Queria tanto que fosse mentira, chegava a doer.

O elfo engoliu em seco, e a luz que refletia a magia em seus olhos ficou mais fraca.

— Você pegou tudo de que precisa?

— Por que, Theo? — insistiu ela. — Por que você me trouxe aqui?

— Eu falei, você é minha amiga. Gosto da sua companhia e você precisava pegar suas ervas. Eu as tinha aqui, então os dois saíam ganhando.

Arleta o encarou por vários segundos, esperando ele falar mais alguma coisa, só que não o fez. O fato era que ele havia lhe dito que tinha uma Destinada, e se Arleta tinha sentimentos por Theo, *não podia* continuar passando tempo sozinha com ele. Por que ele não percebia isso? Acabaria não só machucando ela quando saísse de Langheim, mas também seria muito mais difícil se concentrar na Batalha dos Aventais se tinha metade da mente ocupada com esse elfo fora dos limites.

Escondeu as mãos atrás de si.

— Obrigada pela ajuda hoje, e por tudo o que você fez por mim. — Ela inclinou a cabeça em um cumprimento. — Mas acho melhor a gente não se ver muito mais até o final da competição.

quatorze

O sol nasceu atrás das montanhas e seus raios se espalharam pelo céu como manteiga derretida. De alguma forma, o nascer e o pôr do sol eram ainda mais espetaculares em Langheim do que em Adenashire, mas essa beleza não ajudou a melhorar o humor de Arleta.

Depois do incidente no jardim de Theo na noite anterior, ele havia concordado em levá-la de volta para o castelo e não se encontrar mais com ela. Normalmente, ela teria voltado sozinha, mas não sabia o caminho e não queria acabar perdida na floresta.

Frustrante.

Eles mal conversaram na volta, e Theo foi embora quando viu que Arleta estava segura dentro do castelo. Ela conseguia perceber que ele queria falar alguma coisa, como se realmente se importasse com ela, mas não falou.

Ainda mais frustrante.

É claro que Theo tinha que agir como um perfeito cavalheiro e nem sequer *tentar* convencê-la a ficar em sua cabana já que ela dissera que se sentia desconfortável.

A única coisa boa da noite foi que ela conseguiu encontrar Viessa, a elfa que fizera seu credenciamento para a Batalha dos Aventais, e entregar-lhe as ervas que havia colhido. Viessa disse que se estivesse tudo certo, Arleta as encontraria à espera na sua estação na rodada seguinte.

E era isso.

Ela abraçou os joelhos e apertou a capa ao redor do pescoço e da cabeça, encolhida no pequeno hall de entrada do castelo. Com um suspiro, se ajeitou melhor no banco de granito enquanto dezenas de pardarilhos assobiavam uma melodia irritantemente alegre de uma macieira próxima.

Se Theo estiver no castelo, vou só ignorá-lo daqui para a frente, pensou. *Ele tem uma elfa Destinada, exatamente como Doli leu naquele livro da biblioteca. E, de qualquer forma, ele nunca escolheria a mim, uma amágica.* Essa lógica ferroava o fundo da mente dela.

Se quisesse ter qualquer chance de ganhar, ou mesmo passar para a próxima rodada da Batalha dos Aventais, era *isso* o que precisava fazer. Manter o foco, abaixar a cabeça e cuidar da própria vida. Era o único caminho a seguir.

Envolver-se com elfos era uma ideia ridícula. Ela chacoalhou a cabeça e chiou mentalmente consigo mesma por se deixar levar por algo que não existia.

Mas na verdade, quer estivesse acordada ou dormindo, Theodmon Brylar não saía da sua cabeça. Era como se ele tivesse se instalado em definitivo ali, com uma poltrona, lareira e tapete de pele de urso... só envelhecendo livre e despreocupado em sua mente.

– *Argh* – bufou ela, brava com a própria infantilidade em relação à coisa toda. Os pardarilhos continuaram cantando acima como se estivessem rindo dela.

– O que mais você quer de mim? – Veio uma voz mais de dentro do jardim do castelo. As palavras transbordavam frustração, não muito diferente da irritação que Arleta sentia. Duas pessoas ficaram à vista, espantando os passarinhos e silenciando o ar.

Arleta sentiu um calafrio na nuca ao ver a elfa alta de cabelo ruivo-escuro, uma das últimas pessoas que queria encontrar ou escutar sem querer quando estivesse discutindo com alguém.

Arleta fez o melhor que pôde para se esconder, abaixando-se atrás de um arbusto que acompanhava o hall para evitar ser vista por Taenya ou pelo elfo que estava com ela. Ao se inclinar para trás, notou frutinhas azul-arroxeadas nos galhos da planta. Eram muito parecidas com mirtilos, mas a cor um pouco mais clara, o fruto menor. Um desavisado acharia que eram a mesma coisa, mas Arleta sabia que eram yaguirtilos. Não eram tóxicos, mas tinham a estranha habilidade de azedar um doce quando misturados com açúcar.

Ela tornou a olhar para a dupla, e exceto pela carranca que fazia, o outro elfo era tão bonito quanto a bicampeã. Tinha um maxilar bem definido, maçãs do rosto salientes e sobrancelhas perfeitamente arqueadas, embora todos eles passassem a impressão de que a magia preferia seus rostos aos de qualquer outro.

O que, é claro, a fez pensar em Theo. Lá estavam aquela lareira e aquele tapete de novo, com ele sentado. Esperando. Por ela.

— Argh — bufou de novo, mais baixinho, odiando o próprio cérebro ridículo e as estrelas que deviam tê-la amaldiçoado naquele momento.

— Quero que você faça melhor — disse o elfo. Estava com o cabelo comprido e escuro preso em um rabo de cavalo baixo. — Eu vi as notas dos jurados, e mesmo que, sim, você tenha ganhado, tiveram confeiteiros de primeira viagem que chegaram perto demais. Você está perdendo o jeito.

Confeiteiros de primeira viagem? Arleta sentiu a boca secar com as palavras. *E se fosse ela?*

Imediatamente afastou a ideia. Era impossível que sua receita simples de barrinha de limão houvesse sequer chegado perto do bolo de Taenya.

Mas e se ganhasse no sabor?

Às vezes, os doces com a melhor apresentação não eram necessariamente os mais saborosos. Ou talvez o outro elfo estivesse falando de Doli, ou Jez. Ela não provara nada delas ainda, mas as duas passaram para a segunda rodada também.

O elfo se aproximou de Taenya, e isso fez Arleta se inclinar no banco para ouvir melhor.

— Tem participantes *demais* este ano que vieram de outros reinos das Terras do Norte. Era para isso aqui ser uma competição *élfica*, e muitos de nós foram eliminados na primeira rodada.

— Ele levantou a mão fina e tocou o dedo médio e o indicador no queixo dela. — Que você não esteja entre eles.

A confeiteira fechou a cara, mas não se afastou. Embora pelos ombros tensos, estava claro que era o que ela queria fazer.

— Sim, Vesstan.

— Você *vai* ganhar pela terceira vez, Taenya — insistiu o elfo de cabelos escuros como um corvo. — Sou seu irmão, eu sei das coisas.

Ele virou e a deixou sozinha perto de uma laranjeira.

A elfa soltou um longo suspiro e passou a mão pelos cabelos soltos, então depressa a desceu de novo, parecendo que tentava chacoalhar para longe o nervosismo que corria em suas veias. Quando se virou, Arleta conseguiu ver o olhar distante em seu rosto, como se a pessoa por trás dele estivesse sendo arrancada aos poucos dali de dentro.

Arleta vacilou na beirada do banco, dando o seu melhor para manter o equilíbrio, ao mesmo tempo em que se arrependia de não ter cuidado da própria vida logo depois de decidir fazer *exatamente* isso. Em sua melhor tentativa de recuperar o apoio, inclinou-se silenciosa para a parede atrás de si.

Em vez disso, seu traseiro escorregou do banco e ela caiu no chão com um baque

Soltou um xingamento.

— Quem está aí? — perguntou Taenya, estreitando os olhos, desconfiada. Ela andou direto para o esconderijo de Arleta. Com um único gesto, uma magia verde-clara disparou de seus dedos e abriu precisamente no meio o arbusto que ocultava Arleta. Dezenas de yaguirtilos voaram da planta, e vários golpearam Arleta, um bem na testa.

Ainda sentada no traseiro dolorido, ela ergueu os olhos para a elfa irritada.

— *Você* — rosnou Taenya. Por que está em todo lugar que eu vou? Está me espionando?

Arleta limpou o sumo de fruta da testa, manchando os dedos de azul.

— O quê? — protestou. — Não! Eu estava aqui fora tentando encontrar um pouco de paz e tranquilidade.

Taenya estreitou os olhos verdes para ela, como se estivesse tentando ler sua mente.

— Não confio em você.

Arleta engoliu em seco. Queria falar alguma coisa para fazer aquela elfa ir embora. Se sua intenção era passar despercebida, havia obviamente chamado a atenção da pessoa errada.

— Ahn, eu não sei como responder a isso, já que a gente não se conhece, mas parabéns pela sua vitória ontem. Aquele bolo ficou incrível.

A elfa deu um pequeno passo para trás e abaixou de leve os ombros.

— Sim — respondeu, curta e grossa, cada centímetro de sua barreira de proteção ainda claramente de pé.

— Arleta? — chamou uma voz irritada. — É você aí?

Jez apareceu no caminho atrás da elfa, fazendo-a recuar mais alguns passos.

Taenya se virou e olhou a fennex de cima a baixo, então girou de novo para fuzilar Arleta com o olhar.

— Só fica longe de mim — cuspiu antes de ir embora batendo os pés.

— Estou tentando — murmurou Arleta, levantando-se do chão. Quando ficou de pé, Jez estava a poucos passos dela.

— O que foi isso? — perguntou a fennex, correndo os olhos velozes pelos yaguirtilos caídos, a planta mutilada e a humana que se levantava e batia a terra da saia. — Você está uma bagunça.

— É, obrigada por constatar o óbvio. — Arleta chacoalhou a cabeça. — Como você sabia que eu estava aqui?

Jez imediatamente apontou para o próprio nariz com um dedo em garra.

— Eu conseguiria farejar a confusão entre você e aquela elfa mesmo se estivessem a um dia de cavalgada daqui.

— E você se importou por quê? — Arleta enfiou a mão no bolso.

Jez franziu a sobrancelha.

— Bom, digamos que tem certos confeiteiros que eu gostaria de ver passar para as próximas rodadas da competição. — Ela apertou os lábios como se tivesse mais a dizer.

— E...? — incentivou Arleta.

Jez grunhiu irritada e torceu o nariz, deixando transparecer só uma pitadinha de culpa.

— E a Doli ia me infernizar para o resto da vida se acontecesse alguma coisa com você. Desci aqui na promessa de te encontrar só para tirar aquela anã do meu pé.

Arleta deu uma risadinha da sinceridade da fennex, e da possível preocupação enterrada lá no fundo.

— E onde ela está?

— Procurando pelo castelo. — Jez esfregou o ponto logo abaixo das orelhas pontudas como se estivesse sentindo a chegada de uma dor de cabeça. — Como você não estava no quarto hoje de manhã, ela ficou preocupada. E eu... acidentalmente contei que você estava cheirando a estresse quando chegou ontem à noite.

— Você estava dormindo. *Roncando* até! Como farejou isso? — perguntou Arleta, passando os dedos pela testa onde sabia que provavelmente ainda teria sumo de yaguirtilo.

— Hum — resmungou a fennex. — Meus sentidos são aguçados. Às vezes aguçados *demais*. E vocês gostam de falar muito sobre tudo.

Arleta cruzou os braços.

— Eu também não queria falar com *você* sobre nada.

Parte disso era verdade. Arleta nunca queria falar sobre seus problemas com ninguém. Mas desde que conhecera Doli, e talvez até Jez, por motivos que desconhecia, isso estava começando a mudar. Pelo menos um pouquinho.

— Ótimo — falou Jez. — Então, o que estava acontecendo entre você e Taenya?

Arleta olhou para ela, que estava subitamente falante.

— Isso é diferente — explicou a fennex.

— Nada. Foi só um mal-entendido. — Ela desviou os olhos para o chão.

Jez franziu de leve a testa, chicoteando o rabo de um lado para o outro, mas então gesticulou para que Arleta a acompanhasse.

— Vamos atrás da Doli, então. Tenho certeza de que ela está correndo pelo castelo como uma galinha sem cabeça.

Arleta estremeceu.

— Credo.

Mas seguiu a fennex.

O lugar era tão grande, com todas as suas escadarias e corredores sinuosos, que elas levaram mais de trinta minutos para encontrar a anã. Mas quando Jez captou seu rastro, não demorou nada.

— Ah, ufa, ainda bem que te encontramos! — Doli jogou os braços ao redor da cintura de Arleta e apertou com tanta força que ela mal conseguia respirar.

— Eu estou bem, Doli — garantiu Arleta, forçando um sorriso. — Só precisava de um tempo sozinha para esvaziar a cabeça.

A anã desfez o abraço, deu um passo para trás, analisou as duas, e abriu a boca para falar.

Mas Jez a interrompeu ao se virar para ir embora.

— Eu vou voltar para a cama.

Doli esticou o braço e pegou o pulso dela.

— Chega de fugir! Nós três precisamos tomar café da manhã. — Ela jogou a outra mão ao ar e ergueu o dedo como se tivesse tido uma ideia. — Vamos ter uma manhã de madame...

— Então vocês não precisam de mim, já que eu não sou exatamente o que se chamaria de madame — interrompeu Jez, soltando-se.

Doli arregalou os olhos e pegou a manga da blusa dela antes que pudesse se afastar muito.

— Sinto muito. Manhã de *amigas*. E isso não é desculpa para escapar da nossa sessão de estreitamento de laços. Vou pegar chá e levar para o quarto. — Ela espiou Arleta. — Temos que pensar no que você vai usar para o baile.

O baile. Arleta sentiu uma pontada no coração.

— Parece um plano adorável, Doli.

A anã dispensou Jez com um gesto.

— Você pode ir tirar seu cochilo e recarregar as forças. Arleta e eu já vamos subir... com chá!

A fennex grunhiu.

— Eu vou precisar de alguma coisa mais forte do que chá.

Somos duas. A ideia saltou na mente de Arleta, mas ela só sorriu para Doli, que já a puxava corredor abaixo.

— Ah — exclamou a anã, apontando para a própria testa. — Você está com um pouco de mirtilo aqui.

Arleta não teve forças para corrigi-la.

quinze

Doli aparentemente tinha muitos bolsinhos escondidos na saia, já que foi ali que Arleta a viu estufar um monte de docinhos do buffet do café para a manhã de *amigas* delas. Nas mãos, equilibrava uma bandeja cheia de xícaras de chá e utensílios. A anã subiu a escadaria mais rápido do que Arleta esperaria de alguém carregando tantas coisas. E não derramou nem uma gota pelo caminho.

Nas próprias mãos, Arleta estava levando várias maçãs, laranjas e um punhado de sucotes que viu na mesa do buffet.

– Consegue pegar a chave? – A boca de Doli estava cheia com um folhado de queijo, mas mesmo assim ela conseguiu fazer a pergunta soar clara quando as duas chegaram ao quarto 206. Ela tinha mesmo muitos talentos.

– Acho que sim.

Devagar, Arleta deslizou a mão para o bolso da saia. Havia acabado de tocar a chave de metal com a ponta dos dedos quando a porta se abriu, fazendo frutas voarem para todas as direções.

O rosto de Jez apareceu no vão.

– Por que vocês estão paradas aqui?

– Você bem que podia ajudar, né? – resmungou Arleta, então se inclinou para pegar as sucotes batidas do chão.

Jez só abriu mais a porta para as duas passarem.

– Parece que você já pegou tudo sozinha.

A anã entrou depressa depois que Arleta estava com todas as frutas sob controle de novo.

— Tinha muito mais, mas a gente só conseguiu trazer essas. — Ela colocou a bandeja de chá na cama de Arleta e descarregou o conteúdo do bolso. Quando terminou, havia uma pilha grande o bastante para alimentar pelo menos mais quatro pessoas, desde que não fossem orcs.

Jez se retirou para a própria cama e Arleta fechou a porta atrás de si com o quadril. Ao ver a montanha de comida, seu estômago roncou.

— Estou morrendo de fome. — Ela deixou as frutas rolarem dos braços para a cama, pegou um donut com recheio de geleia e deu uma mordida grande. O doce da fruta cobriu sua língua enquanto o leve salgado da massa balanceava tudo. — Chá, por favor.

Ela estendeu a mão, surpresa com o próprio nível de conforto.

Doli deu uma risadinha e colocou uma xícara e um pires na palma estendida da amiga.

— Tenho coisa mais forte se você quiser. — Jez ergueu um cantil no ar, balançando o receptáculo prateado de maneira sugestiva.

— Como você conseguiu entrar com isso aqui? — perguntou Doli, pegando um conjunto de porcelana da bandeja. Ela não estava com a própria xícara na cintura aquela manhã.

Jez deu de ombros.

— Tenho meus esquemas. — A fennex jogou as longas pernas pela lateral da cama e ficou de pé para pegar a xícara. Apesar de o chá fumegar ali dentro, ela virou de uma vez e complementou com o que quer que tivesse em seu cantil, então estendeu o receptáculo prateado para a colega de quarto.

Arleta levantou a mão em recusa, embora algo no fundo de sua mente dissesse sim. Mas ela resistiu à tentação, pois queria manter o controle sobre o que poderia sair de sua boca se aceitasse.

— Mais para mim então. — Jez terminou de encher a xícara, pegou dois doces da pilha, deu meia-volta e subiu de novo na própria cama.

Doli sorveu um pouco de chá e colocou de volta na bandeja.

– Vamos pensar na sua máscara para o baile?

Arleta sentiu uma pontada no estômago.

– Você não precisa se preocupar com isso, sério. – Odiava que os outros fizessem coisas para ela.

O sorriso de Doli fez seu rosto todo brilhar.

– Eu *quero* ajudar. Me empresta um papel e caneta? – pediu a Jez, que já as ignorava, encarando o caderno fixamente.

Quando não teve resposta, Doli pigarreou.

– O que foi? – explodiu a fennex, e por fim olhou para cima.

– Arleta precisa de uma máscara – disse a anã. – Pensei em rascunhar alguma coisa, mas não tenho papel.

Jez bufou, mas folheou até o final do caderno, rasgou uma folha e lhe entregou.

– E não me peça mais nenhuma.

Doli foi até lá e pegou o papel com delicadeza. Ergueu uma sobrancelha, e os lábios se curvaram nos cantos.

– Tem uma caneta sobrando? – Seu tom era doce e meloso.

A fennex bufou de novo e vasculhou o bolso. Quando enfim encontrou uma caneta, estendeu para a anã.

– Obrigada – agradeceu Doli, e voltou saltitante.

Arleta estava sentada bebericando seu chá, levemente entretida com a interação das duas, quase se esquecendo dos próprios problemas. Ela deu outra mordida no donut, saboreando o doce.

Doli pulou na cama ao seu lado e olhou-a no rosto, só por tempo suficiente para despertá-la de volta à realidade.

– Você tem olhos adoráveis. – Ela rascunhou depressa alguma coisa na folha, com um traço leve.

Arleta desviou o olhar. Não estava envergonhada; mas sabia que tinha os olhos castanhos do pai. Gentis, carinhosos, e que ela nunca mais veria.

– Obrigada – murmurou.

A expressão de Doli se transformou em preocupação e ela parou de desenhar por só um segundo, então rabiscou algo furiosamente na página.

— Desculpa se deixei você desconfortável.

— Não é isso — respondeu Arleta.

— É sim — interrompeu Jez, e deu um gole em seu "chá" batizado. Ela nem tirou os olhos do caderno.

Doli e Arleta dispararam a atenção para ela, mas não falaram nada.

— Ei, eu entendo essa história de privacidade e tal — começou a fennex —, mas às vezes é importante colocar para fora o que está pensando. É o que eu faço. — Ela olhou para Arleta. — Por algum motivo, o elogio dela fez você sentir medo.

— Esse seu nariz aí é um negócio de outro mundo, hein? — comentou Doli.

— É — concordou Jez. — Magia de olfato é uma bênção e uma maldição de todas as fennex. — Ela girou as pernas para o chão e voltou a atenção para Arleta. — Você não precisa contar toda a sua vida pras pessoas, mas pode mandar elas pararem de incomodar. Impor limites.

Arleta suspirou, então apertou os lábios.

— Ahn... obrigada?

— Se você não quiser fazer isso agora — disse Doli, dando uma pausa no desenho —, por mim não tem problema.

— Não — respondeu Arleta. — Isso é bacana, na verdade. É que seu elogio me fez pensar nos meus pais. Eles morreram quando eu tinha 16 anos.

Doli colocou a folha de lado e levou uma mão ao peito.

— Sinto muito. Vocês eram próximos?

Arleta colocou o chá e o donut pela metade de volta na bandeja.

— Muito. Tenho tanta saudade deles.

Curiosamente, o desconforto inicial de Arleta com o comentário de Doli dissipou assim que a anã retomou o trabalho.

— Se eu ganhar a batalha, quero comprar uma padaria em Adenashire, eles ficariam orgulhosos disso. — Dizer em voz alta foi um pouco como um alívio. Arleta sentiu que tinha, de fato, alguma chance de ganhar, mesmo que pequena.

Doli tocou seu ombro com delicadeza.

– Parece que vocês se amavam muito mesmo.

Arleta sentiu as lágrimas arderem nos olhos e voltou à realidade. Havia dito demais sobre si.

– E vocês? Por que estão aqui?

Jez não parecia estar prestando atenção, mas Arleta a incluiu mesmo assim.

Doli pegou o papel de novo.

– Porque eu não estou nem aí para o negócio de gemas preciosas da minha família. – Ela riu. – Eles querem que eu assuma, mas quero seguir meu próprio caminho.

– Tipo o quê? – perguntou Arleta.

A anã balançou a cabeça para a frente e para trás várias vezes.

– Além de cozinhar, roupas e como elas fazem as pessoas se sentirem sempre me interessaram, então talvez algo nesse ramo. Não pensei tão adiante assim. Só sei que minha vida *não* vai ser na mineração. – No automático, Doli colocou a mão sobre sua xícara vazia, e quando a levantou, estava cheia e fumegante. – Até a minha magia é completamente diferente da deles.

– Fazer chá? – questionou Arleta.

– Fazer chá – confirmou Doli. – A magia dos anões sempre envolve pedras preciosas. *Sempre*. Vai por mim, minha família tentou. Quando minha magia se mostrou diferente, eu me apoiei nisso. Eles não entendem até hoje por que não me esforço mais para ser "normal". – Ela fez o gesto de aspas com os dedos no ar. – Mas quem quer ser *normal* quando se pode ser espetacular?

Jez segurou uma risada e bebeu seu "chá".

– E você? – perguntou Arleta.

A fennex tossiu de leve.

– Eu o quê?

– Bom, você está escutando nossa conversa e tal – provocou Arleta, embora estivesse parcialmente brincando.

Jez ergueu uma sobrancelha peluda.

– Não é como se eu tivesse escolha. – Ela olhou ao redor. – Para onde eu iria?

Arleta deu de ombros. Mas se Jez realmente quisesse sair, tinha o reino todo para explorar fora do quarto.

– Eu estou aqui pelas pratas e para honrar meus pais. A Doli está aqui para ser espetacular. – Ela piscou para a anã.

– Exato. – Assentiu Doli, e acrescentou mais alguns detalhes no papel.

– Então, não quer compartilhar o que te trouxe para a Batalha dos Aventais? – perguntou Arleta, grata por afastar a atenção de si.

Jez abriu um estranho sorriso amarelo e pegou o cantil de novo. Dessa vez, só rosqueou e levou direto à boca, dando um grande gole.

– Não sei por que eu sequer consideraria contar isso para vocês.

– Não precisa se não quiser – Arleta ecoou o que Jez lhe dissera mais cedo, mas por dentro estava morrendo de curiosidade para saber a resposta.

Jez estreitou os olhos na sua direção.

– Eu faço ou não faço o que eu quiser, muito obrigada. – Ela parou por um instante, como se estivesse pensando, então deu outro gole. – Estou aqui por *mim*.

As duas lhe lançaram olhares confusos. Essa resposta era uma surpresa. Arleta tinha a impressão de que Jez não estava curtindo muito a Batalha, então assumira que outra pessoa queria que ela competisse.

– Como assim? – perguntou Doli, com sinceridade na voz.

Jez mordeu o lábio, como se o que estivesse prestes a dizer fosse algo difícil de admitir.

– Quando eu era filhote, era pequena. Ainda sou. – Seu rabo mexeu de um lado para o outro, nervoso.

O comentário sobre ser pequena também era uma surpresa para Arleta. Jez tinha pelo menos um palmo a mais do que ela, mas também se tratava da primeira fennex que ela via, então não fazia ideia do quanto de fato eram altas.

– Muitas coisas não estavam certas – continuou. – Eu cansava depressa, me sentia sufocada. – Ela olhou para Doli.

– E a minha família? Digamos que eles se parecem mais com você do que comigo. Eu só queria que me deixassem em paz.

Arleta teve que conter a tentação de dizer a Jez que sua família provavelmente a amava, mesmo que fosse diferente. E poderia até ser verdade, mas ela não tinha como ter certeza, então seria só um comentário vazio.

– Bom, nem preciso dizer que vi magos demais tentando inventar uma poção para resolver o meu problema – contou Jez, com o tom tomado por exaustão.

– E? – perguntou Arleta. – Alguma coisa ajudou?

Jez deu de ombros.

– Nem tudo cabe à maldita magia resolver. – Ela fez uma pausa por um segundo antes de estreitar os olhos para as outras duas e soprar o ar ruidosamente. – Maldito álcool que me faz abrir o bico.

Doli deu uma risadinha e continuou trabalhando no desenho.

– Agora que *estreitamos laços*, vocês duas já podem ficar quietas. Eu vou tirar um cochilo. Preciso ganhar de vocês na segunda rodada amanhã.

Com isso, Jez se deitou, virou de costas e roncou. Era provável que fosse fingimento, mas atendeu ao seu propósito.

Arleta e Doli se entreolharam.

– Acho que a Jez gosta da gente – sugeriu a anã.

– Não gosto, não – insistiu Jez sem nem se mexer.

Doli pegou o papel em que estivera rabiscando e mostrou para Arleta.

Os olhos dela se arregalaram quando viu uma ilustração não só de uma máscara, mas também de uma garota que lembrava a si mesma em um vestido lindo.

– É um rascunho rápido – informou a anã. – Mas eu trouxe vários vestidos. Acho que consigo ajustar um deles e aumentar o comprimento para servir em você. A cor vai destacar seus olhos.

– Não... – Arleta começou a dizer, mas na verdade estava emocionada.

– Nem me venha com essa de "não" – insistiu Doli. – Sério. Eu *quero* fazer isso. Tenho dificuldades para dormir e a minha colega de quarto foi embora. Preciso de alguma coisa para fazer que não seja falar a noite toda até as orelhas de vocês caírem.

– Sim – murmurou Jez do outro lado do quarto. – Deixa ela.

Arleta abriu um sorriso largo e esticou os braços para abraçar Doli.

– Então eu adoraria.

dezesseis

A segunda rodada estava para começar, e a arena fervilhava com atividade. Entretanto, o coração de Arleta batucava com tanta força no peito que ela tinha certeza de que todos os presentes conseguiam ouvir. Embora, na verdade, a maioria dos outros quinze competidores estivesse completamente concentrada em suas próprias estações e em seus baús de ingredientes misteriosos fechados à chave.

Arleta não.

Ela estava olhando para os três jurados que caminhavam de um lado a outro da sala. Devdan, de quem Arleta se lembrava de seu primeiro encontro no castelo, os seguia obediente. Como assistente pessoal da jurada-chefe, ele carregava uma imponente pilha de cadernos nos braços, em uma demonstração impressionante de equilíbrio. De vez em quando os jurados giravam para ele, com uma pergunta pairando no ar entre os membros do grupo. Com uma precisão assustadora, Devdan puxava o volume certo da pilha e folheava até a página relevante enquanto o restante continuava enganchado precariamente em suas mãos. Os jurados assentiam, parecendo satisfeitos por alguns momentos, e então recomeçavam o processo todo como uma dança estranha. Atrás do espetáculo, havia um camarote, e dentro dele, o que pareciam, dadas suas roupas luxuosas, patrocinadores ricos que foram convidados para assistir à competição. Alguns se mostravam interessados e conversavam com quem estava ao redor, mas outros bocejavam e se espreguiçavam, provavelmente devido ao horário, já que ainda era cedo.

De alguma forma, Arleta fora colocada bem no meio do espaço, com Jez à sua esquerda e Doli à direita. Nenhuma das três havia dito nada desde que chegaram na arena, nem mesmo Doli.

Arleta finalmente focou sua estação, primeiro o baú misterioso que continha os ingredientes básicos para a receita do dia, então na caixa com o rótulo de "ingredientes secretos" — suas ervas, que havia colhido com Theo.

Theo.

Doía só de pensar no elfo. Quase se esquecera dele no dia anterior, quando estivera passando um tempo com Doli e Jez.

Evitar de se encontrar com ele era a coisa certa a fazer.

Não era? Argh.

Algo dentro dela repuxava com a memória dele, mas era só uma paixão boba, besteira.

Só que Theo era bonito, tinha um cheiro delicioso e a ideia de estar com ele meio que soava incrível. Um calafrio percorreu sua espinha ao se lembrar de como ele cuidara dela quando tivera o ataque de pânico na estalagem. Sem julgamentos, ele só havia cuidado dela.

Afastou os pensamentos com um chacoalhão. A ideia de se manter longe dele era para garantir que ela pudesse focar a Batalha, mas em vez disso, lá estava ele, distraindo-a mesmo que não tivesse feito nada além do que ela lhe pedira. Até onde ela sabia, ele nem sequer havia ido ao castelo no dia anterior.

Ela mordeu a parte de dentro da bochecha até arder só um pouquinho e balançou a cabeça para voltar ao presente.

Taenya estava atravessando o corredor, ao lado de uma alta elfa do sul. Algo nela emanava exaustão, embora não em aparência. Isso, como sempre, continuava imaculado. Seu longo cabelo ruivo-escuro estava puxado para trás em um rabo de cavalo apertado, e o rosto pálido mantinha aquela atitude de negócios. Mas algo em seus olhos entregava o estado mental. Era o mesmo olhar perturbado que Arleta havia visto no jardim.

Ela sabia que não deveria se importar. Taenya era sua adversária, e não uma amiga como Jez e Doli. A elfa nem era *gentil*, para começar. Mesmo assim, algo muito parecido com preocupação se agitou em seu peito ao ver o incômodo da elfa.

Para tirar a mente de Taenya, Arleta pegou sua caixa de ingredientes secretos e os inspecionou. Pela temperatura ao toque, as ervas e o chá haviam sido mantidos frios, então ainda pareciam frescos, mas também poderiam ter lhes aplicado alguma magia simples para ajudar a impedir qualquer degradação ao longo da competição.

O alívio de segurar as ervas acalmou seu nervosismo. Ter sua "pitadinha de magia" disponível para ser usada na receita, seja lá o que fosse ser naquele dia, seria uma mão na roda – além de lhe dar um pouco da confiança interna que faltava na primeira rodada. O aroma fresco das folhas se misturou e atingiu seu nariz, e o cheiro a transportou de volta para o próprio jardim em casa, lembrando-a do quanto amava tudo isso.

– Competidores, competidores – chamou Naexi, com um floreio do vestido. – Um minutinho de sua atenção, por favor.

Arleta captou o movimento com o canto dos olhos e depressa guardou as ervas de volta na caixa. A ansiedade formigava em suas veias.

– Boa sorte – sussurrou Doli, nervosa, chamando a atenção de Arleta; a estação da elfa tinha uma pequena plataforma por todo comprimento para que ela pudesse alcançar a bancada confortavelmente.

Arleta assentiu.

Os jurados estavam sentados a uma longa mesa à frente do camarote, onde todo o resto do público parecia estar acomodado para o "espetáculo".

Arleta retorceu as mãos enquanto Naexi pigarreava. A elfa com pele em tons de ocre segurava uma folha de papel e declarou:

– Hoje o desafio é técnico. Às vezes as delícias que soam mais simples podem ser as mais difíceis de aperfeiçoar, e hoje os jurados estão no clima de *scones* para acompanhar o chá da tarde.

Arleta sentiu o coração flutuar. Ela *amava* scones. Adorava recheá-los com frutas, às vezes nozes, ou talvez chocolate. Ficavam deliciosos até mesmo puros com creme e geleia. Mas puro não seria a escolha do dia quando ela sabia que tinha chá de bergamota dentro de sua caixa, pronto para ser usado. Scones com um leve sabor de chá eram sempre uma surpresa adorável para quem provasse.

De repente, Naexi tocou o sino das fadas e despertou Arleta de seus pensamentos. Os outros competidores já estavam correndo para a despensa, inclusive Jez e Doli, já que elas devem ter prestado atenção em vez de ficarem sonhando acordadas.

Argh. Arleta nem sabia o que tinha no baú de ingredientes básicos.

Apressada, abriu-o, como se a fechadura houvesse se soltado com magia, e espiou dentro. Farinha, açúcar, manteiga sólida e fria, fermento, sal, ovos, leite fresco e cremoso.

Ela acalmou o coração um pouco, sabendo que não precisaria brigar por nada essencial. Só precisava de uma fruta que combinasse com o chá. Amora-silvestre, framboesa, até cereja serviria, e com sorte elas ainda estariam disponíveis.

Disparou para a área de alimentos frescos, onde competidores pegavam ingredientes a torto e a direito. Correu os olhos pelo que restava, e encontrou um cesto de cerejas desidratadas. Ágil, apressou o passo e esticou a mão para o cesto ao mesmo tempo em que a alta elfa, mas Arleta foi mais rápida dessa vez, embora mais desajeitada também. Sua palma bateu na alça e as cerejas voaram da mesa e tombaram no chão.

A alta elfa bufou e se virou para um cesto de cranberries, ainda cheio, que esperava à sua frente.

Arleta não se importava que as cerejas estivessem no chão. Eram exatamente o que ela precisava e poderiam ser lavadas com facilidade. Ela se ajoelhou, pegou o cesto e colocou as frutas errantes de volta ali dentro, então se levantou logo e correu para sua estação com o tesouro em mãos.

Jez e Doli já haviam voltado com seus ingredientes, mas Arleta não tinha tempo para ver o que havia sido escolhido. Em vez disso, soprou o ar de maneira rápida e ruidosa, fez seu melhor para bloquear tudo o que acontecia ao redor e começou a trabalhar.

Primeiro, pegou as vasilhas, utensílios, medidores e colheres, além de uma assadeira. Pré-aqueceu o forno e focou os ingredientes que tinha em mãos enquanto sua receita preferida de scones flutuava na mente.

Como se houvessem feito isso mil vezes antes, suas mãos pegaram os ingredientes necessários, acrescentando-os e misturando-os na ordem exata.

Quando os secos estavam prontos e separados de lado, ela encontrou um pilão e mediu a quantidade perfeita de chá, mas não antes de escolher um punhado de folhas bonitas para decorar o topo dos scones. Quando o chá estava moído a seu gosto, acrescentou-o na mistura de secos.

A seguir, a manteiga. Felizmente, havia sido mantida extremamente fria, quase congelada, então ela aproveitou para ralá-la antes de acrescentar à mistura já que isso melhorava a incorporação e resultava em um biscoito mais fofo.

Depois, misturou os ovos e o creme.

A massa deu o ponto logo e formou padrões bonitos depois que ela lavou, enxaguou e secou as cerejas, acrescentando-as com delicadeza à mistura. Para não manusear demais a massa, em vez de scones individuais, Arleta formou uma bola com a coisa toda e pressionou com as mãos até formar um grande círculo em sua assadeira forrada com papel-manteiga.

Enfim, cortou o círculo em oito fatias generosas e enfiou tudo no forno que estava à espera.

Muito satisfeita consigo mesma, cruzou os braços e voltou a atenção ao glacê que cobriria os scones.

Mas antes que pudesse fazer muita coisa, um “Ai, não!” soou da sua direita. Era Doli. Ao seu lado, no fogão, estava algo que se parecia com geleia de morango fervendo e transbordando completamente de uma panela. Mas as mãos dela estavam ocupadas até os cotovelos com a massa.

– Deixa comigo – disse Arleta sem nem pensar.

Ao deixar sua estação, ouviu um sopro de espanto do camarote. Correu os olhos até lá. Não conseguia ver quem havia feito o som, mas muitos olhos estavam focados nela, inclusive os de Shalina à mesa dos jurados. Ela não parecia contente.

Mas a geleia grudenta de Doli estava prestes a voar por todos os lados, então Arleta agarrou um pegador de algodão e empurrou a panela para fora do fogo. A mistura frutada imediatamente desinflou.

— Obrigada, meu bem — agradeceu Doli, abrindo um sorriso tímido para ela. — Estou muito nervosa hoje, não sei por quê.

— Imagina, por nada — respondeu Arleta, e voltou depressa ao trabalho.

Jez estava ocupada com os próprios scones, e eles pareciam prontos para ir ao forno.

— Eu não quebrei uma regra, quebrei? — Arleta manteve a voz baixa ao esticar o braço para pegar um pote de creme ao lado de um frasco de vidro com açúcar de confeiteiro para o glacê.

Jez a espiou, breve.

— Não que eu saiba.

Arleta suspirou em alívio, pois não queria se meter, nem meter os outros, em problemas, mas ao se endireitar, sua manga enganchou no frasco de açúcar, que voou da bancada e velejou pelos ares.

— Ai, merda — exclamou Jez, esticando a mão e pegando-o antes que se espatifasse no chão.

Dessa vez, soaram risadas do camarote, e vários dos espectadores pareciam entretidos com as trapalhadas que estavam vendo.

Arleta arregalou os olhos, e depressa pegou o açúcar de Jez, que imediatamente retomou o trabalho.

Ela olhou para a mesa dos jurados, onde todos menos Shalina Brylar pareciam estar se divertindo.

— Desculpa — murmurou só com os lábios ao levantar o frasco de açúcar, mas o pedido não pareceu apaziguar a mãe de Theo, já que ela continuava com a testa franzida.

Arleta abaixou a cabeça e voltou ao centro da estação, onde se concentrou em seu glacê.

Quando terminou, e a consistência estava ideal, os scones também estavam prontos. Ela os tirou do forno e viu que haviam crescido muito bem e tinham só um toque de dourado no topo. Ao colocar a assadeira na bancada, uma fada bronze-claro com cabelos cor de ébano deu um rasante e flutuou sobre Arleta com as asas cintilantes.

— Pronta para esfriar? — perguntou em uma voz aguda e baixinha.

Arleta tocou o topo dos scones para conferir o ponto e assentiu, confiante.

A fada sorriu, ergueu as mãozinhas e magia gelada irradiou sobre a massa, realmente reduzindo a temperatura ao nível em que poderia ser glaceada.

— Obrigada — agradeceu Arleta.

— Disponha — respondeu a fada, então voou para outra estação a fim de fazer o mesmo, deixando um rastro de magia de gelo pelo caminho.

Sem perder tempo, Arleta levou os oito scones para a bancada para terminar de preparar a apresentação. Depois de glacear, ela escolheu um prato bonito debaixo da estação e os decorou com as folhas de chá que havia separado.

Jez e Doli estavam pouco atrás em termos de tempo, mas logo tinham seus doces finalizados também. As três confeiteiras estavam prontas e empurraram os scones para a frente da bancada a fim de serem julgados.

Antes que Arleta se desse conta, Viessa, a mesma elfa que fizera seu credenciamento e para quem entregara os ingredientes secretos, pegou sua bandeja de scones de chá de bergamota com cereja. Deu uma piscadinha ao levá-los.

— Estão lindos.

Com isso, foi embora e os colocou na mesa dos jurados.

Arleta sentiu-se tonta. Doli veio ficar ao seu lado.

— Como você acha que se saiu? — sussurrou a anã.

— Ótima. — Arleta se inclinou para baixo. — Mas o que importa é o que *eles* acham.

Jez apareceu do outro lado delas e apoiou o quadril na bancada, cruzando os braços.

Os trinta minutos seguintes foram tensos enquanto cada scone era provado. Os de cheessecake de morango de Doli, os de dois chocolates de Jez, os de sucote e tâmara de Taenya, e é claro que os de Arleta e dos demais competidores.

Ela tinha esperanças de receber um feedback direto nessa rodada. Era uma eliminatória importante que os reduziria de quinze competidores para seis.

Mas, em vez disso, Shalina parecia que ia explodir o tempo todo durante as deliberações públicas. Quando os jurados terminaram, ela finalmente ergueu as mãos e empurrou as escolhas finais para Gaia Thornage.

Foi o griffino ou griffina, com Thiggul Honorton ao lado, quem anunciou os classificados, e assim que a última palavra foi dita, Shalina disparou para fora da arena.

Jez, Doli, Arleta e, é claro, Taenya, além de outros dois confeiteiros, estavam na lista.

Iriam para a terceira rodada.

dezessete

A comemoração durou pouco.

Assim que Jez, Doli e Arleta saíram da arena quase vazia da Batalha dos Aventais, foram abordadas pelos três jurados.

– Ai, *merda* – murmurou Jez, baixinho, e Doli lhe lançou um olhar fulminante.

– Precisamos falar com vocês – anunciou Shalina, com as feições tensas de raiva.

Thiggul e Gaia, sinceramente, pareciam mais confusos do que a jurada-chefe, como se estivessem prestes a explodir em perguntas.

A lateral do pescoço de Arleta pulsava e suas mãos ficaram molhadas de suor, mas ela deu seu melhor para se preparar para o que quer que estivesse por vir.

– No meu escritório. – Shalina apontou para a frente.

Ela os guiou por vários lances de escada até uma porta ornamentada, não muito diferente daquela que levava à arena da competição. Mas em vez de entalhes de cozinha e confeitaria, esta estava coberta por flores e plantas do reino. A elfa pegou a maçaneta e a abriu, praticamente marchando para dentro.

O trio de confeiteiras entrou a seguir, com os outros jurados atrás. As asas pretas de Gaia farfalharam de leve às suas costas quando a porta foi fechada.

O cômodo não era massivo, mas tinha uma grande janela que dava para as Montanhas Colmore, e atrás de uma larga escrivaninha de carvalho, centenas de livros cobriam as estantes de uma parede. Um chamado *Enciclopédia das Variedades de Pequenas Frutas das Terras do Norte* estava sobre a mesa e imediatamente chamou a atenção de Arleta.

Shalina se sentou na beirada da escrivaninha com os braços cruzados com firmeza. Enfim, ela inclinou a cabeça para um sofá de brocado escarlate do lado direito do escritório, gesticulando silenciosamente para que Doli, Arleta e Jez se sentassem. Como crianças em idade escolar, elas o fizeram sem questionar.

Thiggul, que vestia calças largas de cores vivas e uma blusa de seda com joias amarelas costuradas na gola, falou primeiro, focado em Shalina:

– Acredito que seja necessário ter uma conversa mais longa a respeito desse assunto.

Shalina se virou para o anão. Seus olhos apertados faiscavam, prontos para lutar.

– Nós já tivemos uma conversa mais longa – retrucou, com firmeza.

O anão fechou os lábios rosados depressa. Gaia Thornage, com toda a majestosidade de sua espécie, desviou o olhar de ave para o tapete de padrão intricado que cobria o chão do escritório.

Pelo que pareceu um tempo infinitamente longo, um silêncio tenso pairou no ar.

O trio de confeiteiras estava sentado ombro a ombro no sofá – quase, já que a silhueta de Doli era bem mais baixa que das outras. Ela e Arleta estavam com as mãos formalmente dobradas sobre o colo, enquanto Jez havia cruzado os braços da mesma maneira defensiva que Shalina.

A elfa enfim descruzou os dela e quebrou o silêncio, com a voz pesada de insatisfação:

– O que vocês três fizeram hoje é totalmente inaceitável. A Batalha dos Aventais de Langheim *não é* sobre isso.

– Cooperação? – resmungou Jez.

– Este é o centésimo aniversário da Batalha, não é uma festa de criança – cuspiu Shalina. – Suas confusões estão zombando da competição.

Doli tentou se sentar mais reta e falou com a voz gentil:

– Não foi por mal, senhora. Não tem regras que nos proíbam de trabalhar juntas para terminar as receitas, tem? Tudo só meio que... aconteceu.

O olhar de Shalina endureceu, frio como gelo.

– E o profissionalismo? Vocês simplesmente jogaram esse conceito pela janela?

Arleta se esforçou para segurar a língua e não falar várias palavras que sabia que era melhor não dizer. A última coisa que queria era chamar mais atenção para si.

– Shalina – interveio Gaia antes que Doli pudesse responder, mesmo se quisesse –, o que estamos ouvindo dos patrocinadores é algo bem diferente.

– Diferente como? – sibilou a elfa, com os olhos faiscando de raiva.

– Esta conversa deveria ter continuado de maneira privada, mas como foi você quem chamou essas três... – Gaia inclinou a cabeça com aparência de ave ao mesmo tempo em que inflou o corpo e flexionou as asas. – A Batalha dos Aventais perdeu um pouco de seu encanto pelas Terras do Norte nos últimos anos.

– Concordo – apoiou Thiggul, embora um pouco mais hesitante.

Pega de surpresa pela mudança no rumo da conversa, Arleta lançou olhares confusos para Jez e Doli.

– São só boatos – disparou Shalina em resposta, com o tom cheio de negação e raiva pela ousadia de tal comentário sequer ser feito em voz alta.

– Não são boatos. Thiggul e eu falamos pessoalmente com eles depois que você saiu. – Gaia inclinou a cabeça de novo e continuou em um tom calmo: – Havia muita empolgação e energia na arena hoje. Os patrocinadores amaram. – Sua atenção se voltou ao trio. – O que essas três fizeram hoje fugiu da tradição, concordo com você nisso. Mas talvez seja exatamente dessa centelha de novidade que a competição precisa para recuperar sua glória de antes.

Shalina estufou o peito, indignada, e abriu a boca para falar, mas Thiggul ergueu a mão, impedindo-a:

– Mais uma vez, concordo. As Terras do Norte estão mudando. Nas Cordilheiras Dundes, muitos anões têm se cansado dos costumes antigos também. – Ele deslizou os olhos para Doli, curvando os cantos da boca para cima. – Ansiamos por novas oportunidades. Na verdade, é por isso que eu estou aqui como jurado este ano... e espero voltar muitas outras vezes. A mineração é uma ocupação nobre, mas há muitos outros caminhos que um anão pode escolher seguir na vida. Ver essas competidoras cooperando me dá esperanças de que os povos das Terras do Norte estejam abertos para ir além e parar de seguir cegamente as tradições antigas.

– Temos a oportunidade de nos unir e apresentar um evento como nunca antes visto – argumentou Gaia.

Em silêncio, Shalina contornou a mesa de carvalho como se a estivesse usando de escudo ao colocá-la entre si e todos os outros. Sua pele de porcelana ardeu vermelha. Ela colocou as duas mãos na escrivaninha, mal apoiando os dedos na madeira, então ergueu os olhos.

– E vocês dois gostam da ideia de essa competição despencar ao caos? De permitir que competidores ditem as regras?

Em sintonia, Jez, Doli e Arleta se encolheram alguns milímetros no sofá.

– De forma alguma. Não é isso o que estamos sugerindo – garantiu-lhe Gaia, estendendo a mão cheia de garras para a elfa em um gesto de paz. – Sugiro que, por hora, já que trabalho em equipe é algo inexplorado na competição, nós deixemos claro aos seis competidores restantes que isso não será tolerado nas próximas rodadas.

Shalina endireitou as costas em uma postura vitoriosa.

– *Este* ano – continuou Gaia. – Mas talvez ano que vem, depois de termos debatido melhor o assunto, podemos considerar a ideia de uma maneira ou outra. Para tornar as coisas mais interessantes.

Um pequeno rosnado subiu da garganta da elfa.

– Só o fato de nós estarmos aqui, um grupo novo e heterogêneo de jurados, atraiu muito mais patrocinadores este ano – acrescentou Thiggul. – A Batalha dos Aventais não é mais uma competição conduzida exclusivamente por elfos. Você não ia querer perder toda essa nova atenção que ganhou com a nossa súbita... resignação.

Os olhos de Arleta arregalaram com a ameaça.

Gaia estalou a língua, com um brilho de diversão nos olhos.

– Imagine o escândalo que seria! – Deu de ombros, e suas asas se eriçaram um pouco atrás de si. – O anão e eu podemos conquistar nossas próprias oportunidades.

– E o que vamos fazer com essas três? – Shalina apontou para Jez, Doli e Arleta como se as tivesse apresentando como evidência de um crime hediondo.

O griffino ou griffina virou a cabeça para o sofá.

– Ah, quase esqueci que vocês estavam aqui. Sugiro que se retirem enquanto nós jurados continuamos a debater o futuro da Batalha dos Aventais.

– Mas nós continuamos na competição, certo? – perguntou Arleta depressa, quase em choque.

Thiggul deu de ombros.

– Vocês conquistaram suas colocações com base no mérito do que prepararam. Agora andem logo e não comentem nada sobre esse assunto.

As amigas se levantaram depressa e correram para a porta sem nem olhar para trás, mas mesmo quando ela se fechou, a voz de Shalina ainda podia ser ouvida através da madeira. Ela não parecia nem um pouco feliz.

Jez entrou na frente das outras duas antes de descerem a escadaria.

– O que acabou de acontecer ali?

Doli se virou e pegou o pulso de Arleta.

— Não faço ideia, mas ainda estamos dentro, e é isso o que importa. Não vamos ficar fazendo perguntas demais e estragar tudo. — Ela levantou um dedo como se houvesse se lembrado de alguma coisa. — E isso me dá tempo para terminar seu vestido para o baile.

dezoito

Com um giro levemente estranho, por causa da diferença de altura, porém grandioso, Doli fez Arleta rodopiar para se ver no espelho do quarto.

– Olha como você está linda!

Arleta tinha de admitir que era verdade. Estava bonita. O vestido amarelo, emprestado do guarda-roupas de Doli e ajustado em pouco tempo, era originalmente curto demais. Mas a anã havia acrescentado uma bainha franzida de outra saia que levara, o que o deixou quase da altura usual de Arleta.

Era a primeira vez em muito tempo que ela se via assim. Bonita. *Feliz*. Sua pele estava livre da farinha que normalmente cobria suas bochechas, e seus olhos castanhos cintilavam. Suas tranças também castanhas estavam puxadas para trás em um coque baixo com as pontas cuidadosamente escondidas, enquanto as feições bronzeadas irradiavam contra o tecido dourado.

Doli apoiou a cabeça no braço dela.

– Espero que você tenha gostado. Eu sabia que a cor ia ser perfeita.

Ela mesma usava um vestido rosa, um contraste perfeito com o ocre escuro da sua pele. O vestido tinha pequenos cristais translúcidos costurados no corpete, e Arleta tinha certeza de que eram gemas da mina da família dela, mas não perguntou nada, com medo de soar rude. Seu impressionante cabelo cacheado estava solto, pontilhado por pequenas peônias em miniatura na frente. Sobre seus olhos, havia uma máscara rosa, como os mesmos cristais cravejados nas beiradas.

— Eu amei. — Arleta sentiu os olhos marejarem e se virou para abraçar a doce e generosa amiga. — Mas pelas estrelas, como você conseguiu terminar a tempo?

Doli apertou os braços ao redor dela.

— Ah, eu só fiquei acordada a noite toda.

Arleta a afastou de leve, com a expressão tensa.

— Você não pode passar a noite em claro por causa de mim. Tem que descansar para amanhã.

A anã dispensou a preocupação piscando de maneira exagerada e balançando a mão no ar.

— Está tudo certo. Agora, vamos lá mostrar para a Jez.

Arleta deu uma risadinha e colocou a máscara simples que Doli havia costurado com um tecido extra que levara.

— Tenho certeza de que ela vai ficar em êxtase — disse, com a voz temperada de sarcasmo.

As duas saíram depressa do quarto de Doli e foram até o 206, onde Arleta quase esperava encontrar Jez dormindo com a cabeça enfiada debaixo das cobertas só para fugir do baile. Elas entraram de supetão e o que as recebeu foi uma Jez toda arrumada com um fantástico traje próprio. Ela usava uma calça azul-cobalto com blusa combinando e detalhes em dourado nas pontas. Uma máscara também dourada, quase tão majestosa quanto uma coroa, estava encaixada ao redor de seu rosto redondo. As tonalidades eram um complemento perfeito para sua pele tom de areia.

Doli e Arleta ficaram paradas, em choque.

— Tá, talvez eu tenha trazido roupa para o baile. — Jez desceu os olhos para as engraxadas botas de couro. — Só não sabia se eu ia estar com disposição para ir, então não quis dar esperanças para ninguém.

Doli soltou um gritinho animado e correu até ela com os braços abertos. Antes que tivesse a chance de atacá-la com um abraço, no entanto, Jez, com seus reflexos ágeis de raposa, segurou-a pela testa e a manteve com eficiência à distância de um braço, interrompida no meio de sua investida.

– Não sejamos ridículas – comentou a fennex. – É *só* um pedaço de tecido e linha.

Doli recuou e cruzou os braços, fazendo biquinho.

– Que seja. Mas você está absolutamente maravilhosa, e eu estou muito feliz de saber que vai com a gente.

– Não é *só* tecido e linha – acrescentou Arleta. – E eu também estou muito feliz que você vai.

Com isso, Jez abriu um meio sorriso, com presas e tudo, e inclinou a cabeça para a porta.

– Já que estamos todas tão bonitas, vamos andar logo com isso.

Com Doli e Arleta de mãos dadas – Jez, é claro, recusou-se –, o trio desceu as escadas até um grande pátio na ala leste do castelo. O lugar fervilhava de empolgação, e os convidados já estavam comendo e bebendo de outro buffet massivo. Desta vez, o tema era floresta secreta, com grandiosos animais criados de maneira meticulosa com macarons coloridos e empilhados sobre a paradisíaca mesa de sobremesas. No meio deles havia um cervo, não muito diferente daquele que Theo e Arleta quase atropelaram na viagem a Langheim, exceto por este ser verde-limão.

O estômago dela deu uma guinada ao pensar em Theo. Podia ser saudade, mas Arleta não queria admitir isso. Não o via desde o jardim... a não ser em sonho, onde ele vivia aparecendo nas sombras.

Ela afastou esses pensamentos conforme a música de uma banda completa aumentava.

– Isso é *incrível*. – Doli apontou para os pisca-piscas que pendiam de uma árvore a outra. Cada iluminação era uma minúscula centelha de magia.

Os convidados – competidores restantes e eliminados, a elite élfica, os patrocinadores e outras pessoas possivelmente importantes de todo o reino – já estavam dançando e aproveitando do buffet e das finas bebidas élficas. Arleta olhou ao redor, procurando pelos jurados, especialmente Shalina, já que imaginava que a jurada-chefe não deveria estar muito contente com ela. Logo, encontrou a elfa a uma mesa com os outros dois jurados e algumas pessoas que não reconhecia.

Shalina estava estonteante como sempre, com o cabelo prateado solto e flutuando ao redor dos ombros nus. O vestido longo que usava era feito de veludo esmeralda com uma cascata de folhas bordadas como se estivessem caindo e sendo sopradas para o lado.

Arleta fez uma nota mental para se manter longe dela. Não queria chamar a atenção por motivo nenhum.

— Vou comer alguma coisa — disse Jez, e foi direto para a montanha de opções de jantar, deixando Doli e Arleta para trás.

— Estou com bastante fome também — comentou a anã. — Quer ir comigo ver o buffet?

Arleta forçou um sorriso.

— Acho que vou dar uma volta. Não consegui ver bem o castelo ainda.

Doli lhe deu um tapinha no ombro e uma piscadinha.

— Não esquece da gente.

Isso fez Arleta rir alto.

— Impossível.

A uma distância segura dos jurados, ela andou até o outro lado do pátio. Ali, pegou distraída um prato da mesa de sobremesas e se serviu: uma tortinha de chocolate com cereja, um quadrado minúsculo de bolo de baunilha, e uma barrinha cremosa com coco queimado no topo. Era tudo lindo, quase lindo demais para ser comido. Dali, Arleta passou por um elaborado arco de plantas que a levou para fora, até a serenidade do jardim principal. Sozinha no ar estático, ela inclinou a cabeça para as estrelas que brilhavam lá em cima e deu uma mordida na barrinha. Cocos vinham da costa sudeste das Terras do Norte, e não chegavam muito a Adenashire. Quando chegavam, eram normalmente caros demais para comprar.

O sabor cremoso derreteu em sua língua, e ela quis imediatamente parabenizar o confeiteiro por um trabalho bem-feito. Era um sabor tão raro que ela se sentiu transportada de volta à infância em sua mente.

Quando era menina – 8 anos, se não lhe falhava a memória –, sua mãe fez a extravagância de assar um bolo de coco para o seu aniversário. A memória ainda era tão doce quanto se houvesse sido no dia anterior. Até os orcs apareceram para celebrar, e nem comeram muito bolo. Uma risada gentil lhe escapou dos lábios ao lembrar. Seu pai também lhe fizera uma coroa de flores com lavandas, e eles dançaram e riram a noite toda, até seus pés doerem.

Uma pontada de tristeza apertou seu coração. Ela não sentia saudade só daqueles dias que passara com os pais, mas de Ervash e Verdreth também. Os orcs nunca a deixaram. Por nem um único dia desde que seus pais morreram. Estiveram sempre lá para ela, oferecendo uma refeição quente, um abraço ou uma mão para ajudar.

E ela nunca admitiu para si o quanto eles realmente importavam até aquele minuto, ao ar livre, sob as estrelas, no jardim tranquilo do castelo. Eles se recusavam a deixar que ela os afastassem, não importa quantas vezes tentasse. Não importa a altura das muralhas que ela construíra ao redor de si, eles sempre eram altos o bastante para olhar por cima delas.

Não só agiam como pais para ela, eles *eram* seus pais. E ali, algo solidificou esse fato no coração dela.

Naquele momento, jurou que se certificaria de contar a Verdreth e Ervash o quanto eles eram importantes para ela. A vida era imprevisível, e nunca se sabe quando alguém amado vai deixar de estar por perto.

– Nem é isso o que eu *quero*.

Uma voz sussurrada, porém urgente, despertou Arleta de seus pensamentos. Era Taenya. *De novo*. Estava usando um vestido longo que apertava nas mangas e no corpete. E havia outro elfo com ela, o mesmo da outra vez; Vesstan, seu irmão.

Pega de surpresa, Arleta secou depressa as lágrimas que escorriam de sua bochecha e olhou desesperadoramente ao redor em busca de uma saída, mas sem sucesso. Se tentasse correr pelo jardim até o pátio aberto, eles a veriam. Em vez disso, encolheu-se atrás de um arbusto e torceu para ser uma cobertura melhor do que da última vez em que Taenya a pegou "espionando" quando certamente não estava fazendo nada do tipo.

– Eu não quero usar este vestido ridículo – rosnou Taenya, erguendo a barra e jogando no chão de novo. – Não *quero* conversar com ninguém nesta festa.

Vesstan estalou a língua, e sua desaprovação ecoou pelo jardim.

– Você tem responsabilidades nesta família, Taenya. Nós tínhamos um acordo.

Ao perceber que ainda estava com o prato na mão, Arleta colocou-o com cuidado no chão, com as duas últimas sobremesas intocadas.

Sob a luz do luar e das estrelas, Taenya estreitou os olhos.

– Não, *você* tinha um acordo, e eu não queria ter nada a ver com isso. Nunca quis entrar nessa Batalha dos Aventais, para começar. Eu tenho sonhos, sabia? Quero fazer... coisas. Saber como é a vida fora de Langheim.

Arleta sentiu o coração pesado de empatia pelas palavras da elfa. Conseguia escutar o desespero em sua voz, implorando pelo controle de uma vida que aparentemente não escolhera.

Arleta se identificava com isso.

Vesstan se inclinou mais para perto.

– Você não vai nos desonrar e perder o título de campeã, irmã. – A última palavra saiu carregada de desdém. – Agora entre naquele salão e cause uma boa impressão.

Ele voltou a passos largos para a festa, deixando a irmã para trás em meio ao luar e às sombras.

Uma brisa leve soprou e Arleta aproveitou a oportunidade para se encolher ainda mais, pressionando as mãos no solo sob seus pés.

Um momento se passou, então Taenya chacoalhou a cabeça e seguiu Vesstan para o pátio, para fora do campo de visão dela. Arleta fez questão de esperar mais alguns segundos a fim de garantir que não havia sido vista.

Deixando o prato para trás, ela se levantou e começou a bater a sujeira do vestido amarelo, com o cuidado de conferir se não tinha nenhuma planta grudada ou mancha de terra já que não era seu. Assim que terminou e deu um passo adiante, Arleta trombou direto com o peitoral de alguém.

– Descul...

A última sílaba morreu no ar quando ela esticou o pescoço para cima e encontrou o olhar inesperado de Theo.

O elfo vestia uma versão melhorada de suas roupas usuais; uma calça um pouco mais justa e uma camisa fina de algodão sob um colete da última moda élfica. E ele cheirava... a algo intoxicante. De início, a cedro e sálvia, então ao jardim dela na primavera, ao pão quentinho do forno com manteiga e geleia de framboesas em uma rara manhã de descanso.

Ele olhou Arleta de cima a baixo como se estivesse sedento e ela fosse seu oásis.

– Você está radiante.

Arleta empurrou para longe todo aquele encanto, assim como o elogio dele.

– O que você está fazendo aqui? – As palavras quase engasgaram na garganta dela.

– Eu não sabia que você estava no jardim – disse Theo, e seus olhos apertaram nos cantos como num sorriso. – Eu sou obrigado a vir, mas planejava ficar longe, como você pediu. – Ele levantou a cabeça para olhar o céu. – Os fogos vão começar daqui a pouco, queria ter uma boa vista. Vi Doli e Jez no pátio, mas você não estava com elas. Achei que não tivesse vindo.

Arleta olhou pelo jardim e encontrou um trecho de parede com privacidade suficiente por hora.

– Vem – pediu, e o puxou pelo casaco em direção ao seu destino.

Theo não resistiu à ordem. Nem um pouco.

Quando chegaram, ela impulsivamente o empurrou contra a parede e ele ergueu as mãos no ar em uma rendição de brincadeira. O luar pintava um brilho em suas feições élficas, e, por um breve segundo, Arleta teve dificuldade de forçar as palavras a saírem. Ficaram presas em algum lugar entre seu coração e sua garganta.

— O que você quer com isso? — questionou, finalmente encontrando a voz. A pergunta cortou pelo silêncio carregado que havia entre eles. O que ela realmente queria dizer era o quanto o desejava e não sabia por quê.

— Isso? — ecoou Theo. — *Isso* o quê?

— Você estar aqui fora, me levar para o seu jardim, me encorajar a vir para a Batalha dos Aventais. — Ela estreitou o olhar para ele através da máscara. — Me chamar de radiante.

Theo apoiou as costas na parede de pedras e deslizou as mãos para dentro do bolso.

— Preferia que eu mentisse? — As palavras se derramaram da boca dele como um mel tentador.

A parte do mel tentador, porém, podia ser só a interpretação nebulosa de Arleta.

— Você tem uma Destinada, Theo. — Ela chacoalhou as mãos no ar e avançou na direção dele. — Você me contou no seu jardim, então para de flertar comigo.

Ele estremeceu e magia cintilou de suas mãos, ainda dentro do bolso.

— Eu não sabia mesmo que você estava aqui fora.

A raiva queimou no peito de Arleta, e ela deu mais dois passos em direção a ele até o espaço que os separava não passar de alguns centímetros. A raiva nem era de Theo, mas de si mesma por sequer considerar a ideia de querer estar com ele. Ainda assim, recusou-se a recuar mesmo que o coração estivesse prestes a escapar do peito. Batia com tanta força.

Ela não queria mais nada no mundo além dos lábios dele nos seus, as mãos dele em sua cintura, puxando-a para perto de seu peitoral, oferecendo o infinito.

Mas lá estava ele. Tão perto e ao mesmo tempo tão fora dos limites. O súbito estalar de um galho soou de trás deles, e Arleta deu um pulo para longe de Theo bem no momento em que Devdan fez uma curva e ficou à vista.

— Senhor — disse para Theo com a voz formal —, os fogos estão para começar. Sua presença é requisitada.

Arleta deu outro passo nervoso para trás, dando-lhe espaço suficiente para ir embora.

O elfo se afastou da parede e seguiu o assistente da mãe, mas não sem antes virar a cabeça e lançar um olhar demorado a Arleta.

E ela deu o seu melhor para apagar quaisquer fogos internos que ameaçassem explodir. Eram perigosos demais, e ela sabia disso. Se fosse para vencer a Batalha dos Aventais, teria de manter Theodmon Brylar fora da sua cabeça.

— Confeiteiros! — A voz de Naexi Miraven ressoou pela arena da competição, e todos os olhos pareceram desviar para ela. — Esta é a terceira rodada da centésima Batalha dos Aventais de Langheim. Vocês que ainda estão aqui são parte de um grupo de confeiteiros de elite. Este é um dia empolgante para quem restou, mas todos exceto dois irão para casa hoje.

Havia apenas seis deles agora — uma alta elfa chamada Esta, um halfling chamado Pepin, Arleta, suas duas melhores amigas e Taenya — e o ar pesava com ansiedade.

Arleta ficou tensa enquanto as palavras da apresentadora pairavam no ar, e não teve como não sentir uma pontada de culpa. Era o dia em que ela, ou pelo menos uma de suas amigas, sairia da competição. Se ela passasse para a final, ou Jez ou Doli teria de ficar para trás. E havia também o fato de que, até onde ela sabia, era a única criatura sem magia que já participara da Batalha.

E se ganhasse?

Todo mundo descobriria.

Como ainda não haviam percebido, ela não fazia ideia.

— Hoje nosso tema são biscoitos! — anunciou Naexi com um entusiasmo contagiante, a voz carregando a empolgação da multidão toda. — E eu mal posso esperar para provar as suas criações! — disse de frente para o camarote, que incluía muitos dos competidores eliminados, assim como patrocinadores. Eles festejaram.

A primeira receita que veio à mente de Arleta foram os biscoitos de mirtilo que havia feito pela primeira vez pouco antes da Batalha dos Aventais. Os orcs tinham amado, embora amassem praticamente tudo o que ela fazia, e eles tinham vendido bem no mercado. Ela tinha lavanda na sua caixa de ingredientes secretos, e se quisesse aprimorá-los ainda mais, sabia que um toque da erva seria uma combinação única e excelente para a versão básica que ela fizera em casa.

Sem prestar atenção no halfling ou na alta elfa, Arleta espiou Doli e Jez, cujas estações haviam sido mudadas para o outro lado da arena. As outras estavam vazias. Jez tinha uma postura estoica, com as mãos às costas, e o sorriso de Doli ia de orelha a orelha. Ela provavelmente já tinha uma receita em mente também.

— *Mas* — acrescentou Naexi com um ar de travessura na voz, e a atenção de Arleta disparou de volta para ela — hoje também teremos um desafio extra. Um ingrediente disponível em uma das despensas é algo que vocês não vão querer escolher, do contrário arruinará sua receita. — Ela levantou um dedo. — Não posso lhes dar mais detalhes, e, por conta disso, embora possam cheirá-las, vocês não poderão *provar* suas criações, nem os componentes delas, em nenhum momento. Mas se conhecem bem seus ingredientes, devem conseguir ficar longe de qualquer perigo. — Ela continuou com suas palavras enigmáticas. — Nós também não anunciaremos as receitas que vocês escolherem antes da degustação, para manter o mistério.

Arleta sentiu o coração acelerar. Isso significa que qualquer um deles poderia ser eliminado só por ter sido enganado. Parecia injusto. Mas quando olhou para o camarote lotado, cheio de espectadores ansiosos, ela teve certeza de que sabia o que estava acontecendo. Vários deles se inclinaram para a frente, como se estivessem nas beiradas dos assentos, na expectativa de talvez ver um deles perder de maneira teatral. Shalina os proibira de usar ajuda um dos outros, mas os jurados deram um jeito de manter o interesse alto, e essa era a estratégia deles, criar armadilhas nas quais os competidores poderiam cair e arruinar suas receitas.

Ah, se soubessem que Arleta, uma humana, amágica, havia se infiltrado na Batalha dos Aventais. *Essa* ironia sim criaria o maior drama.

Naquele momento, os jurados apareceram e se pavonearam um pouco diante da plateia. Shalina acenou enquanto os outros dois fizeram várias reverências, como se fossem eles que todos estivessem ali para ver. Foram aplaudidos de pé antes de se sentarem à sua mesa logo abaixo, com vista para cada um dos seis confeiteiros.

Naexi continuou com suas instruções por mais alguns momentos, apresentou os participantes mais uma vez e os lembrou das regras do jogo. Desta vez se certificou de enfatizar que *não era* permitido ajudar os adversários.

— Sim, sim, sim — murmurou Arleta, baixinho, preparando-se para a tarefa que tinha em mãos.

Alguns segundos depois, o sino soou para sinalizar o início do terceiro desafio. Ao contrário da rodada anterior, Arleta não perdeu tempo em correr para a despensa cheia de itens frescos para encontrar mirtilos. Com apenas seis deles restantes, era provável que não houvesse disputas pelos ingredientes, mas era um momento crítico e, não importa o que acontecesse, ela precisava se manter focada.

A despensa estava cheia de todos os tipos de frutas coloridas. Eram lindas, e qualquer uma podia ser o ingrediente que precisava ser evitado.

Todos os outros haviam ido à despensa de secos primeiro.

Ela correu os olhos pelo imenso estoque, e logo encontrou um cesto de mirtilos suculentos em meio a toda abundância. Mas quando se aproximou para pegá-los, seu sangue gelou.

Não eram mirtilos. Eram yaguirtilos. As mesmas frutinhas que acabaram nela da cabeça aos pés quando Taenya a pegara escondida nos arbustos do lado de fora do castelo. O mesmo clone do mirtilo que destruiria totalmente qualquer receita doce porque quando a fruta era misturada com açúcar, tornava o prato todo azedo.

Aquela era a armadilha.

Ela recuou e saiu da despensa. Depressa, olhou ao redor e viu Doli e Jez entretidas com a escolha dos ingredientes secos. Desejava com todas as forças poder alertá-las, mas sabia que não podia. As regras eram claras: *não* era permitido ajudar. Além disso, elas estavam escolhendo entre os secos, era possível que talvez nem fossem usar frutas em suas criações. De qualquer forma, teriam que passar sozinhas pelo desafio.

Perdida em pensamentos, Arleta mal processou quando Taenya passou ao seu lado.

– Melhor você se mexer – murmurou a elfa, e Arleta não fazia ideia se estava falando com ela ou não.

Mas a carapuça servia. Ela tinha que dar meia-volta e desistir da receita original.

Outro favorito dos orcs, e sucesso de vendas no mercado, era seu biscoito de sal marinho, manteiga queimada e gotas de chocolate. Sem ervas, mas era uma opção de peso que derretia na boca em um sonho de doce com salgado.

Pelo menos foram essas as palavras que Verdreth usara da primeira vez que provou.

O sal acrescentava um toque único quando era usado em cima dos biscoitos, e "único" resumia bem o objetivo de suas criações.

Com um senso de propósito renovado, ela girou para a estação de secos a fim de ver se restava algum tipo de chocolate – amargo, meio amargo, ao leite... qualquer um funcionaria, embora ela preferisse o meio amargo.

Enquanto Arleta seguia para a despensa, Taenya já estava de volta em sua estação e Jez já tinha se virado para voltar para a dela.

Mas Doli estava a caminho das frutas.

Ela olhou depressa para os jurados. Shalina a focava. Havia visto Arleta quase pegar os yaguirtilos? Será que a jurada a estava testando? Para ver se avisaria Doli?

Arleta abaixou a cabeça e sussurrou um "Não pegue aqueles" para o ar, meio esperando que as estrelas carregassem sua mensagem, e de que Doli escutasse e entendesse.

As chances de a anã pegá-los eram mínimas, de qualquer forma. Havia tantas outras opções fantásticas.

Arleta soprou o ar e continuou andando.

Segundos depois, estava diante das opções de chocolate sem rótulo e não olhou mais para Doli.

A fragrância do cacau atingiu seu nariz, tentando suas papilas enquanto estudava as opções que iam do claro ao escuro. Ela esticou a mão e puxou o prato do que parecia ser o meio amargo, já que era mais claro que o amargo e mais escuro do que a opção ao leite. Arleta o levou até o nariz e avaliou suas notas de baunilha e caramelo. Era o certo.

Depressa, pegou um frasco de sal grosso da prateleira de cima, e era tudo de que precisava, já que os outros ingredientes para os biscoitos já estavam em sua estação.

No caminho de volta, tentou espiar os outros dois confeiteiros, mas seu campo de visão estava bloqueado. Não conseguiu ver as escolhas deles, então continuou para o próprio lugar e começou a cozinhar.

Tinha que manter o foco, mas não parava de pensar em Doli. Mais uma vez, levantou a cabeça e tentou ver o que a amiga havia escolhido, mas não adiantou nada, havia muita coisa no caminho. Ela tinha certeza de que os jurados os haviam colocado nas estações exatas onde não poderiam ver o que os demais faziam.

Forçando-se a focar, deixou a mente ser dominada pela sua receita de biscoitos e colocou a mão na massa.

Queimar a manteiga.

Misturar os secos.

Acrescentar a manteiga, a baunilha, os ovos.

Misturar as gotas de chocolate.

Separar.

Assar.

Polvilhar o sal grosso.

Pedir para a fada esfriar à temperatura exata.

Empratar.

Apresentar aos jurados.

Arleta respirou fundo enquanto olhava sua bandeja de biscoitos. Fizera-os no tamanho família, e sinceramente? Eram uma obra de arte. Estavam entre seus melhores trabalhos, dos quais se orgulhava de servir para qualquer um. Cada biscoito havia sido testado individualmente para garantir a perfeição, usando a ponta dos dedos para avaliar a textura e o ponto.

O aroma doce e tentador de lar a envolveu, manteiga queimada e caramelada, baunilha e cacau torrado. A pitada gentil de sal no topo elevaria tudo a outro nível. Pela experiência e pela receita escolhida, a textura estava crocante enquanto o interior continuava levemente macio.

O sino das fadas soou, despertando-a do devaneio com os próprios biscoitos.

— Confeiteiros, façam a gentileza de apresentar suas criações para os jurados — anunciou Naexi.

Arleta arregalou os olhos. Isso era novidade, mas talvez fosse por só restarem seis deles.

Apressada, pegou sua bandeja, segurando com força. Ela se uniu à procissão de competidores em direção à mesa dos jurados. Conforme eles se aproximavam, ela conseguiu espiar os outros pratos, e seus olhos enfim repousaram sobre a criação de Doli.

Ficou aliviada ao ver que os biscoitos dela eram totalmente dourados, com um toque de glacê real branco em cima. Não havia um único yaguirtilo à vista.

Arleta encontrou um espaço entre o que chutou serem biscoitos em espiral de canela de Jez e os de chocolate com pasta de amendoim de Taenya. Na mesa também já estavam os de Doli, outros que pareciam ser uma variedade de menta com chocolate do halfling e, por fim, gingerbread com recheio de geleia da alta elfa. Todos pareciam adoráveis e deliciosos.

Os seis competidores recuaram enquanto os jurados olhavam suas criações.

Gaia, o griffino ou griffina, falou enfim:

— Eu lhes parabenizo por terem chegado tão longe com suas receitas. Todos tiveram notas altas e mereceram essa vaga entre os seis melhores.

– Dito isso – assumiu Thiggul –, um de vocês foi eliminado automaticamente da competição hoje.

A plateia soltou um engasgo de espanto.

Arleta sentiu o estômago revirar. Ágil, passou os olhos pelos biscoitos mais uma vez para confirmar que Doli não havia usado os yaguirtilos.

– Dolgrila Butterbuckle – anunciou Shalina, mantendo a cabeça erguida. – Por favor, dê um passo à frente.

Não, não, não! As palavras rodopiaram na mente de Arleta.

A expressão sempre sorridente de Doli murchou, mas ela fez o que lhe pediram.

Shalina pegou um dos biscoitos da anã e o quebrou ao meio. Dentro, havia um recheio roxo-azulado.

Os yaguirtilos.

Os ouvidos de Arleta começaram a zumbir enquanto a boca da jurada-chefe se mexia, provavelmente explicando sobre o falso mirtilo à audiência, e o que fazia com uma receita, praticamente destruindo-a.

Suas bochechas coraram, e tudo o que Arleta queria fazer era afundar no chão. Deveria ter avisado Doli. Não precisava ter salvado a própria pele, com medo das consequências. Sua respiração acelerou, beirando o pânico, em golfadas curtas, quando Doli se afastou do restante dos competidores. Lágrimas reluziam em suas bochechas.

A culpa fincou as garras no coração de Arleta, e ela assistiu a uma cena enevoada dos jurados avaliando os outros biscoitos, mas não escutou nada até uma fada cutucar seu ombro.

Ela viu depressa que Jez, o halfling e a alta elfa também estavam afastados. Ela estava de pé diante dos jurados, e Taenya ao seu lado a espiava com o canto dos olhos.

– Meus parabéns, Taenya Carralei e Arleta Starstone – disse Gaia. – Suas habilidades culinárias de elfa e de maga lhes serviram bem até aqui.

Mas o estado mental de Arleta estava à beira do colapso. Sua amiga havia perdido por *sua* causa. Se ela não tivesse entrado na competição e criado problemas, eles nunca teriam inventado o desafio com os yaguirtilos para tentar criar mais drama para os espectadores.

Em um momento de incapacitante frustração e vergonha, sem ninguém por perto para acalmá-la, as emoções de Arleta fervilharam. Sem pensar duas vezes, ela lançou as mãos para o ar.

— Eu não sou maga! — gritou, com a voz tão carregada de desespero quanto de indignação. — Eu sou humana, amágica, e nem deveria estar aqui.

A arena ficou em silêncio total.

dezenove

Imediatamente após a declaração de Arleta, a terceira rodada foi interrompida. Todos foram solicitados a se retirar da arena. Doli e Jez tentaram consolá-la, mas não adiantou. Doli tentara dizer a Arleta que o acidente com as frutas não era culpa sua e que ela havia ganhado por mérito próprio, mas seria mesmo um *acidente*? Arleta não conseguia deixar de pensar, desolada, que se não estivesse na Batalha dos Aventais para começar, nada disso teria acontecido.

Tudo estava paralisado em um estado incerto. Sim, Arleta havia se classificado entre as duas melhores, mas ninguém confirmara se ela continuaria na competição, mesmo com a final chegando. Ela passou o dia seguinte escondida no quarto, sem deixar Doli entrar e sem falar com Jez. Sabia que estava sendo completamente irracional e que o foco deveria ser a anã, mas não conseguia se libertar de seu estupor.

Logo depois do nascer do sol na manhã seguinte, Arleta saiu para andar no pequeno pátio além do portão do castelo, o primeiro lugar que conheceu depois de chegar com Theo.

Os convidados da final estavam sendo direcionados para uma entrada aos fundos, então o pátio estava vazio. Ela andou até a árvore de sucote, pegou uma fruta e deu uma mordida, mas o sumo doce só revirou seu estômago. Jogou a fruta parcialmente comida ao pé da planta.

— Você está bem?

A voz de Theo ecoou suave pelo pátio, interrompendo os pensamentos dela.

Arleta se virou para encará-lo, e encontrou um olhar *incrivelmente* preocupado em seu rosto *incrivelmente* atraente.

— Não sei.

— Eu entendo que você não queira me ver — disse ele. — Mas Jez e Doli estavam tão preocupadas, quiseram tentar de tudo.

Uma parte ínfima dela queria que Theo a deixasse em paz, mas o restante queria desesperadoramente que ele ficasse.

— Eles vão deixar você continuar competindo — prosseguiu ele, com a voz firme e confortadora.

Arleta olhou para ele.

— Tem certeza? Shalina não me quer aqui.

— Foi voto vencido. — Theo deu vários passos para perto dela, com pés leves sobre os paralelepípedos. — Você e Taenya têm as maiores notas, de longe. Todos os jurados concordam nisso.

— Mas mesmo assim... a Doli poderia ter ganhado no meu lugar se as frutas fossem as certas.

— Eu vi as notas anteriores dela e comparei com as suas. Ela não teria ganhado — garantiu-lhe Theo.

Arleta soprou o ar, longa e deliberadamente.

— Mas magia...

— Seus doces não precisam de magia para serem incríveis. O talento é todo seu. Isso vai deixar algumas pessoas incomodadas, enciumadas até, mas elas não podem negar os fatos quando tanta gente sabe a verdade.

Arleta soltou um suspiro de alívio, e um sorriso caloroso se abriu nos lábios de Theo, como se ele houvesse acabado de se lembrar de alguma coisa.

— Ah, e eu conferi, seus amigos orcs de Adenashire receberam os convites, então devem chegar logo.

Só de pensar em Verdreth e Ervash na Batalha dos Aventais o coração de Arleta disparou de ansiedade e nervoso. Mas sendo sincera ela mal podia esperar para vê-los.

— Obrigada por cuidar disso para mim. — Ela olhou o elfo nos olhos e desviou depressa, porque só conseguia pensar em beijá-lo.

Theo inclinou a cabeça e começou a se virar.

— Theo? — sussurrou Arleta, e seus ombros ficaram tensos com o que estava prestes a perguntar. — Por que você fez tudo isso por mim?

Ele girou de volta para ela.

— Você é provavelmente a melhor confeiteira que esta competição já viu. Te falei isso.

— Não. — Arleta chacoalhou a cabeça com força. — Não falou, não.

Theo ficou parado, então balançou a mão em um gesto de dispensa no ar, mas seus olhos foram tomados por uma nuvem de preocupação.

— Não é o momento para isso.

Ela correu os olhos pelo pátio e jogou as mãos para o ar.

— Você tem razão, não é. Mas ganhando ou perdendo, eu vou embora amanhã, e *não consigo* mais continuar assim, Theo. *Me fala!* — O tom dela era de súplica, e não o deixaria ir sem que ele admitisse o que tinha de falar.

Theo pinçou o ossinho do nariz, bem entre os olhos, visivelmente lutando contra o que iria sair da sua boca.

— Por favor, só me deixa ir.

Ele se virou para ir embora, mas Arleta segurou seu braço, e assim que ela o tocou, as palavras se derramaram dos lábios dele.

— Eu... eu *preciso* estar perto de você. — Ele bateu no peito com o punho cerrado. — Dói quando a gente está separado.

Como se uma linha que os conectasse houvesse se retesado em um nó, Arleta o soltou, mas deu um passo para a frente. Engoliu em seco.

— Não entendo. Você tem uma Destinada, então não era para isso estar acontecendo.

— Você não entende que ser destinado é uma decisão a ser tomada do fundo do coração, por completo. Não dá para conter nada — admitiu Theo. — Se eu te contar, só vai complicar sua cabeça caso você ainda não tenha aceitado. Vai te afetar de jeitos que eu não tenho como impedir.

Arleta arregalou os olhos e jogou as mãos de volta para o ar, exasperada.

— Não vê que já estou sendo afetada por você, Theo? O que quer que esteja acontecendo entre a gente, já é complicado.

Por um momento longo demais, elfo e humana ficaram parados no pátio, olhando um para o outro. Ansiando. Sem dizer nada.

E, no entanto, dizendo tudo.

Theo enfim quebrou o silêncio, mantendo a voz baixa, com a respiração saindo entrecortada.

— Eu te contei que conheci a minha Destinada debaixo do arco de louros.

— Aham. — O coração de Arleta martelava contra as costelas. Ela queria escutar o que ele ia falar, mas também queria fugir.

— Foi *você* quem eu conheci debaixo do arco. Te encontrei lá tantas, tantas vezes.

Assim que as palavras deixaram a boca dele, Arleta franziu a testa, confusa, então seu estômago pesou como um tijolo. De alguma forma, sabia que a declaração dele era verdade, mas *não podia* ser.

— Eu... eu nunca tinha ido até aquele loureiro antes daquela noite — gaguejou. — E não foi lá onde você me conheceu. Nós nos conhecemos em Adenashire.

— Nos meus sonhos, foi lá. O mundo da noite é diferente. Surreal. Mas eu não podia simplesmente te contar. Não aqui, não agora. A Batalha dos Aventais já era o bastante, eu queria colocar *você* em primeiro lugar, não meus sentimentos. Como você ia conseguir se concentrar do contrário? Eu mal consigo, e estou esperando por você há anos. Não é o tipo de informação que simplesmente se joga na cara de alguém quando essa pessoa nem sequer ouviu falar em Destinados. — Ele passou a mão pelos cabelos enquanto magia nervosa emanava de seus dedos, então desaparecia no ar.

Arleta cruzou os braços com força.

— Eu não tive dúvida nenhuma, desde o momento em que te vi na frente da sua cabana, de que você é a minha Destinada, Arleta Starstone. E meu jardim? — Theo estendeu as duas mãos para o ar. — É grande assim porque toda vez que planto alguma coisa nova, é para você.

— Mas você nem me conhece direito — protestou ela.

O peito dele subiu e desceu com a respiração.

— Eu te conheço e te amo pela duração de centenas de vidas.

Arleta sentiu as bochechas esquentarem. Sentiu-se subitamente tomada pela vergonha de não ter percebido o que estava tão óbvio, assim como pela culpa e pela incerteza à espreita. A situação toda era impossível, exceto pelo fato de que, do nada, lhe veio à mente o fragmento perdido de uma memória dos dois sob o arco de louros.

Era possível que ela também houvesse tido aquela visão e bloqueado, ou só estava imaginando agora porque ele colocara ali com suas palavras?

Sentiu a pele formigar e afastou folhagens imaginárias de si. A urgência súbita de erguer uma barreira emocional a dominou. Havia feito isso com todos em sua vida desde que seus pais morreram. Envolver-se demais não era seguro.

— E é isso o que você esperava de uma Destinada? — A pergunta saiu polvilhada pelo nervoso, com uma pitada de sarcasmo na defensiva. — Uma humana? Sem magia para te oferecer como parceira?

Mais uma vez, ele ergueu os olhos para ela.

— Não. E sim. — Estreitou o espaço entre eles. — Tem muita magia em você. Você *é* mágica... para mim. — Ele esticou a mão e tocou a bochecha dela, fazendo os joelhos de Arleta fraquejarem e quase cederem sob seu peso. — E eu serei sempre seu, quer você me queira, quer não, até deixar de existir.

Verde e dourado rodopiaram pelo ar, envolvendo Theo e Arleta em seu abraço. Dominou-a, e toda fibra de seu ser queria os lábios dele nos seus. Nada mais importava.

Sua mente rodopiou com sonhos para uma vida toda.

O passado...

O futuro...

Como seria a vida deles...

Juntos, sempre...

Ela queria que Theo fosse seu.

E sua alma lhe dizia que era para ser assim.

Os dois estavam a centímetros de distância quando a lógica lhe escapuliu, e Arleta ficou na ponta dos pés para pressionar seus lábios contra a boca à espera dele, para aceitar...

Mas antes de chegar lá, a dúvida, a realidade, a tomou e a puxou de volta para trás.

Theo *não deveria* ter de percorrer aquele caminho com ela.

Era uma humana amágica, e uma com tendência ao caos.

Barreiras.

Ela *não era* a Destinada dele. Isso era impossível porque elfos *não eram* destinados a humanos.

Ele estava enganado.

Esse relacionamento jamais funcionaria.

Muito menos *para ele.*

Theo estava cometendo um erro.

Não posso abrir meu coração para ele, mesmo que seja verdade. No final, só vou acabar perdendo-o, e vai doer.

A lógica quebrou o feitiço como se uma linha houvesse se partido. Por instinto, Arleta pigarreou e deu dois passos para trás.

— Não posso fazer isso.

A magia enfraqueceu e sumiu, levando consigo as ruínas do que poderia ter sido. Arleta correu para o castelo a fim de voltar ao seu quarto e pensar como, pelas estrelas, sequer conseguiria se recompor para competir na final, agora a poucas horas de começar.

Apesar disso, olhou de volta para Theo, só para flagrar Devdan andando apressado na direção oposta.

vinte

Sem mal conseguir respirar depois do que acabara de acontecer entre ela e Theo, Arleta deu um jeito de subir as escadas até sua ala antes de se encolher no chão em um montinho. Não fazia ideia de quanto tempo estivera chorando quando o som de passos ecoou em sua direção.

Ela levantou a cabeça e viu Shalina, a elfa e jurada-chefe, a imagem perfeita da elegância e controle, que ficou encarando-a de cima, inexpressiva, pelo que se pareceram horas.

– Nós precisamos conversar antes da final.

A voz dela era suave, mas Arleta conseguia captar o perigo em seu tom autoritário.

Surpresa de ver a jurada-chefe, Arleta apontou para o próprio quarto.

– Ahn... Eu estava pensando em descansar um pouco antes da competição começar.

As palavras mal saíram audíveis. Na verdade, ela sabia muito bem que não teria descanso nenhum, mas foi a melhor desculpa que conseguiu pensar no momento.

– Agora. – A palavra solitária foi tudo o que Shalina disse antes de levantar uma mão para mostrar o caminho.

O coração de Arleta batucou por toda a caminhada até o escritório da jurada-chefe, ecoando com o *tap-tap* das solas duras de Shalina contra o chão de pedras.

Quando chegaram, com um giro digno do prêmio de melhor atriz, ela puxou Arleta para dentro de seu escritório, cheio de livros empoeirados, e bateu a porta. Não perdeu tempo em bradar o que queria.

— O que, pelas estrelas, você pensa que está fazendo com o meu filho?

Arleta congelou onde estava, na beirada de um tapete floral azul.

— Eu... eu não estou fazendo nada com Theo. — O coração dela galopava dentro do peito.

— *Theo?* — cuspiu Shalina com os lábios contorcidos em desgosto. — O nome do meu filho é *Theodmon*.

— Eu... eu... Nós somos amigos — gaguejou Arleta. — Ele foi gentil o bastante para me trazer até a Batalha dos Aventais. Conversamos no caminho. Então, sim, somos amigos.

Porém, apesar da impossibilidade de toda a situação, Arleta sabia que queria ser mais. Só não podia oferecer mais.

Shalina estreitou os olhos duros para ela.

— Não! Escutaram você falando sobre Destinados com ele.

Um nó de nervoso se formou na garganta de Arleta, tornando quase impossível respirar.

— Ele mencionou isso, sim.

As feições etéreas da elfa se distorceram, e em um piscar de olhos, ela estava ao seu lado.

— Você não tem magia, e esse não é o tipo de coisa que seja adequado conversar com *nenhum* elfo. Destinados são reverenciados só entre meu povo — sibilou Shalina, confirmando a teoria que martelava na cabeça de Arleta de que elfos e humanos não poderiam ser Destinados.

— Não fui eu quem tocou no assunto! — O protesto de Arleta reverberou pelo cômodo pequeno. Ela imediatamente se arrependeu de suas palavras e desejou poder enfiá-las de volta na boca, mas em vez disso elas pairaram no ar como o fedor de pão queimado.

Com um suspiro exasperado, Shalina deu meia-volta, e seu cabelo prateado girou como um leque atrás de si, então ela marchou até sua grande mesa de carvalho. Ali, encaixada em meio ao caos organizado, havia uma caixa toda entalhada. Ela a virou com um torcer do pulso e abriu o tampo.

Dentro havia moedas.

Muitas moedas.

Arleta arregalou os olhos com a visão. Involuntariamente, deu um passo para trás do tapete, as botas raspando pelo chão de pedras.

— É dinheiro que você quer? — rosnou a elfa, mostrando os dentes perfeitamente alinhados. — Porque tenho muito dinheiro para te oferecer para ir embora e nunca mais voltar. Para deixar meu filho em paz e parar de confundi-lo acerca de sua verdadeira Destinada.

A visão do ouro fez todos os sonhos de Arleta rodopiarem em sua mente. A padaria em Adenashire... podia ser sua. Ela poderia deixar toda aquela fantasia que se transformara em pesadelo para trás.

Só que não era um pesadelo. Theo havia se esgueirado para dentro de sua mente, seu coração, sua alma. Ela sabia que ele não deveria estar lá, mas *queria* que estivesse.

Forçou-se a desviar os olhos das riquezas.

— Vim aqui para competir na Batalha dos Aventais. Se for para ir embora com ouro, quero que seja porque mereci — anunciou, com os punhos cerrados ao lado do corpo.

— Argh. — Shalina abriu a gaveta à frente da mesa e puxou uma pequena pilha de papéis. — Então por que você não declarou que era humana quando fez seu credenciamento?

Ela estendeu o contrato para Arleta e apontou para uma cláusula, mas estava longe demais para ela conseguir ler. Então a elfa passou até a linha onde estava a assinatura.

— Eu... eu não sabia que era necessário. — As mãos de Arleta tremiam. Ela sabia que se arrependeria de não ter lido o contrato todo antes de assinar. — Não tem nenhuma regra contra participantes sem magia.

— Não — confirmou Shalina, com a raiva queimando como uma chama perigosa em seus olhos —, mas precisa ser informado já que gostamos de ter um registro detalhado de quem compete a cada ano.

Arleta cerrou os dentes, plenamente ciente de que se arrependeria do que estava prestes a falar.

— Não é por isso. Você sabe muito bem que nunca houve um amágico nesta competição.

— Ah, é mesmo? — Ela espiou casualmente o contrato mais uma vez. — Também diz aqui que todos os participantes devem nos informar se suspeitam de que alguém tenha quebrado as regras. Não fazer isso impede o participante de competir nas próximas Batalhas. — Shalina voltou os olhos para Arleta. — Sua colega de quarto, ela é uma fennex, não é? Elas têm um excelente olfato, certo? E aquela anã que se mete na vida de todo mundo, com certeza ela sabe muito bem sobre tudo o que está acontecendo por aqui.

— Elas não fizeram nada! — gritou Arleta, e sua voz ecoou ao redor. — Deixe Doli e Jez de fora disso!

A elfa ergueu o contrato.

— O destino delas me parece estar nas suas mãos.

Arleta correu os olhos pelo cômodo, em pânico, sentindo como se quaisquer sonhos que tinha estivessem se despedaçando ao seu redor.

— Vá embora, Arleta Starstone — disse Shalina, direta. — Há uma carruagem esperando para te levar de volta a Adenashire. Todas as suas... coisas estão lá.

Ela não tinha escolha.

— Quero me despedir das minhas amigas — protestou Arleta, com a voz tomada de desespero.

Shalina bateu com o contrato no tampo da mesa.

— Ou você vai sozinha agora, ou *elas* vão com você. — Ela marchou até a porta e a abriu, revelando um guarda elfo com aparência severa. — Leve esta mulher para a carruagem que está esperando lá embaixo.

Com um gesto ágil, ela empurrou Arleta para o corredor e bateu a porta às suas costas.

De cabeça baixa, Arleta seguiu o guarda por uma escadaria e para fora do castelo, onde de fato havia uma carruagem com um cavalo já atrelado. O condutor, um elfo, abriu a porta, e Arleta precisou de todas as suas forças para subir o apoio e entrar no cabriolé, onde estava sua bolsa e mais alguma coisa.

Uma carta lacrada.

Assim que a carruagem avançou e a jogou no assento, ela pegou o papel e abriu. Enquanto o fazia, sua mente girava com tontura, e ela chacoalhou a sensação para longe. Seus dedos tremeram e ela engoliu em seco ao ler as palavras escritas às pressas.

Eu menti para você. Só elfos podem ser destinados um ao outro.

Theo

As lágrimas correram pelo rosto de Arleta, manchando suas bochechas conforme ela apertava a carta de Theo e a carruagem sacolejava pela estrada de volta a Adenashire. Sua cabeça estava confusa, tentando encontrar sentido nas palavras dele. Ela sabia que deveria ser verdade, apesar do que ele dissera no pátio.

Tudo acerca da Batalha dos Aventais de Langheim havia sido um conto de fadas transformado em tragédia, como se o feitiço se quebrara ou uma maldição houvesse sido lançada. Pelo menos, se partisse, ela poderia proteger Doli e Jez. Elas poderiam voltar para casa e competir de novo no ano seguinte. Iriam se esquecer dela. Todo mundo se esqueceria, como uma memória terrível e distante.

Mas seu estômago revirou com a ideia de não poder se despedir. Ela realmente nunca mais as veria. Essa era a pior parte... saber que havia tanta gente que se importava com ela, e que teria de deixá-los para trás.

O tempo passou devagar enquanto seguiam pela estrada. Arleta não sabia quanto haviam avançado, mas lhe pareceram horas.

Enfim, com os cotovelos apoiados nos joelhos e o rosto enfiado nas mãos, escutou o batucar de cascos se aproximando da carruagem.

— Pare! Pare agora mesmo! — ordenou uma voz lá fora, abafada através da janela.

Arleta reconheceu imediatamente que era Theo, e amassou a carta na mão.

— Não pare — gritou ela para o condutor, mas ele não parecia escutá-la, então parou a carruagem aos poucos.

Sem hesitar, Arleta abriu a porta e viu Theo desmontando de Nimbus. O cavalo a espiou e jogou a cabeça para cima e para baixo várias vezes, como se tivesse algo a dizer, mas é claro que ela não entendia o animal tordilho.

— Por que você está indo embora? — A expressão no rosto de Theo estava cheia de dor, e o suor formava gotinhas pelas laterais de seu rosto. — Eu encontrei a Doli e ela disse que você tinha levado todas as suas coisas. Nem ela nem Jez sabiam onde você estava.

Arleta ainda segurava a carta amassada, apertando os dedos cada vez mais.

— Estou indo para casa. Nunca deveria ter vindo a Langheim para começo de conversa. Foi um erro terrível.

Theo olhou para o condutor, então voltou a atenção para ela.

— Vem conversar comigo em particular, por favor. — Ele apontou para o lado, para um trecho mais afastado da estrada, longe da carruagem.

Mas Arleta não se mexeu nem se afastou do batente da porta aberta. Manteve os olhos fixos no elfo.

— Você me mandou isto, Theo. — Ela balançou o papel na direção dele, e sua voz tremia de emoção.

Ele franziu a testa ao encarar a carta amassada.

— Eu te mandei o quê?

— *Isto.* — A voz dela falhou e as lágrimas queimaram os cantos de seus olhos de novo. Ela puxou a mão de volta para o colo, tentando conter as emoções.

Theo se aproximou da carruagem e estendeu a mão.

— Posso ver? — pediu, com a voz transbordando sinceridade.

Hesitante, Arleta ergueu o papel e colocou na palma aberta dele. Depressa, o elfo desamassou a carta e leu. Seus olhos se arregalaram de choque.

— Eu *não escrevi* isto. — As palavras estavam tomadas de incredulidade. Ele engoliu em seco e voltou a atenção para ela. — Eu *jamais* escreveria algo assim. E tem magia intrincada nisso, para fazer você duvidar de si mesma.

Assim que ele mencionou magia, a cabeça dela tornou a girar e ficou nebulosa. Mesmo assim, com ele à sua frente, uma parte dela sabia que ele estava dizendo a verdade. Tudo o que Theo fizera indicava o exato oposto, mas então a outra parte dela lhe dizia que estar lá na Batalha dos Aventais, competindo, fazendo amigos, encontrando Theo, era alguma brincadeira cósmica dolorida; uma ficção da qual ela despertara para voltar à vida mundana que sempre teve, sempre atrasada, mal conseguindo dinheiro para comer.

Contando apenas consigo mesma.

Era a única maneira.

A única maneira segura e previsível.

Um rosnado baixo subiu da garganta de Theo, um som que ela nunca o ouvira fazer antes.

— Minha mãe escreveu isso. Eu reconheço a letra dela em qualquer lugar. Depois ela misturou com alguma magia para te fazer acreditar.

Em uma onda de frustração, Arleta pegou a carta da mão de Theo e a jogou no chão.

— Não importa. Eu vou pra casa.

Ela esticou a mão para a porta da carruagem, mas ele segurou a beirada e não deixou que fechasse.

— Importa *sim*. — O elfo a olhou nos olhos, e ela não conseguia desviar. O peito dele subia e descia de raiva e frustração. — O que *mais* ela te falou?

Arleta sentiu a garganta apertar, querendo ao mesmo tempo contar tudo e nada.

— Ela me ofereceu dinheiro para ir embora — confessou, sem dar detalhes. Deixou de fora a parte sobre o ouro ser para deixar *ele*, e não só a competição.

— O quê? — Os olhos de Theo ficaram imensos de choque enquanto ele espiava brevemente para dentro da carruagem. — Você aceitou?

— Claro que não. Mas era suficiente para eu comprar o espaço da minha padaria. E ainda sobrar.

Theo pinçou o ossinho do nariz.

— E você vai embora mesmo assim?

— Ela ameaçou proibir Doli e Jez de competirem nas próximas Batalhas dos Aventais. — O tom dela carregava pesar. — Aí ela me mostrou o contrato que eu assinei; tinha uma cláusula que não li. Alguma coisa sobre não ter revelado a minha linhagem. Que eu não sou uma maga. Já que a Doli e a Jez sabiam que eu sou humana, elas seriam penalizadas...

— Eu já li esse contrato. — Theo apertou os olhos, cheio de ceticismo. — Não existe essa cláusula.

— Vi com os meus próprios olhos — protestou Arleta, com a frustração fervilhando no peito, porque talvez ela não tenha *realmente* visto a tal cláusula. — Eu nunca arriscaria que Doli e Jez perdessem a chance de voltar.

— Ela está blefando. — Theo cruzou os braços e olhou para o céu azul, chacoalhando a cabeça.

Nimbus bateu o casco no chão várias vezes, chutando montinhos de poeira para o ar, como se estivesse concordando.

— Ela não me quer aqui — retrucou Arleta —, então eu vou embora. Essa coisa toda foi só um grande desast...

— Um grande *o quê*? — Theo a interrompeu e se aproximou, com os olhos faiscando de emoções. — Porque te conhecer *não* foi um desastre para *mim*. Você estar aqui *não* foi um desastre para a Batalha dos Aventais. Tem tanta gente babando pelos seus doces. Só o fato de você *estar* aqui mudou essa competição para sempre. Precisa ver a quantidade de ingressos que foram solicitados de última hora para a final. Nem temos como acomodar todo mundo.

Arleta abriu a boca para falar, mas Theo continuou pressionando, com as palavras ainda mais movidas de determinação do que antes.

— *Não* foi um desastre para a Doli. Até a Jez reclamou que estava preocupada com você, andando de um lado para o outro, tentando captar seu cheiro.

Arleta prendeu o lábio entre os dentes. Seu coração ficou um pouquinho menos pesado.

— Elas estavam mesmo tão preocupadas assim?

— *Todos* nós estamos — admitiu Theo, e enfiou as mãos nos bolsos.

Arleta desceu com cautelosa da carruagem, seus pés tocaram o chão.

— Eu senti você ir. — A respiração dele saía entrecortada, e seus olhos não desviaram dos dela.

A confusão dominou as feições de Arleta.

— Como assim? — A voz dela vacilou enquanto mantinha os dedos firmes na beirada da porta.

Os músculos do rosto de Theo ficaram tensos e uma veia saltou de sua têmpora esquerda.

— O ar mudou, como se eu não pudesse respirar. E alguma coisa no meu coração soube que você tinha ido embora. Fui correndo te procurar no castelo.

— E aí veio até aqui — sussurrou ela, com uma centelha de esperança entrelaçada às palavras.

— Claro que vim. — A voz de Theo ficou rouca. — Você sabe o que eu sinto por você, Arleta. Mas não é por isso que vim. — Ele focou o chão para evitar os olhos dela. — Você *merece* estar na Batalha dos Aventais. Conquistou seu lugar por mérito. — Ele se recompôs e tornou a olhá-la nos olhos. — Parece que você fica contando uma história para si mesma, e eu entendo; te serviu bem por um tempo. Era real. Mantinha você segura. Mas agora se tornou algo maior do que isso, e essa história só está te segurando e impedindo de se tornar quem realmente deveria ser.

— E *quem* eu deveria ser? — As lágrimas correram pelas bochechas dela ao mesmo tempo em que a emoção engasgou sua voz. — Eu nem sei quem é essa pessoa.

Os lábios de Theo se abriram em um sorriso leve e gentil. Ele pegou a carta falsa do chão e a enfiou no bolso, então estendeu a mão para ela.

— Isso é você quem decide.

Arleta suspirou e lutou contra a magia enfraquecida da carta.

— Eu preciso voltar para a Batalha.

Nimbus resfolegou, concordando.

vinte e um

Nimbus passou a galope pelo portão aberto do castelo, com os cascos trovejando pelas pedras da entrada, ressoando em resistência. Theo pulou para o chão e estendeu depressa a mão para ajudar Arleta a desmontar.

Ao toque dele, eletricidade correu por todo o corpo dela.

Devdan surgiu aparentemente do nada, passando a mão pelo cabelo grisalho. O elfo de meia-idade era pura preocupação.

– Senhor, estávamos te procurando – disse a Theo, precisando de todas as forças para recuperar o fôlego, até que viu Arleta. – Senhor?

Sem hesitar, Theo segurou a mão dela e a puxou para perto, em um gesto protetor.

– Leva a gente até ela – exigiu, e algo se remexeu no peito de Arleta com a súbita autoridade dele.

– Senhor – alertou Devdan –, sua mãe está se preparando para a final. Tem gente vindo de todas as Terras do Norte, e nós não sabemos muito bem onde colocar todo mundo.

– Eu não dou a mínima para o que ela está fazendo – explodiu Theo, e ergueu o queixo para Arleta. – Ela tem uma competidora a menos. Como a batalha pode sequer começar?

Devdan apertou os lábios.

– Ela não vai ficar nem um pouco feliz.

— Eu *não dou a mínima*. Leva a gente até ela agora, ou eu vou armar um barraco pior do que já estou fazendo, e na frente de todo esse povo que está chegando.

Nimbus soprou forte com o nariz e bateu os cascos na pedra dura, como se exigisse que Devdan obedecesse.

A antiga Arleta ainda queria que Theo parasse com aquela loucura. Parte dela sussurrava que não era digna de toda essa atenção. Mas a mão firme dele em seu braço a manteve forte, física e mentalmente. Quase como um bote salva-vidas. O que havia acontecido era errado, e ela se recusava a contribuir para que aquela injustiça continuasse.

Suspirando, Devdan virou de costas e gesticulou para que ambos o seguissem, deixando Nimbus livre para voltar sozinho aos estábulos do castelo.

Por todo o caminho até o escritório de Shalina, Theo não soltou a cintura de Arleta.

Ela não queria que ele soltasse, nunca.

— Lá dentro. — Devdan arqueou uma sobrancelha e estendeu a mão para a porta ornamentada.

Theo não perdeu tempo em pegar a maçaneta, abrir a porta e puxar Arleta para dentro.

— Mãe!

Shalina estava atrás de sua mesa e recuou um passo aos tropeções. Parecia um animal encurralado ao ver Theo bater a porta atrás de si. A elfa piscou em um silêncio chocado enquanto seus olhos corriam do filho para Arleta, em uma mistura de incredulidade e ira.

— Você perdeu alguém — disse Theo, e empurrou Arleta para a frente com gentileza.

— Ela *quebrou as regras* — disse Shalina, entredentes.

Arleta se encolheu só um pouco e lutou contra a urgência de se esconder atrás de Theo, mas conseguiu dizer:

— Não quebrei, não.

Imediatamente, Shalina a encarou fixo como uma ave de rapina.

— Você não me *mostrou* de fato onde diz no contrato que eu quebrei alguma regra. — Reunindo toda a coragem que tinha, Arleta se afastou de Theo e beirou a mesa, ignorando o martelar do coração que lhe dizia para fugir.

— Você assinou o contrato — insistiu Shalina.

Arleta se firmou e plantou os pés no chão.

— Sim, assinei, mas você não me mostrou a cláusula que determina que quebrei alguma regra. Você mentiu.

Shalina inflou as narinas e agarrou a lateral da mesa com os nós dos dedos já brancos de tanta força.

— Você sabe que é verdade, mãe — argumentou Theo, enfim, e levantou a carta. — E também escreveu *isto* para se certificar de que Arleta iria embora, depois ainda usou magia para garantir que conseguiria o que quer.

— Eu estava tentando te proteger — disse Shalina ao filho, e seus protestos raivosos se transformaram quase em uma súplica.

Outra vez, aquele mesmo rosnado que ele soltou na carruagem saiu da garganta de Theo.

— Você está tentando proteger os *seus* interesses, não os meus. Eu sou adulto há algum tempo já, e livre para fazer as minhas próprias escolhas de vida. — O elfo avançou para ficar ao lado de Arleta. — Mas não estamos aqui por minha causa. Estamos aqui pela vaga dela na competição.

O coração de Arleta deu um salto ao ouvir as palavras dele, e depois quase parou quando Theo a olhou nos olhos.

— Você não pode ser o Destinado dela — insistiu Shalina, sem deixar o assunto morrer. — Você passou dos limites e seu envolvimento com ela está ameaçando a Batalha dos Aventais.

Arleta bateu o pé.

— Nós não passamos de limite nenhum.

De imediato, Theo acrescentou:

— É verdade. Não fizemos nada que pudesse comprometer a sua preciosa competição. Não firmamos os laços.

Arleta sentiu o peito queimar. *Laços?*

Theo deu um passo para trás, e explicou melhor, como se tivesse falado demais:

— Talvez nunca firmemos. A escolha é *dela*.

— Elfos só podem ser destinados a outros elfos — insistiu Shalina, e a alegação se cravou na mente de Arleta.

Theo ignorou o que ela disse.

— Você *vai sim* colocá-la de volta na Batalha dos Aventais, e vai fazer isso imediatamente.

Desta vez, Shalina não falou nada, só encarou ambos com olhos alertas.

— Ou... — Theo marchou até a ponta da mesa, com o rosto tomado de determinação. — Ou eu vou revelar para o público tudo o que você fez para tentar se livrar dela. Alguns vão concordar com as suas escolhas. Sei que vão. Mas outros não, e isso vai macular sua preciosa competição. O alarde vai ser muito maior do que se uma amágica simplesmente vencer a Batalha dos Aventais de Langheim. — Ele baixou os ombros. — E quando essa edição terminar, você vai se desligar do cargo de jurada-chefe.

— *Nem pensar* — retrucou Shalina, com um sussurro carregado de teimosia.

— Vai *sim* — rebateu Theo, com a voz firme. — Foi você quem passou dos limites. Faça o que for preciso para mitigar os danos e não criar um escândalo. Mas amanhã você vai anunciar que precisa de um tempo das suas rigorosas responsabilidades de planejamento e de jurada. Thiggul e Gaia são perfeitamente capazes de assumir a liderança e encontrar um terceiro jurado nas Terras do Norte.

Shalina estufou as bochechas e o peito por um momento, como uma criança fazendo birra depois de uma bronca, e seu rosto se contorceu como se fosse argumentar. Mas em vez de dizer qualquer coisa, deixou os ombros caírem e se jogou na cadeira. Soltou um suspiro profundo que ecoou por todo o cômodo, fora isso silencioso, então finalmente olhou para Arleta.

— A final começa em três horas. Vou informá-los de que você voltou para a competição.

Antes que ela pudesse falar mais, Theo e Arleta dispararam para fora do escritório, e a porta fechou com um clique atrás deles. Assim que estavam sozinhos no corredor, Arleta se jogou nos braços dele, e a risada borbulhou de seus lábios enquanto ele a girava no ar.

— Eu sabia que você conseguia — disse Theo, colocando-a gentilmente de volta no chão.

Ela pigarreou e deu um passo para trás, com as bochechas coradas de rosa.

— Foi você quem conseguiu.

Ele balançou a cabeça, e o sorriso largo jamais deixou seu rosto.

— Eu só revelei a verdade. Você está fazendo isso por causa do seu talento. Você merece.

Antes que ela pudesse retrucar, ele pegou sua mão e a puxou por todo o caminho até a Ala Elyilon, quarto 206.

Arleta percebeu que ainda estava com a chave do quarto no bolso. Ela enfiou na fechadura e girou. Dentro, estava Doli, de bruços, aos prantos na cama de Jez, e a fennex, fazendo as malas apressada.

Jez olhou para cima e um raro sorriso se abriu em seus lábios, revelando as presas.

— O que você está fazendo aqui?

— Chorando rios! — exclamou Doli, tão desesperada em seu choro que nem vira Arleta ainda. — O que mais, Jez?

— Não você, anã. A Arleta voltou. — A reação de Jez foi metade uma risadinha e metade descrença com a anã.

Ao ouvir isso, Doli levantou a cabeça depressa, e seus olhos inchados e vermelhos pareceram dobrar de tamanho.

— Você *voltou* voltou?

Arleta curvou os lábios em um sorriso largo, e abriu os braços.

— Estou de volta na Batalha.

Com um gritinho de alegria, Doli ficou de pé em um pulo e fez uma dancinha bem ali, em cima da cama.

— Desce *já* daí — chiou Jez, mas seu tom a traiu e revelou afeto.

Em vez de descer, Doli jogou os braços ao redor da fennex, que estava perto da cama, e soluçou ainda mais alto.

— A Arleta voltou!

Alerta e Theo caíram na risada enquanto fennex e anã tombavam no chão em um montinho caótico.

— Doli! — gritou Jez, ao mesmo tempo em que a anã se levantava.

— É que eu estou tão feliz! — Ela deixou a amiga no chão com um meio sorriso no rosto de fennex e correu até Arleta e Theo, jogando os braços ao redor dos dois.

— Eu também, Doli — admitiu Arleta, com a voz falhando de emoção. — Odiei ir embora sem me despedir. — Ela olhou para Jez. — De vocês duas.

— A gente meio que sentiu sua falta também — disse a fennex, levantando-se e conferindo o rabo para ver se estava tudo bem. — Agora você precisa se preparar.

Theo se soltou do abraço de Doli.

— Eu preciso conferir se está tudo em ordem. Sei que estou deixando você em boas mãos. — Ele inclinou a cabeça para a Arleta, demorando o olhar em seu rosto por mais um momento. — A gente se vê daqui a pouco.

— É, daqui a pouco — respondeu ela, com esforço. Estava quase sem ar.

Theo saiu apressado e fechou a porta atrás de si.

Doli jogou as mãos para o ar assim que a fechadura clicou, mas Arleta a interrompeu.

— Desculpa não ter falado nada. — Ela mordeu o lábio. — Você foi eliminada, e eu transformei a coisa toda em um drama pessoal quando deveria estar te dando suporte.

Doli sorriu de leve.

— Você é minha amiga, e estava sofrendo. Eu aceito seu pedido de desculpas. — Seus olhos brilhavam de maneira travessa. — Agora, o que, pelas estrelas, está acontecendo entre vocês dois? — A anã apontou para a porta por onde Theo havia acabado de sair.

— Nad... — Arleta começou a responder.

— Mentirada descarada — disse Jez, colocando a mala na cama com um baque, ao lado da mancha das lágrimas de Doli no lençol.

— O quê? — exclamou Arleta, com o estômago revirando de nervoso.

Doli deu uma ombrada no braço dela, com um sorriso sabido no rosto.

— Bom, não é exatamente assim que eu diria, mas é. É mentira sim.

Arleta encarou as duas, sem falar nada e mordendo o lábio até doer.

Jez andou até elas, se acomodou na cama de Arleta e bateu a mão no colchão como que a convidá-la a se sentar.

— Nós temos pelo menos duas horas antes de precisar descer com você para os preparativos — disse, com a voz inesperadamente curiosa.

Doli deu um pulinho com os olhos brilhando.

— Isso aí, desembucha. — Ela se inclinou mais para perto. — Conta *tu-do*.

Quarenta e cinco minutos depois, a história havia se derramado para fora em um turbilhão confuso de palavras e emoções. Desde a morte dos pais dela, sua vida em Adenashire, a primeira vez que viu Theo, a estalagem, a chegada à Batalha, o *incidente* no jardim, o que a mãe dele fizera, por que ela havia ido embora e estava de volta.

As três estavam deitadas de costas na cama, ombro a ombro, olhando para o teto.

— E depois disso tudo — resmungou Jez — vocês continuam *só amigos*?

— Só amigos — insistiu Arleta; mesmo que por dentro quisesse que fosse mais, não podia deixar isso entrar no campo da possibilidade. Não quando a ideia de perdê-lo doía mais, talvez, do que nunca nem tê-lo.

Doli se virou e se apoiou nos cotovelos. Ela cheirava à canela, gengibre e lágrimas salgadas ao colocar a mão livre sobre o antebraço de Arleta.

— Você sabe que pode se abrir com a gente, não é? Tem pessoas que gostam de você simplesmente por ser quem é.

Arleta suspirou, com a felicidade repuxando o canto dos lábios.

– E não só por causa das minhas barrinhas de limão?

Suas amigas riram, e o som era tão doce quanto xarope de açúcar.

– Bom, barrinhas de limão sempre ajudam – admitiu Doli.

Jez se sentou e apertou os lábios, com o rabo chicoteando de um lado a outro.

– Agora vamos fazer a Taenya comer poeira nessa final.

vinte e dois

Arleta sentiu os joelhos fraquejarem enquanto Doli e Jez desciam com ela por uma escadaria menos usada para evitar as multidões que se reuniam no castelo para a final. Pelo caminho todo, Doli ficou falando de alguma coisa, mas Arleta não conseguiu prestar muita atenção. E quando elas chegaram, encontraram o primeiro piso lotado de espectadores de todos os cantos das Terras do Norte.

Havia elfos, é claro, vestidos com suas melhores roupas, mas também minotauros, halflings, anões, e tantas outras criaturas. Arleta mal conseguia acreditar que, pelo menos em partes, eles estavam lá para vê-la. A notícia de uma amágica na Batalha dos Aventais havia definitivamente se espalhado pelas Terras, e aparentemente atraído grandes multidões para a final.

Depois de se acotovelar pelo espaço lotado, elas seguiram para o salão de espera, onde era muito provável que Taenya já estivesse aguardando. Um encontro para o qual Arleta não estava nem um pouco animada. Se ver na arena era uma coisa. Estar sozinha em um cômodo com a elfa era outra completamente diferente. Sentiu o estômago se revirar.

Ela manteve os olhos no chão, na esperança de que ninguém fosse reconhecê-la e de que passaria despercebida até o salão.

No entanto, as estrelas tinham outros planos.

— Arleta! Arleta! — gritaram duas vozes jovens em uníssono, e ela se virou para ver quem chamava.

À sua frente, estavam os faunos gêmeos, Rhegea e Ronorae, que ela e Theo haviam encontrado na estrada antes de chegar a Langheim. Eles puxavam o pai pelo braço, assim como uma senhora que Arleta ainda não conhecia.

Com um acenar amigável, ela sorriu.

— Esta é a nossa mãe! — anunciou Ronorae quando a família alcançou Arleta, Jez e Doli.

A fauna inclinou a cabeça com gentileza em um cumprimento educado.

— Sou Ginia, e eles não param de me contar a história de como você e o elfo os resgataram do acidente com a carroça.

Dreap se uniu à esposa.

— Eu principalmente — brincou, e Ginia lhe deu um soquinho de brincadeira no ombro. — Sério, quando as crianças ficaram sabendo que você estava na final, a gente soube que tinha que vir.

Arleta corou.

— Mesmo?

— Mas é claro — disse a fauna mãe. — Este é o evento mais empolgante das nossas vidas em um bom tempo.

— Estas são as minhas amigas da Batalha dos Aventais — apresentou Arleta, apontando para Doli e Jez. Então se inclinou na direção da família e sussurrou: — E cá entre nós, elas também fazem doces incríveis.

A anã estava com um sorriso de orelha a orelha, e Jez... era só Jez.

— Que prazer conhecer vocês. — Doli estendeu a mão para os gêmeos, que adoraram o gesto amigável.

Depois dos apertos de mão, Rhegea estendeu um pergaminho com a programação para Arleta, assim como um lápis carvão que tirara do bolso.

— Assina para mim?

Arleta aceitou graciosamente o lápis e pergaminho. Assinou seu nome debaixo de onde estava listada sua participação, com o carvão riscando suave a textura rugosa do pergaminho.

— Gratidão, gratidão! — disseram os dois, pulando para cima e para baixo em sintonia.

Dreap deu tapinhas no ombro de Arleta.

— Obrigado pela atenção. Agora vamos te deixar ir.

— *Ah, não!* — resmungaram os gêmeos.

— Vamos procurar o vendedor de balas — sugeriu a mãe, e toda careta virou sorriso.

Acenando suas despedidas, a família de faunos desapareceu em meio às fileiras de espectadores.

Com ares de puro deleite, Doli colocou as mãos nas bochechas e olhou para Arleta.

— Você tem admiradores.

Arleta deu uma risadinha, mas imediatamente viu duas silhuetas grandes e verdes.

— Verdreth, Ervash! — gritou sem nem pensar, acenando animada.

Os dois orcs cortaram com facilidade pela multidão, e Arleta correu para abraçá-los.

— Senti tanta saudade de vocês! — Ela jogou os braços ao redor da forma massiva de Ervash primeiro, então de Verdreth.

— Isso é novidade — disse Ervash, com uma pitada de brincadeira na voz profunda.

Arleta desgrudou deles.

— Estou tão feliz de ver vocês aqui.

Havia tantas coisas que ela queria contar, sobre as aventuras que tivera, os amigos que fizera, mas antes que pudesse colocar qualquer coisa para fora, um gongo soou, seguido pela chamada para que os espectadores se dirigissem a seus lugares.

Apressada, ela se virou para Doli e Jez que chegavam ao seu lado.

— Esses são os meus pais — apresentou. — Vocês podem se sentar com eles para assistir?

— O que... *o que* foi que você disse? — Verdreth mal conseguiu colocar as palavras para fora e a umidade cobriu seus olhos, enquanto puxava Ervash mais para perto.

— Vocês me ouviram. — Arleta os abraçou de novo. — Agora corram para pegar lugar antes que os melhores lotem.

Doli e Jez contornaram os dois orcs, que deram as mãos, e lhes mostraram o caminho até a arquibancada.

A anã se virou para Arleta, com os olhos brilhando confiantes.

— Você consegue!

Arleta sorriu, mas soprou o ar ruidosamente depois que elas partiram, nervosa. O espaço estava quase vazio, e ela caminhou até o salão de espera, onde um elfo estava de guarda.

— Eu sou Arleta Starstone. — Foi tudo o que ela precisou dizer. O guarda assentiu e abriu a porta.

Como esperado, quando ela entrou na área de espera, Taenya já estava lá. Mas em vez de meditar como fizera antes da primeira rodada, ela andava de um lado a outro, com gotículas de suor escorrendo pelas laterais do rosto. Debaixo do braço, tinha um caderno, não muito diferente do de Jez, com a capa de couro gasta pelo uso. Era a primeira vez que a elfa aparecia com ele.

Só de vê-la, Arleta sentiu dificuldade para respirar, como se o ar houvesse sido sugado para fora da sala.

— Achei que você tivesse ido embora. — A voz de Taenya cortou pelo vazio. Seu cabelo estava amarrado em um coque firme e prático, e ela vestia uma calça preta justa e blusa combinando.

Arleta fechou a porta atrás de si, com os dedos tremendo.

— Ahn, aquilo foi um mal-entendido.

— Bom, Shalina está brava. — Taenya parou subitamente de andar e se afundou em uma cadeira perto da parede. Depressa, tirou um lápis do bolso e abriu o caderno.

— Imagino. — Parte de Arleta queria cuspir a história toda, mas tinha certeza de que Taenya não se importaria, e mesmo que o fizesse, a natureza caótica da situação provavelmente a deixaria mais estressada do que já parecia estar.

— Você tem sorte de ela não ter te expulsado da competição.

Arleta engoliu a verdade. Tirou o relógio do bolso e olhou os ponteiros. A competição começaria em menos de meia hora. Os músculos de suas costas ficaram tensos com a ideia, tanta gente estaria assistindo cada um de seus movimentos.

Ela passou o dedo pelo vidro à frente do relógio, deslizando até o topo, então parou.

– Você sabe que não precisa fazer tudo o que esperam de você na vida, não é?

As palavras simplesmente escaparam de sua boca, tão espontâneas quanto sinceras. O olhar dela continuou transfixado nos ponteiros estalando do relógio, e sua voz preencheu a sala com o eco da própria incerteza.

Taenya bufou, sem tirar o foco do caderno.

– E o que você sabe sobre expectativas, humana? Nós, elfos, temos uma reputação a manter.

Arleta sentiu um aperto no coração.

– Eu sei que tenho que trabalhar duas vezes mais do que elfos, anões ou qualquer um com magia. Ninguém espera que eu faça isso.

A elfa ergueu os olhos de suas anotações, encarando-a com curiosidade.

– O lugar onde eu vivo, Adenashire... Morei lá a vida inteira, mas acho que não valorizei direito até vir para cá. É calmo a maior parte do tempo e, sim, eu adoraria abrir a padaria na esquina em que sempre sonhei. Compartilhar minha "pitadinha de magia" com mais gente.

– Sua o quê?

Arleta deu de ombros.

– É como eu chamo os pequenos acréscimos que coloco nas minhas receitas. O sal marinho em cima dos biscoitos de chocolate, ervas salgadas em sobremesas doces. – Ela não sabia, na verdade, por que estava contando todos os seus segredos a Taenya, mas talvez a elfa precisasse de alguém que fosse sincera com ela pelo menos uma vez.

– Uhm... – Foi tudo o que respondeu.

– Enfim, Adenashire está longe de ser perfeita, mas tem gente lá que torce pelo meu sucesso.

– Tipo aqueles dois orcs lá fora? – perguntou Taenya, com a voz traindo uma centelha de interesse.

A pergunta fez Arleta parar para pensar por um momento. Taenya estivera observando-a e as pessoas com quem ela interagia.

– É. Meus pais são incríveis. Antes desta semana, eu meio que nunca tinha admitido o quanto eles são maravilhosos. Às vezes são as pessoas que transformam um lugar em lar.

– Eu não tenho isso – admitiu Taenya, então cerrou os dentes como se quisesse retirar o que dissera.

– Talvez não tenha *ainda* – sugeriu Arleta, com um calorzinho gentil em suas palavras. – Eu achava a mesma coisa, mas estava bem na minha frente o tempo todo.

Taenya bufou e fechou o caderno com um gesto ágil.

– Não tente me manipular. Eu tenho uma vida que você nunca vai entender. Nós *não somos* nada parecidas.

Arleta ficou tensa.

– Eu não disse que somos.

Taenya bufou de novo e balançou a mão em um gesto de dispensa.

– Vamos só acabar logo com isso.

Assim que ela falou, a porta que levava à arena abriu, e Devdan apareceu. Sua expressão era totalmente neutra. O barulho da multidão aguardando pela final invadiu o salão com ele, rompendo o silêncio e a tensão entre as competidoras.

– Está na hora de vocês duas assumirem seus lugares – disse o elfo.

vinte e três

A arena havia se transformado em um glorioso espetáculo. As estações, reduzidas a somente duas e colocadas lado a lado com apenas alguns passos de distância entre si, pareciam impossivelmente longe. O espaço sempre fora grande assim?

Arleta apertou os olhos para as luzes de magia feérica que iluminavam o espaço e tentou ver os orcs e seus outros amigos na plateia, mas estava claro demais. Tudo o que ela conseguiu distinguir acima das silhuetas foram as fadas reluzentes que voavam empolgadas sobre a arquibancada, derramando algo que fazia o público vibrar animado. O número total de pessoas era assombroso, e um calafrio lhe percorreu a espinha, mas pensando em quantos havia visto nas áreas de espera e nos corredores, soube que deveria ter imaginado que seria assim. De vista, davam a impressão de serem milhares.

É possível que não fossem tantos, mas na mente dela parecia que sim. Ela abraçou a própria barriga pra acalmar toda a energia nervosa, mas o gesto só ampliou sua ansiedade crescente e provavelmente a fez parecer vulnerável, então desceu depressa as mãos para a lateral do corpo e endireitou as costas, em sua melhor tentativa de imitar a confiança de Taenya.

A elfa, com um sorriso estampado na cara, caminhava alguns passos adiante, e Arleta estava plenamente ciente de que sua expressão era um pouco polida demais para ser genuína. Estava com os braços no ar, passando a mesma sensação de autoconfiança que exibira naquele primeiro dia de competição. Essa não era a mesma pessoa que estivera com ela no salão de espera alguns momentos antes. Taenya tinha plena confiança em suas habilidades de confeiteira, mas em si, suas escolhas, sua vida? Arleta não tinha tanta certeza. Tudo o que havia visto indicava que a elfa era infeliz.

Talvez ela estivesse imaginando coisas, colocando demais de si mesma na experiência de Taenya, mas tudo em seu coração lhe dizia que estava certa.

E quanto ao futuro da elfa? Aquela competição havia sido sua identidade pelos últimos anos. Provavelmente, se ganhasse, ela seria convidada a se tornar jurada na edição seguinte. Mas pelo que havia dito no salão de espera, ela nem queria estar ali. Será que iria querer voltar por conta própria, ou por causa do irmão?

Arleta sentiu a tensão no pescoço. E se Taenya perdesse? Àquela altura, todo mundo na arena sabia que Arleta era amágica, o que aconteceria se uma elfa bicampeã perdesse para ela?

Isso era sequer possível?

Ela se chacoalhou para fora desses pensamentos. Não era da sua conta, muito menos no que ela deveria estar focando naquele momento.

O som da multidão lhe atingiu os ouvidos de novo. A elfa ainda estava com as mãos no ar, interagindo com a plateia.

Mas a torcida gritava o nome de *Arleta*.

Ela sentiu um peso no peito quando Taenya assumiu seu lugar. A elfa havia abaixado os braços e substituído o sorriso de palco com um olhar fulminante que foi logo mascarado.

Arleta engoliu em seco na própria estação, com a garganta subitamente tão seca quanto migalhas de pão duro, então sorriu e acenou de leve, forçado, para a audiência, enquanto a torcida continuava.

Por sorte, a música começou, e a atenção dela desviou-se de imediato para o pequeno grupo de músicos na lateral do palco e então para Naexi Miraven. Conforme a melodia crescia, a multidão foi enfim silenciando, e a apresentadora entrou na arena e pisou no pequeno palco redondo.

Os olhos de Arleta finalmente se ajustaram às luzes fortes, e ela conseguiu identificar os rostos familiares em meio à multidão: os orcs, Jez e Doli, e Theo havia se juntado a eles também. Ver o elfo lhe trouxe uma estranha sensação de nervoso e calma ao mesmo tempo. Doli ficou de pé no assento e acenou animada, parecendo encorajar Jez a acenar uma única vez, o que ela fez de cara fechada. Em forte contraste com seus amigos, e não muito longe deles, estava o irmão de Taenya, Vesstan. Mas em vez de focar a irmã, ele tinha o nariz enfiado em um pergaminho, com um aspecto de indiferença que sugeria ser algo muito mais importante do que o que a irmã estava fazendo.

Arleta voltou a olhar para os amigos, que se pareciam muito mais com uma família do que Vesstan jamais seria para Taenya.

Ela se forçou a voltar ao presente quando uma grande mesa de bolos foi deslizada pelas rodinhas para a frente da plateia, com fadas voando acima, criando pequenos fogos de artifício brilhantes como magia, ao passo que a multidão urrava e gritava.

A mesa estava cheia de bolos que pareciam ter saído do sonho de um confeiteiro. Frutas suculentas desciam em cascata, cobertura de chocolate e glacê fofinho adornavam tudo com decorações encantadoras que pareciam bonitas demais para serem comidas. Embora não tivesse escutado o anúncio, Arleta tinha certeza de que teria de fazer um bolo estonteante aquele dia.

Ela só manteve um sorriso duro no rosto e tentou se concentrar em Naexi, que usava um vestido longo com cupcakes bordados nas mangas largas. A elfa gesticulava para falar, então os cupcakes pareciam voar para todos os lados.

Depois que os jurados entraram na arena, sob uma trovoada de aplausos, Naexi revelou o desafio. Desta vez não haveria limite de ingredientes. Havia duas de cada opção. Aquela rodada seria sobre apresentar a melhor criação possível sem escassez de material algum. Não havia truques nem barreiras, exceto pelo limite de tempo, que parecia justo e suficiente até para as mais complicadas receitas.

Arleta sabia que Taenya era uma confeiteira de bolos mais do que competente. Sua receita especial na primeira rodada lhe rendera a nota mais alta dentre todos os competidores, e havia sido um bolo multicamadas decorado com uma floresta élfica. Uma pontada de dúvida surgiu na mente dela, questionando se a escolha de bolo para a última rodada havia sido intencional, mas afastou a suspeita. Ela também sabia como fazer um ótimo bolo, e com sua caixa e sua "pitadinha de magia" à disposição, ela teria uma grande chance de levar o prêmio.

Seus ombros se elevaram com orgulho. Algo havia mudado dentro dela.

Com a torcida da multidão, o sino soou para marcar o início da última rodada da Batalha dos Aventais.

Depressa, Arleta vasculhou sua caixa de ingredientes secretos e puxou um punhado aromático e perfeito de ramos de alecrim amarrados com linha. Ela o colocou de lado e fez um inventário mental rápido dos ingredientes para a base do bolo.

Sua mente se firmou em um plano.

Um bolo multicamadas de baunilha com cobertura de cream cheese e um generoso recheio de geleia de amoras-silvestres com alecrim. O topo poderia ser decorado com uma pilha alta de amoras-silvestres frescas e suculentas.

Era o bolo preferido do pai dela. Todo ano, sua mãe fazia o mesmo bolo (exceto pelo alecrim) para celebrar o aniversário de casamento deles. Arleta se lembrava com perfeição de estar em cima de uma cadeira, mexendo a cobertura no balcão da cozinha. Era preciso ter muita força no braço para conseguir o ponto certo e deixá-la fofinha, mas depois de certa idade, ela estava sempre determinada a acertar, apesar dos músculos queimando. Sentiu os braços formigarem com nostalgia e ansiedade.

Seus pais ficariam tão orgulhosos. Não só por ela ter chegado à final da Batalha dos Aventais de Langheim, mas também pela forma como a decisão de fazer a viagem a havia mudado de tantas maneiras diferentes. Seu coração se aqueceu, mas logo ficou frio como gelo ao ver Taenya passar apressada com o olhar firme e focado.

Arleta bloqueou a sensação desconfortável que sentiu no peito, assim como todo o resto que acontecia na arena. Ela foi até as despensas com um cesto para pegar os ingredientes.

Amoras-silvestres.

Cream cheese.

Com a respiração sob controle, ela pegou o melhor que pôde encontrar de cada coisa. Com o canto dos olhos, viu Taenya escolhendo maçãs vermelhas de um recipiente e colocando-as em seu cesto.

Mas Arleta não tinha tempo para pensar no que quer que Taenya estivesse fazendo. Se fosse para ganhar, tinha que se manter focada no que *ela* iria fazer.

No automático, pegou as travessas, os ingredientes e as panelas, e começou uma meticulosa dança consigo mesma. Aquele era um lugar para onde ia com frequência, mesmo na aconchegante cozinha de sua própria casa.

Cozinhar sempre foi seu porto seguro, tanto antes quanto depois da morte dos pais.

Mas principalmente depois.

O forno estava pré-aquecendo enquanto as frutas e o açúcar ferviam no fogão. Arleta misturou a massa com uma longa colher de pau em uma grande travessa à sua frente. Sentiu o puxão do líquido grosso e esperou pela quantidade perfeita de resistência, o que lhe dizia que estava pronto para ser despejado nas assadeiras untadas à espera.

Logo depois de colocar a massa do bolo no forno, ela voltou sua atenção para a geleia de amoras-silvestres, mexeu-a e tirou a panela do fogo para esfriar.

Uma fada homem apareceu imediatamente voando sobre sua cabeça.

— Precisa que esfrie?

Arleta mordeu o lábio por um segundo e mexeu o conteúdo da panela mais uma vez.

— Sim, por favor.

O homenzinho assentiu e fez sua magia, esfriando e engrossando a geleia em segundos. Antes de ir embora, ele voou um pouco mais perto e sussurrou:

— Você é a minha preferida este ano.

Com isso, e antes que Arleta pudesse agradecer, ele disparou para longe a caminho da plateia.

Arleta corou de leve, mas imediatamente renovou seu foco com a energia positiva e voltou a trabalhar. Seus dedos apertavam a colher de madeira enquanto batia o ar para dentro da cobertura macia. Cada movimento lhe dava mais ânimo, trazendo consigo um novo senso de determinação.

Antes que pudesse se dar conta, os bolos estavam fora do forno, esfriados pelas fadas e colocados na bandeja de servir com várias folhas de papel-manteiga embaixo para não sujar a louça.

Quando ela começou a montagem, Taenya chamou sua atenção. Ela parecia estar à frente, já dando os toques finais no que parecia um bolo de maçã caramelada que tomava forma sob suas mãos habilidosas.

Arleta sorriu e seguiu com o próprio trabalho de amor, posicionando cada camada, cobrindo com uma pincelada generosa de xarope de baunilha que fizera enquanto esperava os bolos assarem, então geleia fresca e enfim a cobertura fofinha de cream cheese. As etapas foram repetidas até o bolo ter várias camadas deliciosas e aromáticas.

Igual em casa. Exatamente como ela se lembrava.

As amoras-silvestres restantes decoraram o topo, misturadas com a quantidade perfeita de geleia para dar um brilho bonito.

Por fim, ela girou o bolo uma última vez, com aprovação, e tirou o papel debaixo.

Estava perfeito. *Exatamente* como ela queria que ficasse. Ganhando ou perdendo, o bolo era uma obra-prima de sabores e memórias, bem como ela se lembrava.

Era uma representação de sua jornada até ali, a evolução contínua de uma menininha que costumava subir na cadeira na cozinha da mãe para alcançar o balcão, e toda sua caminhada até se tornar a mulher que agora era uma das duas finalistas da Batalha dos Aventais de Langheim.

vinte e quatro

Os três jurados se aproximaram da mesa sobre a qual havia uma toalha e as duas impressionantes criações finais. Shalina não olhara para Arleta nem uma vez desde o início da avaliação deles.

Arleta tentou manter a atenção focada à frente e não nos amigos que torciam da plateia, mas não adiantava muito agora que não tinha mais a mão na massa para se distrair.

Jez estava inclinada para a frente com os cotovelos no joelho e as sobrancelhas grossas tão franzidas quanto *duas* saias plissadas. Doli estava de joelhos no assento, praticamente vibrando de emoção, enquanto os orcs tinham os braços musculosos um ao redor do outro, em um gesto de suporte.

E então, havia Theo.

Ele fora o encorajamento final para ela ir à Batalha dos Aventais. E mesmo que ele tivesse seus próprios motivos, ela tinha certeza de que ele acreditava em suas habilidades. E só de vê-lo ali seu coração se contorceu de maneira desconfortável, então ela desviou os olhos para o assento agora vago onde antes de a rodada começar estivera o irmão aparentemente distraído de Taenya, depois voltou a olhar para os amigos.

Com medo de pegar o nervosismo contagioso deles, Arleta focou depressa o chão em uma tentativa inútil de evitar que o estômago embrulhasse mais do que já estava embrulhado.

Os três jurados rodearam a mesa e pararam sobre o bolo de Taenya como abutres avaliando uma carcaça gordurosa. A apresentação de maçã caramelada do bolo estava fantástica. Exibia sete camadas, e fatias da fruta suculenta com casca vermelha formavam um círculo no topo, acompanhando a beirada. No centro, as rodelas mais finas possíveis formavam as pétalas de uma delicada rosa. Cobertura de caramelo escorria pelas laterais do bolo todo, de alguma forma perfeitamente posicionada.

Em silêncio, os três se inclinaram juntos e sussurraram algo que Arleta não conseguiu ouvir.

Um olhar de lado revelou que Taenya estava suando, e uma gotícula deslizou perto de sua orelha pontuda.

Gaia Thornage falou primeiro à elfa:

– Isto está realmente adorável, Taenya, e parece mesmo delicioso. Vamos provar agora.

A audiência ficou em silêncio conforme Thiggul avançava até a mesa com garfo e faca em mãos e os estendia para a criação de Taenya. O anão cortou a primeira fatia, seguida por mais duas, e as colocou nos pratos à espera dos jurados.

Cada um afundou o garfo nas fatias e, quase simultaneamente, deram a primeira mordida. De início, nenhum deles revelou suas emoções, e Arleta prendeu a respiração. Mas logo Thiggul ergueu o prato no ar como se fosse um troféu.

– Isto está *delicioso* – declarou, com um sorriso largo nos lábios. – O bolo está úmido, assado ao ponto perfeito. Achei que a cobertura de caramelo poderia deixar doce demais, só que não. Eu comeria duas fatias de uma vez deste bolo perfeitamente balanceado, Taenya.

Os ombros de Taenya relaxaram quando, um instante antes, estavam quase na altura das orelhas. Mas ainda restavam dois jurados.

Gaia bateu o garfo na lateral do prato.

– Não tenho como concordar mais. O sabor está divino, melhor impossível.

Taenya inspirou profundamente e soltou o ar depressa.

– Obrigada.

É claro que Shalina era a última a falar, e Arleta não conseguia deixar de indagar se, depois de tudo o que havia acontecido, o bolo de Taenya sempre pareceria melhor para a jurada-chefe não importa o que Arleta criasse.

Ela provou também uma garfada da maçã pura, então finalmente colocou o garfo no prato.

— Eu serviria isto com orgulho em qualquer evento que organizasse. Este bolo não é nada menos do que uma obra-prima.

Taenya assentiu e mordeu o lábio. Um sorriso de leve curvou os cantos de sua boca e suas mãos tremeram conforme parecia processar o elogio. Ficou óbvio para Arleta que, embora a elfa não quisesse estar na Batalha dos Aventais e nem lidar com todo o estresse envolvido, ela estava orgulhosa de seu trabalho.

Taenya espiou de relance a plateia, e Arleta acompanhou seu olhar até o lugar vazio do irmão dela. Sentiu um aperto no coração.

— A seguir, temos o bolo de geleia de amoras-silvestres feito por Arleta Starstone — anunciou Thiggul, chamando a atenção de Arleta de volta para o próprio julgamento.

Alguns gritinhos de torcida soaram do público, e ela arregalou os olhos e se virou na direção do som. Era dos faunos gêmeos, que balançavam bandeiras com cupcakes dourados. A mãe deles se apressou a aquietá-los, mas eles continuaram balançando as bandeiras.

Gaia deu uma risadinha e levantou a mão na direção dos faunos.

— Eu também acho que parece delicioso, pequeninos.

Isso desencadeou uma onda de risadas da plateia antes do olhar de ave de Gaia se suavizar e voltar ao bolo.

Arleta sentia os joelhos tremerem debaixo da saia enquanto Gaia fatiava e distribuía o bolo. Mas quando o griffino ou griffina o fez, ela admirou as fatias perfeitas com uma pontada de encanto.

O resultado havia ficado exatamente como Arleta queria. Multicamadas com glacê branco, imaculado contra o roxo vivo do recheio de amoras-silvestres. A cobertura cremosa era macia, saborosa e não muito doce, em equilíbrio perfeito com a fruta e a baunilha da massa. No topo estava uma pilha cuidadosamente arranjada de amoras gigantes cobertas por uma fina camada de geleia e um galinho de menta para decorar.

Os jurados provaram o bolo pelo que pareceu uma eternidade, o que deu tempo para Arleta sentir as mãos melarem de suor.

Àquela altura, cada um dos jurados disse algo, mas ela só escutou algumas palavras. Havia definitivamente coisas boas no meio: *cremoso, equilíbrio perfeito, delicioso, fresco, com sabor de primavera.* Até Shalina tinha coisas positivas a dizer antes de recuar e anunciar que eles se reuniriam em particular para tomar a decisão final.

Sob o silêncio da multidão inerte, Arleta e Taenya se afastaram ao mesmo tempo, como se a intensidade do momento exigisse um recuo mútuo de solidariedade.

Minutos se passaram como horas, e Arleta enfim olhou para a adversária, só para encontrar os olhos de Taenya já fixos nela, aparentemente cheios de perguntas silenciosas.

— Você merece — disse Arleta.

Taenya estreitou os olhos.

— Eu mereço o quê?

— Ter a vida que você quiser, um lugar para chamar de lar — confessou Arleta, então depressa voltou a atenção para os jurados que já voltavam.

— Competidoras, por gentileza, deem um passo à frente — anunciou Shalina. — Decidimos a nossa vencedora.

Arleta e Taenya se aproximaram deles.

— Esta não foi uma decisão fácil — continuou Shalina, enquanto a plateia escutava atenta a cada palavra —, já que tanto Taenya Carralei quanto Arleta Starstone têm algumas das mais incríveis habilidades culinárias que estes jurados já viram. Mas hoje, uma criação se sobressaiu à outra. — De sua maneira tipicamente dramática, ela deixou o suspense pairar no ar por um instante. — A vencedora deste ano, no centésimo aniversário da Batalha dos Aventais de Langheim, é... Taenya Carralei, tri-campeã!

Os olhos da elfa ficaram tão grandes quanto o bolo que ela acabara de assar, e ela foi até os jurados apertar suas mãos.

A multidão explodiu em aplausos, mas provavelmente havia alguns espectadores um tanto descontentes ali no meio.

Arleta engoliu em seco, então se retirou para o lado. Ela também notou que seus joelhos haviam parado de tremer.

A Batalha estava terminada. Arleta Starstone *não* havia vencido.

E a verdade é que ela quase nem se sentia desapontada com isso.

Alguns minutos depois, os competidores eliminados que estavam na arquibancada foram convidados a descer para a arena e provar os dois bolos. Não demorou muito para que Doli e Jez estivessem ao lado de Arleta.

— Você está bem? — Doli apertou a mão dela enquanto Jez ficava um pouco para trás, com a cara mais fechada do que o normal.

— Estou perfeitamente bem — garantiu-lhe Arleta, puxando as amigas para um abraço caloroso.

Jez lhe deu tapinhas no ombro, mas encarou com estranheza.

— Vou buscar bolo pra gente.

Antes que elas pudessem falar qualquer coisa, a fennex já tinha ido embora e estava na fila.

— Bom, sem chances de o bolo dela estar melhor do que o seu — bufou Doli, com evidente indignação.

Arleta colocou o braço ao redor dos ombros fortes da anã e deu uma risadinha.

— Amo o quanto você é parcial.

Doli desatou a chorar, pegou a amiga pela cintura e abraçou forte. Quando terminou, Jez estava de volta e lhes entregou os pratos para provarem.

A anã olhou para o bolo e secou as lágrimas.

Arleta foi a primeira a dar uma garfada no bolo de maçã caramelada. Estava realmente incrível, como alegria em um dia de outono envolta por um cobertor de caramelo ensopado pelo sol.

Doli, sempre leal, empurrou o bolo de Taenya para o lado e se recusou a prová-lo. Em vez disso, deu uma garfada no de geleia de amoras-silvestres.

– Tá 'uito 'om – disse, de boca cheia.

– Eu sei. – Arleta abriu um sorriso bem largo. – Sou uma ótima confeiteira. Segundo lugar.

Doli bufou e mastigou o restante enquanto Arleta olhava ao redor para encontrar Taenya. Embora muitas pessoas parecessem lhe dar os parabéns, seu irmão estava claramente ausente, e a elfa não tinha nenhum amigo na competição.

Mas antes que Arleta pudesse pensar mais no assunto, notou que Jez havia escapulido para a sua estação. Com o prato ainda em mãos, ela examinou os ingredientes restantes e as travessas que aguardavam para ser lavadas.

Em um gesto inesperadamente brusco, Jez largou o prato ali e andou em linha reta até Arleta e Doli.

– O que foi? – perguntou a anã assim que ela chegou.

– Preciso conversar com a Arleta – anunciou Jez, com a voz séria. – Em particular.

– Sobre o quê? – questionou Doli.

Mas Jez já a estava puxando para longe, e a pergunta da anã ficou sem resposta.

– Que tal você levar um pouco de bolo para os orcs e Theo? – gritou Arleta antes de Jez arrancá-la da celebração e empurrá-la para a privacidade do corredor.

A mudança na atmosfera fez os ouvidos dela zumbirem.

– O que aconteceu? – perguntou, e sua voz ecoou no corredor.

– Você fez isso *de propósito!* – sibilou Jez, inclinando-se para perto sem soltar os dedos apertados do braço dela.

O estômago de Arleta deu uma guinada com essas palavras, temendo o pior, que Jez suspeitasse dos seus motivos.

– O que eu fiz? – Ela tentou fingir inocência, mas era uma defesa fraca contra a investida feroz de Jez.

A fennex estreitou os olhos e mostrou as presas.

– Deixou a Taenya ganhar, foi isso o que você fez!

Arleta enfiou as mãos nos bolsos.

– Não sei do que você está falando.

As narinas de Jez inflaram e seu rabo chicoteou agitado.

— Eu provei o seu bolo. Você não usou o alecrim na geleia. Estava bem ali na sua estação, e nenhuma folhinha foi usada. Você estava com o ramo na mão, eu vi. Era seu ingrediente "mágico", e você *não usou!*

A acusação deixou Arleta em silêncio. A verdade é que ela *tinha mesmo* deixado de usar a erva de propósito. Nem tentaria convencer Jez do contrário. Quando decidiu não usar o alecrim, não sabia se realmente a faria perder, mas sabia que a escolha de usar ervas, ou de misturar doce com salgado, como o sal nos biscoitos, tornava suas receitas únicas.

Então havia sido um risco, mas ela não imaginara que alguém perceberia.

— Depois de tudo o que aconteceu esta semana, Arleta... — disse Jez, com o rabo ainda balançando de irritação com a amiga. — Você simplesmente recuou e deu o prêmio de bandeja para ela, sendo que podia ter ganhado!

A última palavra ricocheteou pelo corredor.

Arleta engoliu em seco sob o peso da bronca de Jez. No passado, isso teria acabado com ela, mas conseguiu se recompor e olhá-la nos olhos.

— Era assim que o bolo deveria ser, do jeito que a minha mãe fazia. Foi a escolha certa. — Ela fez uma pausa por um segundo, ainda encarando a amiga. — E eu ganhei *sim.*

A fennex franziu a testa, confusa, e deu um passo para trás, batucando as botas de couro contra o piso de pedras.

— Você está se sentindo bem? O forno estava quente demais? Porque você definitivamente *não* ganhou.

— *Ganhei* — insistiu Arleta, convicta. — Eu vou voltar para Adenashire com uma perspectiva completamente diferente da vida. — Lágrimas arderam nos cantos dos olhos dela. — Eu não cheguei ao destino ainda, mas estou em uma jornada de descobrir quem sou, saber que eu importo só por ser... eu. Tem gente na minha vida que não liga para o fato de eu não ter magia. Que se importa comigo. Quer que eu tenha sucesso. — Ela olhou para a amiga. — Pessoas como você.

A expressão de Jez suavizou com a compreensão súbita.

— E ao contrário do que parece, a Taenya não tem ninguém — continuou Arleta. — Verdade seja dita, ela e eu estamos no mesmo nível na cozinha. Não vou negar isso. Talvez eu tenha deixado o alecrim de fora de propósito, para abrir mão de certa vantagem nesta rodada, mas não me arrependo. — Arleta cerrou os punhos de leve. — E ganhar, depois me gabar na cara dela que eu tenho todos vocês *e* o título? Não. Então estou feliz por ela ter ganhado. Ela não é a elfa horrível que todos pensam. Também tem sentimentos.

— E no processo, você abriu mão do dinheiro do prêmio — disse Jez, com o rabo felpudo agora caído, arrastando no chão. — Como vai conseguir a sua padaria? Está de volta onde começou.

— Não. — Arleta deu de ombros, com a esperança repuxando o canto dos lábios. — Meu sonho vai dar certo. Não agora, mas um dia. E se não der, outra coisa vai dar. Eu já tenho todos vocês e, por hora, é suficiente.

As duas ficaram paradas ali, olhando uma para a outra pelo que pareceu uma hora para Arleta, até Jez esticar os braços e puxá-la para um raro abraço.

— Por mais frustrante que seja, eu estou definitivamente me acostumando com o quanto você é irritante.

Arleta a apertou de volta.

— Digo o mesmo.

Passos pesados soaram atrás delas.

— *Achei* vocês — disse Verdreth, e as duas se soltaram e olharam para ele. — Nós estamos indo para a casa do Theo para comemorar.

Theo. Estava aí um assunto no qual Arleta não se sentia nem de perto tão confiante.

Deixando para trás a festa no palácio, o grupo se encontrou na cabana de Theo, onde estavam sentados a uma longa mesa de madeira rústica ao lado de seu jardim. Sobre ela, havia um banquete de carnes curadas e vegetais e frutas frescas de sua horta. O cheiro subia pelo ar em uma mistura de temperos e terra. Luzes mágicas piscavam e tornavam o lugar tão encantador quanto qualquer baile no castelo.

Theo, Ervash, Verdreth, Doli e Jez estavam sentados rindo e conversando entretidos enquanto Arleta e Faylin estavam no jardim.

O lince estava deitado no mesmo banco em que Arleta e Theo haviam se sentado aquela outra noite. De vez em quando, os tufos de suas orelhas vibravam incomodados quando a risada soava alta demais. Ele parecia querer participar da festa, mas à distância.

Em vez de se sentar com o grupo, Arleta caminhou pelas fileiras de plantas com uma bebida na mão. Ela ainda não se arrependia de ter deixado o alecrim de fora da geleia. Dito isso, já estava na segunda taça de vinho para anestesiar o fato de que aquela seria sua última noite em Langheim.

Jez havia prometido não contar o que ela fizera, e Doli se deixou levar pela empolgação e se esqueceu de perguntar o que a fennex queria.

A voz rouca de Faylin soou:

— Você parece diferente da última vez em que esteve aqui.

Arleta se virou e encontrou o lince da floresta logo atrás de si. Levou um susto.

— Desculpa — disse ele, com os olhos azuis refletindo uma pitada de remorso sob a luz. — Eu esqueço que nem todo mundo está acostumado com a minha aproximação silenciosa. Theodmon também levou um tempo para se acostumar.

Arleta relaxou e esticou a mão para um cacho de tomatinhos em miniatura logo ao lado.

— Diferente como?

— Uhm... — O lince pensou por um momento, com um ronronado subindo a garganta enquanto esticava as garras na terra, depois as retraía. — Alguns dos seus cheiros estão mais relaxados, enquanto outros são um amontoado de nós.

Arleta deu uma risadinha.

— Parece certo.

— Você não quer ser a parceira de Theodmon? — O gato era tão direto quanto uma rajada gelada de vento, e Theo tinha razão ao dizer que felinos não mediam palavras... pelo menos não esse.

Ela sentiu as bochechas queimarem imediatamente.

— Ele te contou?

— Não em tantas palavras — respondeu o lince, com os olhos semicerrados. — É só que eu conheço Theodmon há muito tempo, e esse elfo estava procurando a Destinada desde aquela época. Nossa conexão é forte, então eu senti a mudança nele aquela noite em que te trouxe aqui.

— Eu não sou a Destinada dele, Faylin — rebateu Arleta com uma risadinha de nervoso.

O lince se sentou com o rabo chicoteando a terra atrás de si.

— Ele acredita que você seja.

Arleta deu um gole no vinho, e as nuances frutadas dançaram em sua língua.

— Bom, ele está errado, e não é só questão de escolha. Eu com certeza não consigo só fingir. — Ela olhou para o céu lá em cima, sem querer encará-lo para evitar que ele descobrisse que a desculpa talvez fosse só para convencer a si mesma. — Tem que estar escrito nas estrelas ou coisa do tipo.

— Se você diz... — O gato se levantou. — Tem todo o direito de fazer as próprias escolhas. Embora talvez esteja deixando o medo do desconhecido guiar seu caminho em vez de simplesmente confiar que o amor não depende das estrelas. — Faylin se virou e saiu trotando sem uma resposta dela. — Eu ainda gosto de você — disse ao pular de volta no banco e se deitar para o que parecia outro cochilo. — Mesmo que seja teimosa como uma porta.

Arleta piscou, com os pensamentos fragmentados até recuperar os sentidos.

Ela havia mudado. Se Theo era mesmo seu Destinado, ela saberia. Não teria essas dúvidas.

Teria?

Quando a risada musical de Doli atingiu seus ouvidos, ela se virou para a mesa cheia de seus amigos.

— Você tem uma livraria? — soou a voz animada da anã, direcionada a Verdreth. — Que incrível! Eu adoraria conhecer!

À ponta da mesa, Theo estava sentado com um sorriso de leve no rosto, engajado na conversa. Arleta não conseguiu suprimir a vontade de voltar ao grupo.

Ela olhou brevemente para o felino descansando.

E se fosse verdade que aceitar ser a Destinada do elfo simplesmente se resumisse ao seu desejo de dizer sim?

vinte e cinco

No dia seguinte, os planos estavam feitos. Depois de várias garrafas de vinho, eles decidiram que Doli voltaria às Cordilheiras Dundes para pegar suas coisas e dizer à família que embarcaria em uma nova aventura: mudar-se para Adenashire. Antes que Arleta tivesse a chance de mencionar que poderia ser uma decisão precipitada, os orcs já haviam concordado em alugar um quarto para ela no andar de cima da aconchegante livraria de Verdreth. A anã, embora sem saber bem o que faria em Adenashire, estava determinada a descobrir. E, sendo sincera, Arleta estava feliz de tê-la por perto por mais tempo, não importa quanto. Jez ainda continuava indecisa acerca do que fazer a seguir, mas estava considerando ir com Doli só para descobrir o que podia acontecer.

Verdreth e Ervash queriam passar mais alguns dias de férias em Langheim, e já que Theo precisava buscar a carroça na Dois Unicórnios, ofereceu-se para levar Arleta todo o caminho de volta até Adenashire. Além disso, fez a generosidade de deixar os orcs ficarem em sua cabana – com a permissão de Faylin, é claro.

Antes de deixar o castelo, com as palavras do lince pesando na cabeça, Arleta foi até a biblioteca da qual Doli havia falado. A porta estava aberta, e lá dentro ela encontrou fileiras e mais fileiras de livros no espaço amplo. O teto alto estava iluminado pela luz quente da manhã que entrava por enormes janelas salientes no canto da sala.

– Posso ajudar? – perguntou uma elfa de calça de veludo e blusa justa de seda ao dar a volta em uma prateleira de livros com a identificação CRIATURAS DAS TERRAS DO NORTE.

Arleta estremeceu. Tivera esperanças de entrar e sair sem ser vista.

– Hum – Ela sorriu desconfortável enquanto a elfa esperava uma resposta. – Eu estou para ir embora e percebi que não me informei sobre o estilo de vida élfico.

A bibliotecária apontou para a direita.

– Tem uma seção inteira sobre cultura élfica bem ali. Você pode consultar o que quiser, mas não tem permissão para pegar nada emprestado.

Arleta assentiu.

– Obrigada.

Ela havia pensado em perguntar especificamente sobre o conceito de destinados, mas não conseguiu forçar a boca a formar as palavras. E mesmo que tivesse conseguido, a elfa desapareceu tão rápido quanto havia surgido, deixando-a sozinha com os livros de novo.

Ciente de que não tinha muito tempo antes da hora de partir, ela andou até a seção e correu os olhos pelos títulos gravados nas lombadas dos livros. Finalmente, um chamou sua atenção: *Elfos e seus Destinados*.

O estômago dela deu uma guinada ao encontrar o volume, e ela estendeu a mão para pegá-lo. Depressa, abriu o índice e leu os títulos dos capítulos. As Estrelas e seu Papel no Destino... História da Destinação... Ela estava procurando por algo que pudesse rapidamente provar que, de fato, um elfo poderia ser destinado a alguém que não fosse elfo.

No final da lista, encontrou o que buscava.

Destinados e suas Anomalias.

Ela folheou depressa até o capítulo e correu os olhos pelo texto. Logo encontrou o que buscava.

É extremamente raro que a dádiva de ser um Destinado seja dada a alguém de fora do povo élfico. Há só três possíveis casos registrados na história dos elfos da floresta.

Possíveis casos.

Ao final do parágrafo, havia uma referência para o final do livro, à qual Arleta folheou depressa para consultar.

– Theo está procurando você – disse Jez atrás dela, e Arleta fechou o livro com um baque rápido.

– Ah, claro. Estou pronta. – Ela enfiou o livro de volta no lugar vazio da prateleira e se virou para a fennex.

– Tem certeza de que está? – questionou Jez, erguendo uma sobrancelha.

– Sim. – Ela correu para o lado da amiga a fim de ir buscar suas coisas e se despedir de Doli.

Com Theo e Arleta juntos nas costas de Nimbus, a viagem havia sido quieta. Ela não sabia muito bem o que falar para ele, mesmo que a informação no livro *meio que* confirmasse que havia uma *possibilidade* de eles serem de fato destinados, embora as chances fossem incrivelmente baixas. Não importa o quanto ela desejasse estar com ele, podia acabar se machucando no final.

Sabia disso e sabia que não deveria ter ido à biblioteca. Aquela palavra, *possível*, apenas tornara seus pensamentos ainda mais nebulosos.

Nimbus andava mais devagar do que o normal, como se sentisse o peso das escolhas de Arleta.

– Imagino que você esteja planejando ir embora assim que me deixar em casa? – perguntou ela.

Theo demorou um pouco para responder.

– Eu pensei em ficar um tempo na cidade. Na estalagem. Faylin concordou que eu passe um tempo longe, e tem uma pessoa que pode cuidar das minhas plantas.

O estômago de Arleta deu uma guinada.

— A não ser que você não queira que eu fique — acrescentou Theo, e suas palavras pairaram no ar.

— Não, imagina — disse Arleta, com a voz suave. — A Doli vai vir semana que vem, e talvez a Jez também. Outro rosto familiar vai fazer bem para elas. Quem sabe você possa até me dar uma mãozinha no mercado de novo. — Ela riu, mas sabia que o mercado também significava ter de lidar com o Sr. Figlet.

— Eu adoraria.

As palavras dele aqueceram o coração dela mais do que gostaria de admitir.

Eles cavalgaram por mais alguns quilômetros antes de Arleta falar de novo:

— Não posso te prometer nada além de amizade, Theo. — O desejo era que fosse mais, só que... cruzar essa linha? Arleta não estava pronta.

— Eu sei — respondeu ele depressa. — Eu aceito isso.

As horas se passaram, a distância se mesclava sob os cascos firmes porém aparentemente vagarosos de Nimbus. Quando chegaram à hospedaria, de alguma forma já havia passado há muito da hora do jantar, e as estrelas brilhavam no céu. Arleta sentia as pálpebras pesadas e tremeu quando o ar da noite soprou rajadas frias contra sua pele. Ela começou a perceber o quanto a última semana lhe exigira tanto física quanto emocionalmente. E, se fosse para ser honesta consigo mesma, ainda sentia os efeitos do excesso de vinho da noite anterior.

— Estou exausta, e está esfriando. Por que a gente não passa a noite aqui já que não temos pressa para voltar para casa? — sugeriu. — Podemos ficar no quarto coletivo de novo. Com sorte, vai estar mais silencioso desta vez, sem a tempestade.

Theo concordou, e os dois desmontaram. Antes de entrarem, o elfo levou Nimbus para passar a noite no celeiro.

Mas quando passaram pela porta, a hospedaria não estava silenciosa. Na verdade, era possível que estivesse até mais lotada do que da primeira vez.

Os dois foram até o balcão de check-in, onde o mesmo anão aguardava. Logo, Theo o lembrou da carroça e pagou pelo restante do armazenamento.

– E nós queremos ficar no quarto coletivo de novo esta noite – acrescentou o elfo quando a negociação estava feita.

Com um balançar pesaroso da cabeça, a voz do estalajadeiro soou acima do clamor familiar do salão:

– Sinto muito, senhor. Lembro que vocês ficaram com os castores no quarto coletivo da última vez, mas hoje não tenho como acomodá-los a não ser que aceitem o último quarto individual. Como podem ver – ele mostrou os clientes festeiros com um gesto da mão aberta –, estamos cheios hoje por causa das pessoas que estão voltando da Batalha dos Aventais.

A cena toda parecia tanto com um déjà-vu, mas mesmo assim era completamente diferente.

Arleta sentiu o estômago revirar. A verdade é que não se importava de passar a noite no mesmo quarto que Theo – até *queria* isso –, mas os dois não poderiam ser mais do que amigos. Apesar do que ele lhe dissera, ela sabia no fundo do coração que ele tinha uma verdadeira Destinada esperando em algum lugar lá fora, e recusava-se a tirar isso dele. O elfo estava enganado quando achou que era ela.

Por mais que Arleta quisesse que fosse verdade, sabia que não era possível. Não podia arriscar a dor de perdê-lo completamente se um dia ele encontrasse a real Destinada.

Theo cerrou a mandíbula e encarou o anão por alguns instantes a mais do que seria confortável.

– Eu posso ficar no estábulo com o meu cavalo, e... – Olhou para Arleta, com a testa levemente franzida. – A dama fica com a privacidade e a proteção do quarto.

– A escolha é d'ocês – resmungou o anão, e colocou a chave do quarto na palma aberta de Theo.

– A gente não precisa ficar – comentou Arleta.

Theo se virou para ela e lhe estendeu a chave de latão.

– Não tem por que viajar à noite. Vejo você amanhã.

Arleta prendeu a respiração e não pegou a chave. A culpa corroeu seu estômago só de pensar em deixar Theo dormir no celeiro. Ela não podia ficar com o quarto só para si.

Contrariando sua apreensão crescente, ela pegou o braço dele e, apesar da razão insistir no contrário, falou:

– Você deveria ficar no quarto também. Está frio lá fora. – Antes que ele pudesse responder, Arleta se virou para o anão: – Um quarto, mas duas camas, certo?

O estalajadeiro balançou a cabeça, e pode ser, ou não, que um sorrisinho entretido tenha cruzado seus lábios.

– Não. Uma cama.

Ela sentiu uma pontada no estômago. Tudo o que queria era dividir uma cama, e mais, com Theo, e não é como se ele parecesse se importar. O elfo havia até pensado que eram destinados.

Arleta engoliu em seco e falou para ele:

– Somos dois adultos. A gente faz dar certo.

Depois de alguns momentos, Theo e Arleta subiram a escada capenga de madeira da hospedaria. Cada passo rangia e fazia o cheiro mofado de cedro velho e poeira subir até o nariz dela. Foi a primeira a chegar à porta e colocar a chave de metal na fechadura, então girar. Quando a porta barulhenta abriu, à frente deles estava uma cama iluminada pelas arandelas do corredor.

Uma cama pequena, e não muito mais.

Nem mesmo uma janela.

Os olhos dela se arregalaram com o que viram, mas ela não deixou o estômago revirado impedi-la de dar os passos necessários para dentro do quarto.

– Que aconchegante – brincou, para suavizar o humor, mais para si do que para Theo.

Ele esfregou os dedos uns nos outros. Delicadas centelhas de magia verde e dourada apareceram em suas palmas, lançando a mais leve e etérea luz pelo cômodo.

Arleta foi para a esquerda, e Theo para a direta ao redor da cama pavorosa e até uma lamparina pendurada na parede.

A faísca de magia acendeu o pavio e, depois de reenganchada no lugar, a vela banhou o quarto com um brilho calmo. Quando ele fechou a porta, Arleta soltou a bolsa no chão e se jogou na cama.

— Pelo menos tem uma cadeira — disse Theo, ainda do lado direito.

Ela levantou a cabeça. Havia, de fato, uma cadeira no canto do quarto. Uma cadeira velha, de madeira e *muito desconfortável.*

— Durmo ali — continuou ele, e colocou a mala ao lado do assento. — É só uma noite.

— *Você* pagou pelo quarto. — Arleta se levantou, apoiada nos cotovelos, e o olhou nos olhos. — Isso significa que você fica com a cama.

Logo depois de ela perceber que já havia se acomodado ali, suas bochechas queimaram de vergonha.

Theo olhou para ela.

— Não. — E com isso, se jogou na cadeira. A madeira rangeu em protesto.

— Esse negócio é tão velho que provavelmente vai desmoronar no meio da noite — argumentou ela. — Podemos dormir os dois na cama. Não tem problema.

— Não sei se é a melhor opção — rebateu Theo, agarrando os braços da cadeira como se sua vida dependesse disso.

— Tem bastante espaço. — Arleta espiou o vão que sobrara ao seu lado. — E somos adultos, vestidos, que devem conseguir dar conta de dormir uma noite na mesma cama.

Devem era a palavra-chave.

Mas soava razoável o bastante, mesmo que não fossem as palavras que o corpo dela quisesse dizer. Encolheu-se no topo da cama, empurrou as cobertas e deslizou para baixo delas. Quando estava confortável, Arleta jogou o cobertor para o lado dele e deu tapinhas no colchão.

Theo grunhiu e se levantou da cadeira, que também grunhiu.

— Tem certeza?

— Tenho — respondeu Arleta, firme.

Com isso, ele puxou a coberta e se enfiou debaixo, com cada movimento parecendo, e de certa forma desapontadoramente, calculado para não se aproximar demais. Antes de se acomodar por completo, Theo se inclinou para a frente e soprou para apagar a lamparina.

E o quarto ficou escuro, exceto pelo pequeno filete de luz que espiava por debaixo da porta.

Arleta ficou deitada de costas com o calor do corpo de Theo rastejando para perto do seu. O cheiro dele, de alguma forma, era uma mistura de cedro com baunilha aquele dia, e acomodou-se no fundo do nariz dela. Arleta pigarreou e virou para o outro lado. A respiração dela foi ficando cada vez mais lenta e, apesar de tudo, caiu no sono.

Naquele outro mundo, seus sonhos a embalaram e levaram direto para um lugar onde já estivera antes. O ar lhe entalou na garganta ao perceber que estava usando um vestido florido cor-de-rosa. Suas palmas subiram e desceram pelas coxas, sentindo o veludo macio. Ela nunca havia tocado algo tão luxuoso na vida. No alto, o crepúsculo dominava o céu, mas a Pequeno Camundongo já brilhava forte. Assim como fizera no jardim de Theo, Arleta traçou com o dedo uma linha invisível pelas três estrelas que formavam o rabo.

Quando seu dedo chegou ao final, haviam levado seus olhos até o arco de louros.

E debaixo das folhagens, estava Theo.

Esperando.

Arleta piscou e abriu os olhos, deitada na cama macia e aconchegante. Por um segundo inteiro, não teve uma preocupação no mundo, como se tudo fosse subitamente mais gentil, confortável, e certo.

Até que percebeu onde estava e o que estava fazendo, e o mundo real revirou e escavou sua mente.

Em algum momento no meio da noite, ela havia rolado totalmente para o lado de Theo da cama, o que custou muito esforço de sua parte, já que o elfo estava quase caindo da beirada, provavelmente para não invadir o espaço dela de madrugada.

Horrorizada, ela descobriu que estava praticamente de conchinha com ele, com o braço jogado despreocupado sobre seu peitoral. A respiração do elfo fluía ritmada no sono, nem um pouco incomodado.

Arleta lhe dissera que não tinha problema dividirem a cama. Mas jamais imaginaria que acabaria do lado dele em uma posição tão comprometedora.

O que havia feito enquanto dormia?

E de repente, seu sonho com Theo lhe atingiu, como se seu corpo quisesse todos os "sim".

– Foi só um sonho. Só isso – murmurou baixinho.

Ela se enrijeceu e delicadamente tirou o braço do emaranhado caloroso deles, então rolou devagar para o próprio lado da cama, sem, por um milagre, acordar o elfo adormecido.

Assim que ela estava na metade da fuga, ele se revirou, bocejou e espreguiçou. E deu zero indícios de estar ciente de que um segundo atrás Arleta estava praticamente em cima dele.

– Essa foi a melhor noite de sono que eu tive em um bom tempo. – A voz dele estava arrastada de moleza ao se sentar.

O quarto continuava um pouco escuro pela falta de janelas, a única luz entrava pelo grande vão debaixo da porta. Arleta ficou aliviada com isso, já que suas orelhas e peito queimavam e estavam provavelmente vermelhos.

– Uhum – murmurou, já do lado mais distante da cama, sentada e com as pernas penduradas sobre o chão. Num gesto breve, olhou para o elfo e engoliu em seco. A pouca luz ainda era suficiente para marcar o formato esculpido de seu peitoral claramente visível sob a camisa fina de linho, e o contorno de seu rosto bem definido.

Apressada, ela afastou o olhar faminto daquelas coisas fora dos limites e agarrou sua bolsa para voltar a Adenashire o quanto antes.

– Melhor a gente ir. – Foi tudo o que conseguiu dizer, e ele assentiu.

Mas tirar Theo de sua cabeça se provou uma missão muito mais difícil do que Arleta esperava.

vinte e seis

Duas semanas haviam se passado desde que Theo e Arleta voltaram a Adenashire quando receberam uma carta anunciando que Jez e Doli chegariam logo à cidade.

E ficariam por tempo indeterminado.

As duas confirmaram que queriam viver algo novo, e, como Verdreth prometera, o apartamento de dois quartos no andar de cima de sua livraria estava disponível. Nos dias anteriores à chegada delas, Arleta e Theo se certificaram de preparar o lugar para recebê-las.

Flores e ervas recém-colhidas foram colocadas nas mesinhas de cabeceira, e um prato de biscoitos e doces que Arleta assara na noite anterior – e até o amanhecer – esperava na pequena cozinha compartilhada. Com as pratas extras que estava ganhando no mercado agora, já que a notícia da vitória em segundo lugar estava se espalhando, além de um extra pelo charme élfico de Theo, ela conseguiu tirar vários dias de folga das vendas só para encontrar as amigas na estrada antes de chegarem ao vilarejo.

O mercado podia esperar alguns dias.

Arleta mal conseguia manter os pés parados antes de sair da cabana para se encontrar com Theo aquele dia. No caminho, o sol do meio da tarde estava forte sobre sua cabeça, mas uma brisa fresca soprava e refrescava seu corpo enquanto ela andava. Seu coração parecia um passarinho agitado com uma mistura de ansiedade e nervoso, mas não era só da empolgação de ver Jez e Doli. Era também pela presença firme e constante de Theo ao seu lado.

Desde que voltaram, eles haviam estabelecido uma rotina encantadora. Todos os dias, antes de o mercado abrir, Theo chegava à porta de Arleta e a ajudava a levar os itens que fizera para vender. O Sr. Figlet havia há muito percebido que o elfo era *só* assistente dela, então o preço da barraca havia subido um pouco das três pratas pedidas de Theo, mas só para quatro. A desculpa dele era que a primeira vez havia sido um "preço introdutório". Os estandes dela também tendiam a ser melhor localizados agora, mas provavelmente só porque até o Sr. Figlet sabia que os clientes do mercado estavam interessados na vice-campeã da Batalha dos Aventais daquele ano.

À noite, Theo jantava no jardim dela onde os dois haviam plantado a semente de sucote que ela guardara no bolso logo depois de chegarem a Langheim. Às vezes ele lhe preparava uma refeição silenciosa, já que ela costumava estar distraída demais com alguma nova receita para vender no mercado. Em outros dias, os orcs os convidavam para jantar alguma coisa saborosíssima que Ervash criara.

Na verdade, Arleta até se arrependeu dos anos que passou recusando os convites para comer na casa dos orcs. Os dois estavam mesmo se deliciando com o recém-descoberto título de pais dela, e Arleta ficava contente com isso, já que tinha espaço suficiente no coração para a memória dos pais que perdera *e* para os orcs que encontrara.

Theo não tocou nenhuma vez no assunto da conexão de destinados deles, mas ela não conseguia tirar isso da cabeça. Pelo menos de acordo com Faylin, Theo acreditava mesmo que Arleta era sua Destinada. E talvez isso bastasse se ela também quisesse.

Mas e se o lince estivesse errado?

A ideia lhe doía muito.

O que eles tinham no momento funcionava.

Ela olhou para Theo enquanto ele caminhava em silêncio ao seu lado e sentiu as bochechas esquentarem.

Porque, destinados ou não, talvez o platônico não funcionasse.

Ela havia começado a sonhar com ele, e embora alguns sonhos fossem mundanos...

Outros... *não*.

Na versão de seus sonhos do encontro sob o arco de louros, eles haviam feito consideravelmente mais do que apenas *se encontrar*.

Mas era muito mais profundo do que isso. A cada dia que passavam juntos, Theo se tornava infinitamente mais atraente para ela. Por fora, ele era bonito, não tinha como negar esse fato, mas não era o exterior que mais importava. Eram as pequenas coisas. Como no caminho para a Batalha dos Aventais ele havia parado tudo para acalmá-la quando ela se desesperou com as ervas perdidas, como ele acreditou nela e a colocou em primeiro lugar.

– O plano ainda é levá-las para jantar no Bode Traiçoeiro depois que Jez e Doli conhecerem o apartamento? – perguntou Theo, despertando-a de seus pensamentos.

– Isso – respondeu ela, enfiando as mãos nos bolsos da saia. – Verdreth e Ervash também vão.

– Legal. Nós quatro podemos levar as duas para um tour pelo vilarejo.

– Aham. – Foi tudo o que ela conseguiu dizer, já que na verdade queria conversar sobre outra coisa. Sobre eles. – Theo?

Ele abriu a boca para falar, mas o som de cascos o interrompeu. Uma carruagem se aproximava pela estrada, com Doli pendurada metade para fora da janela, acenando animada, enquanto uma mão em formato de garras segurava a lateral de sua blusa, evitando que a anã caísse de cara na terra.

– Arleta! Theo! – gritou Doli empolgada antes que a fennex a puxasse de volta para trás.

– Se você cair para fora – chiou a voz de Jez de dentro do cabriolé –, eu não vou me responsabilizar!

— Elas chegaram! — exclamou Arleta, quase se esquecendo do que queria dizer a Theo. Talvez fosse melhor assim, já que ela poderia dizer a coisa errada, o que quer que fosse a coisa errada naquela situação.

— Upa, upa — disse o condutor, e puxou as rédeas para desacelerar os dois cavalos. A grande montanha de baús cautelosamente empilhados no topo vacilou, mas continuou no lugar graças às tiras firmes amarradas ao seu redor.

A carruagem mal havia parado quando a porta se abriu e Doli pulou para o chão, saltitando na direção dela com braços abertos. A anã estava, é claro, com um vestido rosa cheio de babados, que ornava com sua pele escura e o cabelo solto e cacheado.

Arleta não teve como não se contagiar pela empolgação de Doli e abriu os braços também. A anã agarrou Theo e Arleta e os puxou para um abraço apertado.

— Estou tão contente de estar aqui! — A voz de Doli soou abafada já que ela estava espremida entre os dois amigos.

Arleta a apertou de volta.

— Não tanto quanto eu!

De uma maneira consideravelmente mais calma, Jez desceu da carruagem com duas bolsas, uma na mão direita e outra pendurada no ombro.

— Ei, tudo bem se a gente andar a partir daqui? Estou cansada de ficar sentada.

Arleta assentiu. Também não se incomodava de andar.

A fennex lhe abriu um sorriso rápido, passou a mão pelo cabelo branco bagunçado e pediu ao condutor para seguir sozinho até o destino para descarregar a bagagem. Arleta imaginou que os baús fossem de Doli.

Quando ele partiu, os quatro amigos começaram a caminhada a Adenashire, e de alguma forma acabaram divididos em dois grupos. Doli ia à frente com Theo, falando pelos cotovelos, é claro, mas Theo não parecia se importar dada sua expressão de interesse.

— Então, por que você decidiu vir? — Arleta perguntou a Jez. — A carta não falava. A Doli te convenceu?

Jez puxou a alça da bolsa mais para cima do ombro.

– Não – respondeu. – Foi igual a Batalha. Eu vim por mim mesma. Na verdade, gosto mais de quem sou quando estou perto de vocês.

– Sério? – O peito de Arleta se aqueceu todo com a ideia de que a amizade delas importava tanto para Jez quanto para si.

– Sério. – Jez manteve os olhos fixos nela por um segundo, mas logo desviou para o horizonte, com as orelhas peludas vibrando em uma demonstração de indiferença. – Mas não vá ficar de nariz em pé nem nada do tipo. Eu ainda acho vocês todos *incrivelmente* irritantes. Só melhores do que minha família lá em casa.

– É um fardo que você precisa carregar – disse Arleta com o rosto sério, mas seu tom era de brincadeira.

– Você entende perfeitamente. Por isso eu gosto de você.

– Mesmo com o cheiro?

Jez ergueu uma sobrancelha.

– Falando em cheiro... – Ela reduziu o passo. – O que você vai fazer a respeito do elfo?

A leveza que Arleta estava sentindo meros instantes antes se dissipou na hora.

– Como assim? O cheiro *dele* te incomoda? – Mas ela sabia exatamente o que a fennex estava perguntando.

Jez parou, com o olhar intenso focado nela.

– Não seja ridícula. Ele está apaixonado por você, e você por ele. O cheiro é tão forte que quase me faz querer voltar para casa.

– Shhh – sibilou Arleta. – Não estamos falando sobre isso.

– O quê? Não é um segredo. – Jez sinalizou para elas continuarem andando.

A essa altura, Adenashire estava à vista, e Doli continuava adiante com Theo, saltitando na ponta dos pés como se quisesse ver melhor.

– Só vamos, vai – pediu Arleta um pouco alto demais. – Estamos quase lá.

Theo olhou para trás e sorriu para ela, então voltou a atenção para Doli.

Arleta tentou escapar, mas Jez já havia segurado sua blusa e a manteve no lugar.

– Ele se entregou de corpo e alma, você sabe, não é?

– Todo mundo fica me falando isso. – Arleta suspirou e se soltou das garras da fennex. Ela tentou manter a voz baixa, mas sua resposta acabou saindo mais alta do que planejara. – Talvez *eu* não tenha me entregado.

Era uma mentira, mas parecia necessária.

As bochechas cor de areia de Jez ficaram rosadas, e ela deixou as mãos caírem do lado do corpo.

– Claro. Só achei que... – Ela endireitou as costas e olhou Arleta bem nos olhos. – Não importa o que eu acho. Você tem o direito de tomar as próprias decisões. Não vou mais falar nesse assunto a não ser que você me peça. Desculpa.

Pela expressão no rosto dela e o chicotear nervoso de seu rabo, Arleta conseguia ver que estava mesmo arrependida. Apesar do próprio estômago revirado, ela pegou o cotovelo da fennex e a puxou para perto.

– Desculpas aceitas. Agora, por que não me conta as notícias que não sejam sobre a minha vida amorosa ou Adenashire que você e Doli escutaram pelo caminho?

Ela olhou brevemente para cima e viu que Theo estava a poucos passos delas, e a percepção de que talvez ele tivesse escutado o que ela disse fez sua garganta apertar.

Conseguiu abrir um sorrisinho para o elfo, que ele retribuiu. Talvez não tivesse escutado.

Jez pigarreou.

– Ela foi embora.

– Quem foi? – Arleta olhou Jez nos olhos.

– Taenya. Deixou Langheim antes de eu voltar para o sul. – A expressão da fennex era séria. – Pegou o dinheiro do prêmio e sumiu. Era a fofoca do castelo. O irmão dela estava furioso.

– Para onde ela foi? – Arleta estava genuinamente curiosa, e grata por não precisar mais falar de sua relação com Theo.

– Pelo que ouvi, ninguém sabe – respondeu Jez, e acelerou o passo. – Mas enfim, deixa isso para lá, porque agora você vai me ajudar a descobrir como é que eu vou fazer para viver com a Doli *o tempo todo*.

Assim que ela falou, Doli soltou uma risada alta e doce como se Theo houvesse acabado de lhe contar a piada mais engraçada do reino.

Arleta deu tapinhas no braço de Jez e correu os olhos por Adenashire adiante.

– Acho que você vai se sair muito bem sem ajuda nenhuma.

vinte e sete

O vilarejo não havia despertado ainda, em sua maioria, e não era dia de mercado, mas descansar e relaxar nunca foi o ponto forte de Arleta. Ela havia acordado cedo para caminhar e resolver algumas coisas antes de ir se encontrar com os amigos para almoçar no Bode Traiçoeiro.

Mas isso era uma desculpa.

Uma semana e um dia depois de Jez e Doli chegarem, Arleta foi puxada por uma força invisível dentro de si. Ela parou na frente da fachada do espaço comercial ainda vago, aquele que ela há muito sonhava em comprar e transformar em uma padaria aconchegante caso ganhasse a Batalha dos Aventais. Passou os dedos na superfície da janela e removeu a camada fina de poeira do vidro para espiar melhor o interior.

Precisava de uma *boa* reforma. Costumava ser uma cafeteria antes, então teria de passar por vários ajustes, além de reparos. Mas ela via além de quaisquer falhas e podia quase sentir o cheiro dos doces assando no forno, ver o arranjo que faria na vitrine com suas bandejas chiques.

Recuou para a rua de paralelepípedos e ergueu os olhos para a construção modesta, de um cinza-terroso.

— Um dia — disse com um suspiro que carregava tanto sonhos quanto uma pitada de arrependimento.

Conforme as palavras pairavam no ar, um gnomo parou uma carroça ao seu lado, conduzida por uma égua em miniatura com lustroso pelo preto. Ele abriu um sorriso largo e inclinou o chapéu na direção dela. Arleta mal notou o gesto enquanto lançava um último e demorado olhar para o seu sonho antes de seguir adiante. Mas um som de madeira batendo veio de trás dela, então se virou de novo para o gnomo, que descera da carroça e estava descarregando uma escada e uma grande placa de madeira embrulhada em papel pardo.

Curiosa, Arleta se afastou para deixá-lo trabalhar. Não demorou muito para que, com uma pontada no coração, ela percebesse o que estava para acontecer.

Ele havia armado a escada logo abaixo dos ganchos vazios de onde antes pendia a placa com o nome da cafeteria. Quando a base estava firme nos paralelepípedos, ele pegou a madeira embrulhada da traseira da carroça, subiu os degraus da escada e encaixou a placa misteriosa no lugar.

Arleta sentiu o estômago pesar e afundar para além dos pés e da terra.

Alguém havia alugado ou comprado o lugar onde ela tanto desejava abrir sua padaria.

Queria perguntar ao gnomo se ele sabia alguma coisa sobre o lugar, mas a voz ficou presa em sua garganta. Ela só conseguia olhar, como se do lado de fora do próprio corpo, e seu "um dia" se transformou em uma pilha de sonhos perdidos.

– Vai abrir um novo comércio na cidade? – A voz de naipe alto soou às costas dela.

Arleta quase deu um pulo de susto. Era uma voz que não esperava ouvir nunca mais. Girou nos calcanhares e deparou-se com Taenya, totalmente transformada.

O cabelo ruivo-escuro da elfa, antes esvoaçando para além dos ombros, havia sido cortado na altura do queixo e suas roupas eram largas e soltas. Algo em sua expressão disse a Arleta que Taenya podia finalmente respirar. As linhas profundas de estresse haviam desaparecido de seu rosto.

— Ahn, não sei. — Foi tudo o que Arleta conseguiu dizer, confusa e hesitante. — Eu só estava passando e vi isso. — As mãos dela tremiam quando apontou para a placa. — Por que você está em Adenashire?

Atrás delas, o gnomo remexia em alguma coisa na carroça enquanto a égua minúscula jogava a cabeça várias vezes para o ar.

— Eu me mudei para cá — disse Taenya, direta. — Comprei uma casinha na saída da cidade.

O estômago de Arleta afundou ainda mais conforme as peças do quebra-cabeça se encaixavam em sua mente.

— O quê? — Os olhos dela dispararam de volta para a placa que balançava com a brisa. — Essa loja... é *sua*?

— Eu comprei — admitiu Taenya, então andou até a escada.

Arleta ficou paralisada, muda. Havia julgado tão mal assim a elfa, a ponto de ela realmente ir até Adenashire para esfregar a derrota da Batalha na cara dela?

Taenya levantou as mãos, uma de cada lado do papel que cobria a placa, e puxou para baixo, revelando as palavras entalhadas na madeira:

CONFEITARIA PITADINHA DE MAGIA

Os joelhos de Arleta fraquejaram, sua cabeça girou, mas de alguma forma ela conseguiu se manter de pé. Aquelas palavras, aquela expressão... era como ela descrevia *suas* criações. Como Taenya ousara roubar assim? Foi como se o chão estivesse abrindo uma fenda sob seus pés.

Mas então a elfa puxou o restante do papel. Na base da placa, em letras menores, estava escrito:

POR ARLETA STARSTONE

Ágil, Taenya desceu depressa da escada e tirou várias folhas de papel do bolso.

— Está no seu nome, o contrato. — Ela o entregou a Arleta. — Você merecia ganhar a Batalha. Eu reconheço isso. Esta padaria é para você.

— Eu... eu não entendo — gaguejou Arleta.

— Não precisa entender. Mas no fim, quando todo mundo tinha ido embora, eu provei o seu bolo. Deveria ter ganhado.

– A elfa sorriu. – Então isso tudo, até o último tijolo, é seu. Todo seu. – Taenya anunciou com uma sinceridade nos olhos que não se igualava a nada que Arleta já tivesse visto na vida. – Tem até um orçamento extra no contrato, para a reforma e as melhorias. Só o melhor do melhor.

Arleta estava pasma.

Taenya continuou:

– Eu não precisava do ouro, e não me importo com o meu título nem com a minha vida lá em Langheim. O que eu realmente quero é uma mudança. Um recomeço. Então vim para cá. Adenashire pareceu bacana quando você falou. Como um lar. – Ela olhou de novo para a placa. – E eu também vim para te comprar esta padaria. Você me deu um presente e eu queria retribuir o favor.

– Ah... ahn... – Foi só o que ela conseguiu murmurar. Sua mente havia entrado em um estado de branco total. Seus pensamentos pareciam todos embaralhados, um quebra-cabeças cujas peças se recusavam a encaixar. Então Arleta continuou ali, com a boca aberta como um peixe fora d'água, oscilando como se estivesse prestes a desmoronar. – Eu dei um presente *para você*?

Taenya se aproximou depressa e segurou seu cotovelo para ela não cair.

– A coragem para ser quem sou, em vez da versão de outra pessoa – respondeu apressada a elfa.

Arleta piscou várias vezes, incrédula.

– Você está bem? – perguntou Taenya. – Eu fiz mal? Foi um erro?

– *Não* – exclamou depressa Arleta, surpreendendo a si mesma. Foi como se seu coração estivesse falando antes de a mente conseguir processar o choque. Com um gesto fluido, ela jogou os braços ao redor da elfa e as palavras se derramaram de sua boca: – Eu amei, amei muito!

Taenya lhe deu tapinhas nas costas e se afastou.

– Fico tão contente. O que acha de a gente se encontrar depois para pensar nos detalhes? – Sem esperar pela resposta, ela começou a se virar.

Arleta ficou encarando o contrato por um momento.

– Mas administrar uma padaria é um trabalhão para uma pessoa só!

A elfa girou de volta para ela e deu uma risadinha.

– É, sim. E eu acho que você é a mulher perfeita para isso.

– E se você me ajudar? – sugeriu Arleta.

A elfa a olhou demoradamente.

– Você está me oferecendo um emprego?

Arleta assentiu várias vezes.

– Se você quiser, claro. Eu entendo se nunca mais quiser pegar num fuê na vida.

Taenya esticou a cabeça, surpresa, ao mesmo tempo em que lágrimas começaram a empoçar no canto de seus olhos verdes.

– Obrigada! Sim. Eu amo cozinhar, na verdade; só quero que seja uma escolha minha. Adoraria trabalhar aqui.

– Na verdade, quer saber? – Arleta deu um passo para trás e olhou nos olhos da elfa emocionada enquanto uma ideia ridícula se formava em sua mente.

Mas algo dentro de seu peito lhe dizia que havia julgado Taenya corretamente antes. Poderia fazer de novo.

– Eu não preciso só de uma funcionária. Acho que o que eu quero mesmo é uma sócia. – Ela sorriu. – Conhece alguém confiável?

vinte e oito

Horas antes do amanhecer, Arleta já estava no meio do que logo seria sua padaria dos sonhos. Várias semanas haviam se passado desde que Taenya lhe dera o espaço, e a reforma havia acabado de começar. O ar carregava o cheiro de poeira misturado com o aroma de terra e pinho levemente úmido, já que havia uma goteira pequena no telhado. A cozinha e a área das mesas, um espaço quase esquecido, havia sido a tentativa de um halfling de abrir uma cafeteria algum tempo antes, mas agora estava com sinais da falta de manutenção.

Ela sabia que não precisava estar lá tão cedo todos os dias, mas queria muito ver cada parte da transformação. Arleta olhou o espaço vazio ao redor, imaginando trabalhar com a massa e criar doces que seriam expostos na vitrine futuramente limpa da Confeitaria Pitadinha de Magia para atrair os clientes. Só de pensar, ela se sentia inteira mais uma vez, e próxima dos pais que amava e perdera. Recuperando os anos que desperdiçara achando que precisava seguir sozinha. Agora ela tinha amigos para lhe ajudar e dar suporte. Na verdade, sempre tivera os orcs, mas finalmente estava disposta a aceitar que eles não iam a lugar algum.

A luz das lamparinas mágicas que Theo instalara piscaram pelo cômodo, tornando o espaço de alguma forma já aconchegante apesar de todo o trabalho à frente.

Theo.

Arleta inspirou com força ao pensar no nome dele. O elfo estava alojado no Bode Traiçoeiro desde o fim da Batalha dos Aventais, mas na cabeça dela ainda vivia sem ter de se preocupar com finanças. Os sonhos que tinha com ele não haviam parado desde que lhes dera liberdade. Ela adorava o tempo que passavam juntos no mundo noturno, mas não admitira isso para o elfo porque... bom... amizade era mais seguro. Disso, ela conseguia dar conta.

Na verdade, parecia uma maldição cósmica sem fim.

Embora ela soubesse que fosse só seu medo que a segurava, não as estrelas.

Ao afastar esses pensamentos por um momento, escutou o sino da porta de entrada da padaria. Provavelmente era Taenya, já que ela também costumava chegar cedo para continuar com as renovações. A porta se fechou e o som de passos ressoou pelo piso.

– É você, Taen... – chamou, mas quando a porta da cozinha abriu, viu que não era ela.

Era Theo, vestido e pronto para os afazeres do dia.

– Ah, oi – gaguejou Arleta. O calor lhe subiu pelo pescoço e ela se apressou a alisar a blusa e a saia. Assim que o elfo entrou, as luzes piscaram de leve mais uma vez. – Você acordou cedo. Veio ajudar?

Theo enfiou as mãos nos bolsos, com o cansaço pesado nos olhos.

– Nimbus e eu vamos voltar para Langheim. Estamos prontos, de malas feitas.

– O quê? – Arleta sentiu o pânico lhe esmagar o peito. Lutou para encontrar as palavras certas. – Eu achei... achei que vocês ficariam mais um tempo.

O elfo avançou outro passo, mas hesitou, como se estivesse dividido entre a ideia de ir ou ficar. Afundou mais as mãos nos bolsos e se inclinou contra o batente.

– Eu planejava ficar mais mesmo, mas acho que já chegou a hora.

O medo revirou dentro de Arleta. Não queria que Theo fosse embora. Mas também sabia que não podia fazê-lo ficar, muito menos sem admitir como se sentia em relação a ele: que agora ela também acreditava que eram destinados.

Mas e se estivesse errada?

– O que... O que você vai fazer lá? – As palavras mal saíram de sua boca.

– Voltar para Faylin, trabalhar no jardim, evitar minha mãe. – Ele deu de ombros, mas um anseio por dizer mais dançou em seus olhos.

Com isso, o nervosismo cravou as garras no peito de Arleta. Eles precisavam de mais tempo. *Ela* precisava de mais tempo.

– E você não pode continuar aqui em Adenashire? – A voz dela tremeu ao dar um passo hesitante na direção dele. – Ajudar a abrir a padaria?

Por instinto, ele cruzou os braços em um gesto defensivo. Mal cobria sua magia nervosa que cintilava suave nos dedos. Depressa, ele os enfiou mais debaixo do braço, provavelmente para evitar que ela visse, mas era tarde demais, as faíscas iluminavam sua camisa.

– E depois disso?

Ela sabia onde ele queria chegar.

– Você tem uma Destinada *elfa* te esperando em algum lugar – sussurrou Arleta, mas a desculpa que ela sabia não ser verdade pesou no ar. – É impossível.

Ela tinha que lhe dar mais uma chance para entender o impasse no qual se encontravam – o impasse no qual *ela* se encontrava.

Apesar de todos os outros riscos que conseguira enfrentar, esse era o último que ela simplesmente não era capaz de superar.

– Não tem mais ninguém, elfa ou não, no meu futuro. Só você. Então, por favor, não me diga que é impossível *para mim*. – Theo mordeu o lábio e levantou os olhos para ela. – Mas se for para você, eu aceito. Só que você precisa me deixar ir se não acredita que sejamos destinados. Não importa o quanto eu queira ficar, não consigo.

O choque da declaração sincera formou um nó na garganta dela e a fez recuar mais para dentro da cozinha. Desviou os olhos do rosto dele enquanto a mente rodopiava com a memória de todos os momentos que passara com ele, no mundo acordado e em sonho. Parecia que haviam passado uma vida juntos, nos braços um do outro.

– Mas e... você?

– Você *sabe* como eu me sinto – respondeu Theo, e sua voz era vulnerável. – Eu te amo, Arleta Starstone.

O peito dela subiu com o som de seu nome nos lábios dele. A dor de não tê-lo rasgava cada músculo do seu ser.

Ele continuou:

– Você é tudo o que eu sempre vou querer. Você *é* mágica... *mais* do que mágica. Mesmo assim, não importa o quanto meu coração queira ficar ao seu lado para o resto das nossas vidas, eu vou lidar com o que o destino me entregou... uma Destinada que não me quer. E eu não vou ficar e ser um estorvo para você. Estar comigo ou não é uma escolha sua. Eu não posso e jamais tentaria fazê-la por você.

O peito dela formigou com reconhecimento. Theo havia escutado o que ela dissera para Jez sobre o relacionamento deles quando estavam na estrada a caminho de Adenashire, e estava vivendo com esse peso desde então.

Tudo dentro dela queria contar para ele como se sentia de verdade, evitar que ele fosse embora, mas continuou em silêncio.

– Então se você não me ama da mesma forma como eu te amo, por favor, me fala, para que *você* possa seguir em frente.

A magia que estivera se costurando ao redor dos dedos dele se espalhou de maneira descontrolada por todo seu corpo e flutuou pela cozinha, iluminando-a como se houvesse dez vezes mais lamparinas do que havia apenas alguns momentos antes.

As palavras e a emoção fluíram para fora dele e a consumiram, e se Arleta não falasse nada, iria parti-la ao meio. A explicação enroscou em sua garganta, e ela mal conseguiu sussurrar:

– Não posso.

— *Por quê?* — As pupilas de Theo dilataram e ele olhou intensamente para o rosto dela. — Você precisa. — Seu tom era de súplica. — Eu não consigo continuar assim.

— Porque eu não posso mentir para você! — exclamou ela, e com isso, seus pés a carregaram, percorrendo o espaço entre eles até que só alguns centímetros separassem seus corpos. Ela não conseguia mais se conter, apesar de estar ciente do risco para ele e para o próprio coração. De alguma forma, as palavras escaparam de sua prisão: — Nem para mim mesma. Eu te amo, Theodmon Brylar. Eu te vi nos meus sonhos, *tantas* vezes, e não quero passar minha vida acordada sem você. É tortura imaginar como seria. Eu quero cada parte de você, e quero ser sua. Nós *somos* destinados, porque eu escolho ser.

E quando ela admitiu, de palavra e alma, os laços foram firmados.

O corpo de Arleta estremeceu ao lado do dele. Foi como se um fio mágico houvesse se enrolado em sua alma e unido os dois juntos.

Ela não conseguia imaginar jamais ficar sem Theo.

O amor dele valia o risco.

Ele valia o risco.

Theo soltou o ar em um alívio há muito esperado e colocou os braços ao redor de Arleta. Ele a puxou para o seu peitoral à espera e magia verde e dourada continuou a se derramar dele, mudando agora de nervosismo a êxtase. As linhas dançaram e se emaranharam quando ele passou os dedos pelo longo cabelo castanho dela e segurou sua cabeça como se a vida deles dependesse disso.

Arleta ficou na ponta dos pés e colocou as mãos nas laterais do rosto molhado de lágrimas dele. Estava finalmente pronta para ser livre e descobrir quem Arleta Starstone realmente era, começando por derrubar todas as suas barreiras internas. Elas haviam servido para protegê-la, mas não eram mais necessárias. Arleta estava pronta para derrubar cada pedra delas, uma de cada vez, com Theodmon Brylar ao seu lado.

Sua voz e coração se encheram da expectativa de muito mais do que só o beijo, e ela sussurrou:

– Me encontra debaixo dos louros. Estou te esperando há tanto tempo.

– Posso, por favor, te beijar agora? – A voz dele estava carregada de esperança.

Ela sorriu.

– Sim. Agora e pelo resto dos meus dias.

Com isso, os lábios quentes de Theo estavam nos de Arleta, compartilhando a paixão de uma vida, os sonhos e as infinitas possibilidades.

epílogo

Doli

Na vitrine, a placa entalhada em madeira e decorada com animais da floresta segurando cupcakes dizia FECHADO, mas a porta não estaria trancada. Doli sabia que não. Ela arfou e ofegou para se recuperar depois de correr pelas ruas de Adenashire a fim de não chegar atrasada, então esticou a mão para a maçaneta de latão e deu um empurrão firme.

Lá dentro, a anã balançou o envelope no ar, com o lacre azul ainda intacto do lado de fora, enquanto corria pela Confeitaria Pitadinha de Magia.

– Recebi uma carta! – anunciou, sem fôlego.

Ela estava tão atrasada que não tivera nem tempo de ver de quem era.

A padaria estava cheia dos aromas de dar água na boca de pão, açúcar, frutas e ervas, que atropelaram seus sentidos e quase a fizeram se esquecer do que estava falando ou por que estava lá: a celebração de um mês de abertura da confeitaria de Arleta e Taenya, uma data que merecia seu vestido floral azul e amarelo preferido.

Jez, Theo e Arleta estavam sentados em uma das mesas com sofá *booth* no canto, conversando, enquanto Taenya limpava o balcão em movimentos ritmados.

Ela sorriu por um momento antes de qualquer um deles perceber sua presença. Tudo dentro dela amava Adenashire. No fim, foi Jez quem seguiu Doli por todo o caminho até o vilarejo e o apartamento que alugaram no andar de cima da livraria de Verdreth, Tomos e Tramas. A fennex podia ter voltado para o Deserto do Sul a qualquer momento, e o fato de não ter ido era muito significativo.

Além disso, Doli havia assumido a responsabilidade de receber todos os recém-chegados à cidade com um cesto de guloseimas. Amava conhecer gente nova e fazer as pessoas se sentirem acolhidas.

Estava contente que seus amigos haviam decidido manter as mesas e sofás na padaria, resquícios da cafeteria que costumava ocupar o lugar. Era um local aconchegante e quentinho para eles passarem um tempo juntos. Sem contar que os clientes adoravam. A julgar pelos expositores vazios, a maioria dos doces do dia já havia sido vendida, mas vários aguardavam em uma bandeja de aço, o bastante para o grupo se deleitar.

Jez resmungou, desviando a atenção de Doli das iguarias enquanto ela ia para o seu lugar.

– E você vai abrir? – Os tufos da orelha dela vibraram com a irritação falsa que ela sempre exibia para a anã animada. – Ou só balançar por aí igual a uma bandeira?

Doli parou ao final da mesa e pegou o papel com as duas mãos, espiando as palavras à frente:

Para: Dolgrila Butterbuckle
a/c Adenashire
De: Gingrilin Butterbuckle
a/c Cordilheira Dundes

Doli encarou, transfixada, a caligrafia impecável do envelope, e seu estômago deu piruetas.

– Não sei – murmurou, olhando para os amigos à espera. – É da minha mãe.

Theo, com o braço relaxado ao redor dos ombros de Arleta, ergueu a palma livre para o ar em um gesto de questionamento.

— Entendo perfeitamente a sua situação — anunciou, com um brilho maroto nos olhos élficos.

Arleta lhe deu um empurrão de brincadeira e revirou os olhos.

— Sua mãe está melhorando, aos poucos. Não dá para esperar que as pessoas mudem imediatamente — disse ela, antes de voltar a atenção para Doli. Notou que a anã estava admirando seu colar com o pingente da constelação "Pequeno Camundongo" que Theo mandara fazer em Langheim, especialmente para ela. Suavizou a voz ao perguntar: — Acha que deveria abrir?

Taenya chegou com uma bandeja de delicadas xícaras de chá, pintadas à mão uma por uma com flores douradas, e colocou à frente de Jez, Theo, Arleta e mais uma, provavelmente para si mesma, já que àquela altura sabia que a anã nunca saía de casa sem a própria xícara enganchada no cinto.

E, de fato, Doli soltou a sua, que trazia à cintura, colocou sobre a mesa perto da fennex e se sentou, então pôs também o envelope ali e o empurrou para longe. Imediatamente colocou a mão sobre a xícara e, antes de levantá-la, o vapor, com cheiro de baunilha, escapou por entre seus dedos. Debaixo deles, estava um chá cremoso e marrom com três cubos de açúcar. Seu preferido.

Ela se virou para Jez assim que Taenya reapareceu à mesa com a bandeja de doces.

— De que tipo você quer? — Doli perguntou à fennex.

— Rum? — Jez nem olhou para ela enquanto escolhia um docinho de chocolate com ervas frescas polvilhadas no topo, então pegou um pedaço enorme e enfiou na boca.

Com uma bufada teatral, Doli seguiu para as outras xícaras, já sabendo os preferidos de todo mundo.

— Não posso te ajudar com essa escolha.

— Tá, pode ser chá — aceitou Jez, e na mesma hora a anã colocou a mão sobre a xícara dela e usou sua magia para enchê-la.

— Então... — Doli se inclinou para perto de Arleta e Taenya para mudar de assunto. — Contem para a gente sobre o primeiro mês da padaria.

Ela já sabia que havia sido um sucesso, mas queria escutar tudo de novo mesmo assim, já que era o motivo para estarem ali celebrando.

Taenya olhou para Arleta a fim de lhe dar a palavra. A elfa havia passado por uma grande transformação desde que chegara a Adenashire, e não só em aparência, com o cabelo longo agora cortado na altura do queixo, mas também em espírito. Doli levara alguns dias para aceitar sua presença no vilarejo, mas já que Arleta estava disposta a confiar nela, a anã podia lhe dar uma chance também. E o risco valeu a pena.

Como pode acontecer com tantos riscos na vida.

Os lábios de Arleta arquearam em um sorriso.

– Foi incrível. Tae e eu, a gente simplesmente... trabalha muito bem juntas. É incrível ter alguém com quem trocar ideias.

– As pessoas pararam de pedir desconto? – perguntou Doli.

Arleta inclinou a cabeça.

– No começo, pediam muito, mas eu simplesmente dizia não. É engraçado como às vezes, quando a gente bate o pé nas decisões, as pessoas só aceitam.

Jez deixou o queixo cair.

– Nossa, quem diria, hein?

– Quem não aceita, como o Sr. Figlet, só vai comprar em outro lugar – continuou Arleta. – Azar deles.

– E a gente pode se revezar nos turnos da manhã – acrescentou Taenya, com os olhos brilhantes refletindo o mesmo sorriso da sócia.

Arleta estalou a língua e apontou para a elfa.

– Verdade.

Theo a puxou para perto e lhe deu um beijo de comemoração na bochecha.

– Arranjem um quarto – resmungou Jez, uma provocação cansada que soava antiga. No entanto, um sorriso com presas se abriu em sua boca como se ela houvesse acabado de fazer a piada mais divertida do reino, e ver a fennex sorrir era um deleite não importa o contexto.

Mas Doli ficou olhando enquanto Arleta não perdia tempo, e em um movimento divertido girou o corpo na direção do elfo da floresta. Antes que qualquer resposta pudesse ser dada, ela deu um beijo nos lábios obviamente surpresos de Theo. Quando terminou, virou-se para Jez:

– Ah, nós temos um. *E* usamos sempre. Provavelmente hoje mesmo depois desta festa. *Duas vezes.*

Theo arregalou os olhos, e suas bochechas ficaram vermelhas, aparentemente fora pego desprevenido com a forma como Arleta subira a aposta só pelo beijo. Centelhas de magia verde e dourada flutuaram de suas mãos, mas ele se recuperou depressa, dobrou-as e ergueu uma sobrancelha para Arleta. Abaixou o tom de voz.

– O que acha de irmos agora mesmo, meu amor?

– Eca! – Jez jogou as mãos para o ar em um gesto de derrota. – Retiro totalmente o que eu disse! Mudança de assunto, já!

A risada que soou pelo espaço foi tão calorosa que nem o forno conseguia se igualar.

Jez também pareceu aproveitar a oportunidade para correr os olhos pela mesa e encontrar algo novo para discutir. Ela pegou depressa a carta e balançou no ar.

– Que tal isso?

– Me devolve! – Doli esticou a mão para o envelope, mas os braços de Jez eram consideravelmente mais longos do que os da anã, então foi um gesto em vão.

– Você tem que abrir a carta, Doli – comentou Taenya, dando um gole do chá. – Não deixe para amanhã o que você pode fazer hoje. Vai por mim, eu sei.

– Está bem – concordou a anã, dobrando os dedos para pedir que Jez lhe devolvesse.

Ainda com a carta no ar, a fennex fez biquinho e estreitou os olhos como se duvidasse dela.

– Eu vou abrir, prometo! – disse Doli, exasperada.

Jez lhe entregou o envelope, abaixando à sua altura.

Doli o pegou e suspirou, resignada.

— Vai ser culpa de vocês se isso der errado — disse, em um raro tom emburrado, então rompeu o lacre de cera.

Com os dentes cerrados, puxou o papel rugoso, desdobrou, e leu a mensagem na letra familiar de sua mãe.

Os outros se inclinaram para perto, como se estivessem prendendo a respiração.

— Bom — começou Theo, finalmente rompendo o silêncio —, o que diz?

Doli ergueu as sobrancelhas em surpresa.

— Meu tio-avô morreu.

— Ah — sussurrou Taenya, com empatia no tom.

A anã balançou a carta como que a afastar a preocupação deles.

— Eu nem conhecia ele direito. Devo ter visto uma vez na vida. Mas ele me deixou alguma coisa no testamento.

— Que tipo de coisa? — perguntou Arleta, e deu uma mordida em um *bear claw* de amêndoas.

Doli colocou a carta sobre a mesa e deu um tapinha em cima.

— Não sei, mas aparentemente vai ser entregue por um mensageiro semana que vem. — Então, depressa, ela levantou a xícara no ar e, em alto tom, declarou: — Às surpresas inesperadas!

Eles tilintaram as xícaras umas nas outras, contentes. Até Jez.

— Aos amigos inesperados! — acrescentou Taenya, com um sorriso bem largo.

As palavras se acomodaram sobre o grupo de amigos como um cobertor macio e quentinho em um dia de inverno.

O brilho cor de mel das lamparinas dentro da Confeitaria Pitadinha de Magia dançavam conforme a noite caía. Os cinco amigos improváveis — elfos da floresta, anã, fennex e humana — conversaram e riram por horas. Nenhum deles queria ser o primeiro a encerrar as festividades.

Menos de meio ano antes, sequer se conheciam – pelo menos no âmbito do mundo acordado das Terras do Norte. Mas desde então, e mais de uma vez, cada um declarou o quanto amava os demais e não conseguia imaginar a vida sem eles.

Haviam formado uma sociedade de doces e magia.

E havia tantas aventuras à espera para viverem, juntos, em Adenashire.

capítulo bônus

Arleta, com (quase) oito anos

Arleta Starstone não conseguia conter a empolgação naquele dia de seus (quase) oito anos. Em exatamente duas horas, deixaria o sete para trás, para sempre. Usava seu novo vestido de algodão, era azul-claro com flores tom de creme salpicadas pelo tecido. As mangas iam até os cotovelos e tinham delicados babados no final.

O dia estava perfeito: o sol brilhava lá no alto só com um punhadinho de nuvens no céu da primavera. De fato, um dia perfeito para se fazer oito anos de idade.

Totalmente empolgada, ela colheu algumas lavandas e amores-perfeitos do jardim dos pais no quintal dos fundos da cabana. Naquele ano, estava coberto de vegetação. Tanto que seus pais estavam sempre dando o excesso para os vizinhos e os amigos em Adenashire. Seu pai conhecia a maioria dos moradores do vilarejo porque era dono do boticário. As pessoas o procuravam quando precisavam remédios para questões que não podiam ser resolvidas pelo mago curandeiro residente.

Porque é claro que magia não era a solução para *todos* os problemas do mundo.

Sua mãe era a cozinheira mais incrível de todas. Fazia tudo de biscoitos e bolos a scones e muffins... mesmo que o forno da casa fosse um tanto rudimentar. Ela sempre sonhava em voz alta com um forno de ferro que havia visto na padaria local. Estava sempre experimentando, com sucesso, criar sabores novos dos quais Arleta nunca se cansava. Na verdade, naquele dia mesmo sua mãe estava na cozinha preparando os ingredientes para um bolo muito especial, e Arleta salivava há dias com a ideia de prová-lo.

– O que você está fazendo, pequenina? – Às suas costas, soou uma voz profunda que ela reconhecia.

Com um sorriso largo, Arleta se virou para o grande orc de cabelo escuro que usava os óculos de armação redonda na ponta do largo nariz. Verdreth era imponente só de olhar. Tinha pelo menos dois palmos a mais que o pai dela em altura, com pele verde e músculos definidos que costumava esconder sob camisas brancas de abotoar e calças de algodão. O parceiro dele, Ervash, era praticamente o oposto. À maneira tradicional dos orcs, tinha o hábito de exibir seu físico, a não ser que se tratasse de uma ocasião especial e Verdreth o encorajasse a vestir uma camisa.

Porém, por mais massivos que os orcs fossem em comparação aos humanos, principalmente uma menina de sete anos (que estava prestes a fazer oito), seus corações eram tão grandes quanto. Os Starstone haviam se mudado para a cabana quando Arleta tinha só um ano, e Ervash e Verdreth foram os primeiros a recebê-los e dar as boas-vindas a Adenashire. Haviam até levado um cesto cheio das delícias do mercado à céu aberto do vilarejo, com mel, torta de carne (porque quem é que tem tempo depois de se mudar com a família para uma casa nova?) e doces (dos quais Arleta descobriu depois que eles haviam comido metade no caminho).

E desde então, eles se tornaram parte da família.

– Estou colhendo flores para o meu bolo de aniversário! – Arleta estendeu o buquê, firme em sua mão cheia de terra, para o orc admirar.

Ruguinhas surgiram nas laterais dos olhos de Verdreth ao se abaixar, escondendo algo na mão imensa.

– São lindas.

Arleta abaixou os olhos para os amores-perfeitos sorridentes.

– Eu amo essas carinhas que elas têm. Acha que sabem falar?

– Uhn... – O orc pareceu considerar a possibilidade. – Talvez um dia você conheça um elfo com magia de plantas e ele vai te contar.

Desviando a atenção de volta para o buquê, Arleta ficou curiosa para saber o que ele estava segurando, mas deu uma risadinha e disse:

– Não existem muitos elfos que sejam amigos de humanos.

O orc deu de ombros.

– É impossível prever quem as estrelas podem colocar na sua vida quando você mais precisar. Às vezes os céus surpreendem a gente. Olha só para nós.

– O que tem na sua mão? – A curiosidade a dominou, e Arleta se esqueceu totalmente do que ele dissera em relação aos elfos. Ela virou a cabeça para tentar ver o pacote misterioso.

Como se fosse um jogo, Verdreth fingiu escondê-lo de novo, mas sem muito sucesso.

– Não sei do que você está falando, pequenina. – Mas ele sorriu, mostrando suas presas, como se soubesse exatamente o que ela queria.

– Disso aí! – Ela estendeu a mão livre e apontou para o pacote embrulhado em papel pardo.

– Isto? – Ele o segurou no alto, com os olhos brilhando. – Isto aqui é para uma menininha de *oito* anos que eu acho que mora por aqui. – Verdreth olhou ao redor como se estivesse procurando pela mencionada menina.

Arleta sentiu as entranhas remexendo-se de empolgação e acabou apertando os cabos das flores um pouco forte demais.

– Eu! Eu! Eu tenho oito anos! – Ela fez uma pausa por um segundo. – Bom, *quase*. Daqui a duas horas!

O orc revelou aos poucos o pacote amarrado com uma corda de algodão em um laço largo e caído.

– Ah, é mesmo? Parece perto o bastante para mim. – Ele lhe estendeu a mão livre. – O que acha de a gente trocar um pouquinho?

Contente, Arleta enfiou as flores na palma dele e agarrou o presente retangular. Parecia firme, pesado. Como um bom presente.

— Bom dia, Verdreth. — A voz do pai dela veio lá do caminho de entrada até os fundos da cabana.

— Está mesmo um bom dia, não é, Declan? — disse o orc. — Você voltou cedo hoje.

Enquanto Arleta desamarrava o laço e desembrulhava o presente, seu pai foi até eles, com a bolsa de boticário pendurada no ombro.

— Só fui resolver algumas coisas. — O humano barbado de olhos castanhos e gentis olhou para a filha. — Mas é um bom dia para celebrar.

Com a ponta da língua presa entre os dentes e lábios, Arleta conseguiu rasgar o restante do papel e revelar o presente todo, um livro chamado *Confeitando por Todas as Terras do Norte*. A ilustração detalhada de um ornamentado bolo decorava a frente da capa de linho. Ela abriu imediatamente para ver as páginas internas.

— Um livro de receitas todo para mim? — Mal conseguia acreditar. Sua mãe tinha uma pequena biblioteca nas prateleiras da cozinha, mas nenhum daqueles pertencia a Arleta.

Verdreth sorriu para Declan.

— Um *passarinho* me contou que você gosta de cozinhar, e nós acabamos de receber um lote desse daí na livraria.

Sorrindo de orelha a orelha para o pai, ela esticou o braço para lhe mostrar o tomo.

— Olha, papi! Olha!

— Amei — respondeu o pai.

— Ah, aí estão vocês. — Sua mãe saiu pela porta dos fundos. Seu cabelo longo e castanho, como o da filha, estava amarrado em um rabo de cavalo baixo. Ela limpou as mãos cheias de farinha no avental branco levemente manchado. — Achei mesmo que estava ouvindo vozes.

Com a alegria batucando no peito, Arleta foi saltitando até a mãe e lhe estendeu o livro com as duas mãos.

— Olha o que o Sr. Verdreth me deu de aniversário, mami!

— Oh, pelas estrelas. — Sua mãe levou uma mão ao coração. — Que magnífico.

— Podemos fazer alguma receita dele juntas?

Sua mãe abriu um sorriso torto.

— Bom, eu *achei* que antes disso você tinha prometido me ajudar a fazer o seu bolo de coco para hoje à noite. Mas aí você sumiu. — O tom dela era leve ao erguer as sobrancelhas de brincadeira. — Então pode ser que eu tenha entendido errado.

As bochechas de Arleta ficaram cor-de-rosa.

— Eu estava colhendo as flores para decorar e me distraí um pouquinho.

Ela sempre se distraía.

Sua mãe riu e passou os dedos pelo cabelo solto e bagunçado da filha.

— Meu amor, é claro que a gente pode fazer uma receita juntas. Mas agora, precisamos mesmo pegar aquelas flores. — Seus olhos brilharam ao desviar o olhar para o jardim.

— Estão bem aqui — anunciou Verdreth com leveza, de trás dela.

Arleta se virou para o pai e o orc, e cada um tinha um único amor-perfeito enfiado atrás da orelha.

Todo mundo caiu na risada, e o som era tão doce quanto qualquer criação que pudesse estar dentro do livro que Arleta ainda segurava nas mãos.

— Você e Ervash vêm hoje à noite? — perguntou sua mãe. — Seis em ponto. E tem bolo de coco para a sobremesa.

— Nós não perderíamos a comemoração dos oito anos da nossa menina por nada no mundo, Nina. — Verdreth olhou para Arleta e depois entregou o restante do buquê de lavandas e amores-perfeitos ao pai dela. — Vou deixar vocês cuidarem dos preparativos agora. Pode ser que eu tenha mais presentes a embrulhar.

Ele acenou em despedida e foi embora para a sua cabana com a flor ainda na orelha.

Depois que o orc partiu, a mãe de Arleta apoiou um braço em seus ombros e o pai, sem o acessório florido, andou até a esposa e lhe deu um beijo leve na bochecha.

— Você está linda — disse. — Como sempre.

A mãe dela sorriu.

Então ele desviou os olhos gentis para a filha.

— E o que você acha de, depois da festa, a gente ficar acordado para ver as estrelas, aniversariante? Ouvi dizer que a Pequeno Camundongo vai estar especialmente brilhante hoje. — E sussurrou, como se fosse um segredo: — Não conta pra mami.

Mas a mami dela só sorriu enquanto o papi pegava um dos amores-perfeitos que tinha nas mãos e encaixava atrás da orelha da filha.

A Pequeno Camundongo sempre foi a constelação preferida deles, e Arleta adorava os momentos especiais que passava estudando as estrelas com o pai, muito depois do horário de dormir.

— Talvez eu venha também — disse a mãe.

Arleta chacoalhou a cabeça em um sim enfático, ainda agarrada ao precioso presente.

— Sim, por favor!

E mesmo com (quase) oito anos, Arleta Starstone já sabia que os grandes presentes da vida eram as pessoas com quem ela compartilhava todos os seus dias.

A BATALHA DOS AVENTAIS DE LANGHEIM

Receitas

Espero que você e aqueles que ama gostem tanto dessas três receitas mágicas quanto eu gostei de fazê-las.

BISCOITOS COM CHOCOLATE,

manteiga queimada e sal marinho

Ingredientes

- 1 xícara de manteiga sem sal (aprox. 1 barra)
- 1¼ xícara de farinha de trigo (150 gramas)
- 1¼ farinha de panificação* (150 gramas)
- 1 colher de chá de bicarbonato de sódio (6 gramas)
- 1 colher de chá de fermento químico (4,8 gramas)
- ¾ xícara de açúcar refinado (151 gramas)
- 1¼ xícara de açúcar mascavo (260 gramas)
- ¾ de colher de chá de sal (4,3 gramas)
- 1 colher de sopa de baunilha (13 gramas)
- 1 ovo grande inteiro + gema de outro ovo, em temperatura ambiente
- 340 gramas de chocolate meio amargo em gotas ou picado
- Sal marinho grosso para polvilhar no topo

Modo de Preparo

Coloque 12 colheres de sopa de manteiga em uma frigideira média e derreta em fogo médio-alto. Depois de derretida, espere de 2 a 8 minutos (a minha levou 7 minutos e meio), mexendo gentilmente com uma colher de pau. A manteiga fica com aroma amendoado e com aspecto marrom-escuro.

Assim que começar a escurecer, tire a frigideira do fogo. Então transfira o conteúdo para uma travessa grande e resistente ao calor ou para a bacia de uma batedeira.

Coloque as 4 colheres de sopa de manteiga fria que restaram e misture bem.

Deixe a manteiga descansar e esfriar** na geladeira por 15 minutos.

Enquanto isso, misture a farinha de trigo, a farinha de panificação, o bicarbonato de sódio e o fermento em uma travessa média e separe.

Quando a manteiga queimada estiver fria, acrescente a ela o açúcar refinado e o mascavo, o sal e a baunilha. Então use um mixer ou batedeira convencional para misturar bem, começando em velocidade baixa e aumentando gradualmente para média a fim de evitar que espirre.

Acrescente o ovo e a gema e bata por 30 segundos até a textura ficar lisa e homogênea. Deixe descansar por 3 minutos e repita mais duas vezes o processo de bater por 30 segundos e descansar por mais 3 minutos.

Acrescente a mistura de farinhas à travessa e use o mixer ou batedeira na velocidade média até que fique homogêneo (1 minuto ou menos).

Misture o chocolate em gotas ou pedaços à massa usando uma colher ou espátula.

Para fazer aproximadamente 24 biscoitos, separe a massa em porções equivalentes a 3 colheres de sopa, forme uma bola com cada porção e deixe na geladeira por pelo menos 30 minutos e no máximo 48 horas.

Pré-aqueça o forno a 180°C antes de assar.

Em uma assadeira revestida com papel-manteiga, coloque 6 bolinhas de massa por vez, com um espaço de 5 a 8 centímetros entre elas.

Salpique uma pitada de sal marinho em cada bolinha.

Coloque uma assadeira de cada vez na grelha de cima e asse por 14 a 17 minutos até que os biscoitos fiquem de um dourado-escuro com as beiradas marrons.

Retire do forno*** e deixe esfriar em uma grade de resfriamento.

Vai ser difícil esperar, mas os biscoitos ficam muito melhores se resfriarem completamente antes de serem devorados.

Observações

* A farinha de panificação ajuda a deixar o biscoito mais macio (o que eu amo). Caso você não a tenha em casa, pode substituir pela mesma medida de farinha de trigo comum. O resultado ainda será delicioso.

** É fundamental esperar a manteiga queimada esfriar. Do contrário, quando você acrescentar os ovos, pode ser que cozinhem e empedrem.

*** Logo depois de tirar os biscoitos do forno, bata a parte de trás de uma colher nas beiradas que ficaram desiguais para deixar o formato mais uniforme.

Eu recomendo de verdade que você pese os ingredientes secos com uma balança de cozinha. Isso garante a proporção correta, o que pode ter um grande impacto no produto final.

Esta receita usa a técnica de misturar a manteiga derretida com os ingredientes úmidos que está nas instruções para o biscoito com gotas de chocolate do livro *Cook's Illustrated.*

BARRINHAS DE LIMÃO

com cardamomo e casquinha de biscoito amanteigado

Cardamomo é um condimento interessante com aroma e sabor que lembram o perfume do pinho. Ele cria uma combinação única nas barrinhas de limão. Se você não tiver em casa, ou só quiser barrinhas simples, omita o cardamomo. O resultado é delicioso de qualquer forma.

Ingredientes

PARA A CASQUINHA DE BISCOITO AMANTEIGADO:

- Spray antiaderente culinário ou manteiga para untar a forma
- 1 xícara de farinha de trigo (135 gramas)
- ¼ de xícara de açúcar refinado (45 gramas)
- ⅛ de colher de chá de sal
- 1½ colher de chá de cardamomo (opcional)
- ½ colher de chá de baunilha
- 2 colheres de sopa de raspas finas e frescas de limão siciliano
- 7 colheres de sopa de manteiga sem sal (90 gramas)

PARA O RECHEIO:

- 4 ovos grandes
- 1 xícara de açúcar refinado (200 gramas)

- ⅛ de colher de chá de sal
- ½ xícara de sumo fresco de limão siciliano
- ¼ de xícara de farinha de trigo (30 gramas)

PARA A COBERTURA:

- 1 colher de chá de amido de milho
- ½ xícara de açúcar de confeiteiro

Modo de Preparo

Unte uma forma de metal de 20x20 centímetros com manteiga ou spray culinário (não use vidro por conta da etapa de resfriamento da massa — vidro pode trincar se for colocado frio no forno). Corte duas tiras de papel-manteiga para cobrir a forma, com uma sobra de 2 a 5 centímetros. Arranje-as em formato de cruz. Separe.

Para fazer a casquinha de biscoito amanteigado, use um processador com lâmina para misturar a farinha, o açúcar, o sal, o cardamomo, a baunilha e as raspas de limão. Pulse várias vezes. Acrescente a manteiga fria em cubos à mistura e pulse até conseguir uma textura com flocos grossos.

Com os dedos, pressione a massa em uma camada uniforme na forma preparada previamente. A seguir, coloque na geladeira e deixe esfriar por 15 minutos.

Pré-aqueça o forno a 150°C.

Depois de resfriar por 15 minutos, coloque a forma de metal na grelha de cima do forno e deixe a massa pré-assar de 15 a 20 minutos até que fique dourada.

Enquanto isso, você pode preparar o recheio. Pegue uma travessa grande ou a bacia da batedeira e misture os ovos, o açúcar e o sal. Misture com um fuê ou com os próprios batedores da batedeira. Acrescente o sumo do limão siciliano e a farinha e misture de novo.

Opcional: para deixar o recheio mais liso, você pode passá-lo por uma peneira forçando com a parte de trás de uma colher.

Tire a casquinha pré-assada do forno e despeje o recheio de limão.

Volte ao forno e asse de 15 a 20 minutos ou até o centro do recheio ficar firme. As beiradas da massa devem ficar marrom-claro.

Coloque tudo em uma grade de resfriamento por 1 hora, depois na geladeira por pelo menos mais 2 horas. Essa etapa extra de resfriamento permite que as barrinhas sejam cortadas com bordas mais uniformes.

Depois de esfriar, retire da geladeira e fatie com uma lâmina afiada. (Dica: deixe um copo com água por perto quando estiver cortando, limpe sempre a faca e então mergulhe na água.)

Misture o amido de milho e o açúcar de confeiteiro. O amido evita que o açúcar desapareça ou empedre.

Coloque essa mistura em uma peneira e polvilhe sobre as barrinhas.

Observação

As barrinhas devem ser consumidas dentro de 24 horas, ou cobertas e armazenadas na geladeira por até 3 dias.

SCONES DE CEREJA
com chá Earl Grey

Ingredientes

PARA A MASSA:

- 3 xícaras de farinha de trigo (375 gramas)
- ½ xícara de açúcar refinado (100 gramas)
- 1 colher de sopa de chá Earl Grey moído fino (aprox. 4 sachês)
- 1 colher de chá de sal (5 a 6 gramas)
- 1 colher de sopa de bicarbonato de sódio (14 gramas)
- ⅔ a ¾ de xícara de creme de leite leve, dividido (comece com ⅔ no total)
- 2 sachês de chá Earl Grey (para a infusão)
- 10 colheres de sopa de manteiga sem sal, congelada e ralada (140 gramas)
- 170g de cerejas desidratadas
- 2 ovos grandes (temperatura ambiente)
- 2 colheres de chá de extrato de baunilha

PARA O GLACÊ:

- 1 xícara de açúcar de confeiteiro
- ½ colher de chá de baunilha
- 1 a 1½ colheres de chá de creme de leite leve

Modo de Preparo

Forre uma assadeira com papel-manteiga. Reserve.

Em uma travessa grande, misture a farinha, o açúcar refinado, o chá moído (mas não o chá que ainda está em sachês), o sal e o bicarbonato de sódio. Reserve.

Aqueça ⅓ de xícara de creme de leite leve no micro-ondas por cerca de 30 segundos, ou em uma pequena panela a fogo médio até que esteja quase fervendo, mas sem deixar borbulhar.

Acrescente os dois sachês de chá Earl Grey e deixe em infusão no creme de leite de 5 a 10 minutos. A seguir, retire e descarte os sachês e reserve o creme de leite.

Rale 10 colheres de sopa de manteiga congelada.

Incorpore a manteiga à mistura seca, mexendo e sovando de leve. A manteiga deve incorporar bem e dar o aspecto de flocos desiguais.

Acrescente as cerejas secas e misture.

Em uma travessa média à parte, misture bem os ovos, a baunilha, ⅓ de xícara do creme de leite leve com chá e o ⅓ restante de creme de leite.

Misture os ingredientes secos aos molhados e mexa gentilmente até a farinha ficar úmida. (Acrescente uma ou duas colheres de sopa de creme de leite leve se a mistura estiver seca demais, a massa deve ficar levemente grudenta, mas não encharcada.)

Polvilhe bastante farinha sobre um pedaço de papel-manteiga e despeje a massa. Molde em um retângulo de 2,5 a 4 centímetros de altura.

Dobre ao meio e molde mais uma vez em um retângulo de 2,5 a 4 centímetros de altura. Repita o processo pela terceira vez.

Divida a massa em duas partes iguais e transfira para a forma forrada com papel-manteiga.

Modele cada metade em um círculo de aproximadamente 15 centímetros e posicione-os lado a lado. Coloque no freezer por 30 minutos*.

Pré-aqueça o forno a 230°C.

Tire a massa do freezer depois de 30 minutos e corte cada círculo em 6 fatias iguais com uma faca bem afiada. Lembre-se de limpar a faca entre os cortes caso a massa esteja grudando.

Organize as fatias na forma para que fiquem com um vão de 2,5 centímetros entre si.

Pincele cada scone com creme de leite leve.

Asse de 14 a 17 minutos até que dourem. (Os meus levaram 15 minutos.)

Tire do forno e espere esfriar completamente.

Prepare o glacê. Misture o açúcar de confeiteiro, a baunilha e 1 colher de sopa de creme de leite leve. Acrescente mais 1 colher por vez caso a mistura esteja seca demais. Não deve ficar muito grossa e nem muito aguada.

Coloque o glacê dentro de um saco hermético e corte um pequeno furo em uma das pontas. Quando os scones estiverem completamente frios, decore um a um com o glacê.

Os scones que sobrarem podem ser armazenados por vários dias à temperatura ambiente em um saco hermético ou congelados por até 3 meses.

Observação:

* Se for deixar os scones por mais de 30 minutos no freezer, sugiro fatiá-los antes de congelar. Evite separar as fatias antes disso, já que ficam mais fáceis de manusear depois de congeladas ou parcialmente congeladas.

SOBRE A AUTORA

Cozinhando magia a cada página, J. Penner cria histórias acolhedoras de fantasia de dentro de sua casa banhada pelo sol em San Diego. Com um gato no colo e caneta em mãos, ela convida você a mundos tão quentinhos e confortadores quanto uma xícara de chá.

Site: jpennerauthor.com
Facebook: jpennerauthor
Instagram: @jpennerauthor
TikTok: @jpennerauthor
Bluesky: @jpennerauthor.bsky.social

Este livro foi impresso nas oficinas gráficas da Editora Vozes Ltda.,
Rua Frei Luís, 100 – Petrópolis, RJ.